MATTHIAS KEIDTEL

Karaoke für Herta

rütten & loening

MATTHIAS KEIDTEL

Karaoke für Herta

ROMAN

rütten & loening

MIX
Papier aus verantwortungsvollen Quellen
FSC® C083411

ISBN 978-3-352-00880-1

Rütten & Loening ist eine Marke der Aufbau Verlag GmbH & Co. KG

1. Auflage 2014

Einbandgestaltung Büro Süd, München
unter Verwendung einer Illustration von Gerhard Glück
Gesetzt aus der Bodoni SvtyTwo und der Trade Gothic
durch Greiner & Reichel, Köln
Druck und Binden CPI – Clausen & Bosse, Leck
Printed in Germany

www.aufbau-verlag.de

FÜR ALLE MÜTTER

1.

Mutter starb einfach nicht. Die alte Dame steuerte bereits stramm auf die neunzig zu, doch es sah ganz so aus, als würde sie noch weitere zehn Jahre problemlos durchhalten.

Norbert hatte sich gerade zu seinem üblichen Mittagsschlaf aufs Sofa gelegt, als das Telefon klingelte. Seit er Rentner war, klingelte sein Telefon nur noch selten, und eigentlich hatte es auch vorher so selten geklingelt, dass er eine Zeitlang mit dem Gedanken spielte, das Telefon ganz abzuschaffen. Denn wenn er kein Telefon besaß, würde es auch nicht mehr auffallen, dass kaum ein Mensch das Bedürfnis verspürte, ihn anzurufen.

Im Grunde konnte es ihm ja egal sein. Er redete ohnehin nur ungern und fühlte sich selbst bei den wenigen Anrufen in seinem Tagesablauf gestört. Trotzdem hatte er sich zu dieser drastischen Maßnahme nie überwinden können. Insgeheim hoffte er nämlich, dass irgendwann der *entscheidende* Anruf kam. Zwar wusste er nicht, was der Anrufer ihm genau sagen sollte, aber für Norbert gab es keinen Zweifel, dass so ein Anruf jederzeit möglich war.

Meist war es jedoch nur Mutter, die ihn zum denkbar ungünstigsten Zeitpunkt anrief. Und ungünstig war es eigentlich immer.

»Kannst du mir erklären, warum du so lange zum Telefon brauchst? Du residierst doch nicht in einem Palast!«

Mutter klang wie üblich aufgebracht, als wäre es ungehörig, sie so lange warten zu lassen.

Norbert antwortete wie üblich mit einem kurzen Brummen. Er wusste schon, was jetzt kam, und er hatte keine Lust darauf.

»Du musst sofort kommen, ich habe dir etwas Wichtiges mitzuteilen.«

»Geht das nicht vielleicht auch am Telefon?«, fragte Norbert zaghaft. Seit Jahren bemühte er sich vergeblich um eine telefonische Lösung von Mutters Problemen, allerdings ohne den geringsten Erfolg.

Wie immer, wenn Herta ihn anrief und in ihre Wohnung zitierte, so hatte er auch dieses Mal alles stehen und liegen gelassen und war sofort hingeeilt. Wie immer auch mit dem Hintergedanken, dass ihr etwas zugestoßen sein könnte. In letzter Zeit ertappte sich Norbert immer öfter bei dem Gedanken, dass es irgendwann ja auch mal vorbei sein müsse. Irgendwann musste Schluss damit sein, dass Mutter ihn immer noch ermahnte, einen Schirm mitzunehmen, wenn es draußen in Strömen regnete, als wäre er ein fünfjähriges Kind. Ein langsamer Abschied seinetwegen, aber eben ein *endgültiger* Abschied. Zwar schämte er sich, wenn er so etwas dachte, denn eigentlich liebte er seine Mutter, doch weil sie ihn nicht in Ruhe lassen wollte, wuchs von Woche zu Woche seine Hoffnung, dass das Telefon eines Tages für immer verstummte.

Solange sie lebte, war es für Norbert unmöglich, sich frei zu entfalten. Er konnte nicht in seinen abgenutzten, schon etwas muffig riechenden Kleidern herumlaufen, ohne dass Mutter ihn auf seine abgenutzten, etwas muffig riechenden Kleider hinwies. Er konnte sich nicht seiner Fernsehturm-Sammlung widmen, ohne dass Mutter ihm zu verstehen gab, dass derlei Hobbys eigentlich nur für Demenzkranke erfüllende Beschäftigungen seien. Er konnte nicht mal ungestraft eine Woche lang Königsberger Klopse aus Dosen essen, ohne dass sie ihm sein Lieblingsessen vermieste, indem sie erklärte, dass der Nährwert von Dosenklopsen mit dem von Schuhsohlen vergleichbar sei.

Denn um sich zu entfalten, brauchte er vor allem eins: Ruhe. Und zwar absolute Ruhe. Sein Leben musste so abwechslungslos sein, dass es jedem anderen wie der totale Stillstand vorkäme. Erst dann blühte er auf. Erst dann hatte er das Gefühl, vollkommen frei zu sein.

Doch ob es zu seinen Lebzeiten überhaupt noch dazu kommen würde, war inzwischen leider mehr als fraglich.

Ihre Wohnungen lagen nur wenige Gehminuten voneinander entfernt im gutbürgerlichen Teil Charlottenburgs. »Das Zentrum der Spießer und Rentner«, wie Mutter bei jeder Gelegenheit gerne behauptete. Dabei waren sie selbst beide Rentner. Norbert hatte vor kurzem im Kreise von ehemaligen Kollegen, Nachbarn und in Mutters Gegenwart seinen siebzigsten Geburtstag gefeiert, laut Herta »eine der langweiligsten Veranstaltungen, die ich je erlebt habe«. Herta war neunundachtzig, fühlte sich aber wie eine junge Frau, die keine große Lust hatte, ihre Zeit mit alten Leuten zu verplempern. Und das Schlimme war, sie schien von Monat zu Monat jünger zu werden.

Die Geburtstagsfeier fand im hinteren Raum eines griechischen Lokals statt, den Norbert aus diesem Anlass gemietet hatte. Es gab ein Büfett mit griechischen Spezialitäten, kurze Ansprachen früherer Mitarbeiter aus der Eisen- und Haushaltswarenhandlung *C. Wagner*, in der Norbert fast vierzig Jahre gearbeitet hatte, eine Laudatio seiner »Kultur«-Freundin Gerlinde Hagedorn und am Ende ein Fragespiel à la »Wer wird Millionär?«. Der Höchstgewinn betrug 200 Euro, der bei einer internen Sammelaktion seiner Kollegen zusammengekommen war. Norbert hatte allerdings schon bei der 20-Euro-Frage gepatzt. Sie lautete: »Welche italienische Spezialität ist dem Namen nach die südlichste? A: Spaghetti Bolognese, B: Pizza Napoli, C: Parmaschinken, D: Chianti-Wein.«

Da er von Geografie wenig Ahnung hatte, eigentlich hatte er überhaupt keine Ahnung, vor Mutter aber nicht den Eindruck erwecken wollte, dass ihn schon leichteste Fragen überforderten, hatte er, ohne groß nachzudenken, auf D getippt. Obwohl das Spiel damit eigentlich beendet gewesen wäre, hatte man Norbert großzügig eine Ausnahme gewährt. Weil er die meisten anderen

Fragen jedoch ebenfalls falsch beantwortete, wurden die Ausnahmen zu einer Dauerregelung, an der sich zunächst allerdings niemand groß zu stören schien.

Bis zu diesem Zeitpunkt hatte Mutter den ganzen Abend kaum etwas gesagt. Herta thronte am Kopfende der Tafel, als wäre sie der eigentliche Mittelpunkt der Gesellschaft, und verfolgte stumm das Geschehen durch ihre riesigen, eulenhaften Brillengläser. Sie trug hautenge Jeans, einen Samtblazer mit dunklem Paisley-Muster und schweren Indianerschmuck am Hals und an den zierlichen Handgelenken, den sie von einer Amerikareise mitgebracht hatte. Auf diese Weise machte Mutter deutlich, was sie von der Veranstaltung hielt: überhaupt nichts. Ihrer Meinung nach feierten nur Leute Geburtstag, für die es in ihrem Leben sonst nicht viel zu feiern gab. Und dazu gehörte zweifellos auch ihr einziger Sohn Norbert. Norbert wusste, dass er in Mutters Augen versagt hatte. Er hatte versagt, weil er jahrzehntelang ein kleiner Angestellter geblieben war. Er hatte versagt, weil er nicht den Mut gefunden hatte, seine Träume zu verwirklichen. Kurz: er hatte versagt, weil er nicht so geworden war wie Herta Grützke.

Dabei war an allem nur Mutter schuld. Ein Leben lang hatte sie Norbert durch ihre pure Anwesenheit erdrückt. Seit Vaters Tod vor zwölf Jahren war es sogar noch schlimmer geworden. Wenn sie nicht gerade auf Reisen war oder ihre zahllosen Hobbys verfolgte, die von Woche zu Woche wechselten, konzentrierte sie sich auf die Erziehung ihres Sohnes. Leider war die Kontrolle aus Hertas Sicht nicht so umfassend, wie sie es sich wünschte.

»Wenn du damals nicht so früh ausgezogen wärst«, erklärte sie bei jeder sich bietenden Gelegenheit, »hätte ich dich schon noch hingekriegt.« Da war Norbert aber schon zweiunddreißig, er aß selbstständig und war in der Lage, seine Unterhosen alleine zu kaufen. Dass es Norbert bis heute nicht gelungen war, sich von Mutter zu lösen, war die eigentliche Niederlage seines Lebens.

Irgendwie war Mutter immer mit von der Partie. So auch bei seinem siebzigsten Geburtstag.

Ursprünglich hatte er seinen Ehrentag nur mit Gerlinde feiern wollen. Ein Besuch im Museum und hinterher den Tag bei Wein, Essen und guten Gesprächen ausklingen lassen. Die Sache ins Rollen gebracht hatte Klaus Hennmaier, unter den Kollegen nur »Henne« genannt. Als er anrief, um sich nach Norberts Geburtstagswünschen zu erkundigen, fühlte sich Norbert genötigt, ihn zum Abendessen einzuladen. Und weil es etwas seltsam gewesen wäre, die anderen Kollegen nicht dazu zu bitten, rief er auch Lutz und Werner an.

Beinahe jeden Tag kamen neue Gäste hinzu. Selbst Nachbarn aus seinem Haus, die Norbert nur vom Grüßen her kannte, lud er spontan zu seiner Geburtstagsfeier ein. Jahrelang war es ihm erfolgreich gelungen, die anderen Hausbewohner auf Distanz zu halten. Mehr als ein freundliches »Guten Tag« war von ihm nicht zu hören gewesen. Wenn man erst damit anfing, sich über das Wetter auszutauschen, kam man schnell auch fürs Pflanzengießen im Sommerurlaub oder das Hüten diverser Haustiere in Frage. Als er noch berufstätig war, hatte er keine Probleme, seinen Nachbarn aus dem Weg zu gehen. Er verließ morgens das Haus und kehrte abends wieder zurück. Seit er vor einem knappen Jahr, viel zu spät, in Rente gegangen war, drohten nun allerdings auch Kontakte am helllichten Tag. Sobald herauskam, dass er nichts mehr zu tun hatte, wurde es brenzlig.

Aus diesem Grund blieb er bis mittags zu Hause und beschäftigte sich mit seinem Hobby, den Fernsehtürmen der Welt. Norbert besaß eine Sammlung von Modellen, die er sich aus der ganzen Welt zuschicken ließ. Er kannte sämtliche Details fast aller namhaften Fernsehtürme auswendig. Technische Daten, Erbauungszeit und gastronomische Einrichtungen. Vor kurzem war in Tokio ein weiterer Turm hinzugekommen, der sogenannte Sky Tree, mit 634 Metern der höchste der Welt. Ärgerlicherweise hatte er bis heute noch kein Modell entdeckt. Er musste sich mit Fotos aus dem Internet begnügen, die er ausdruckte und an die Wand hängte.

Erst gegen Mittag verließ er das Haus und kaufte rasch das Nötigste ein. Leider entdeckte ihn eines Tages Frau Grundmann, als er mit schweren Tüten bepackt in den Fahrstuhl stieg. Frau Grundmann wohnte im Hochparterre und war seit ihrer spät entdeckten Diabetes in Frührente. Sie sah ihm gleich an, dass er nicht zufällig um diese Uhrzeit zu Hause war. Offenbar erkannten sich Rentner untereinander wie Stammesbrüder einer weltweit verbreiteten Sippe.

»Sie sind jetzt also auch dran, na, dann willkommen im Club!«, erklärte Frau Grundmann fröhlich und wollte gerade mit ausgestreckter Hand auf ihn zugehen, als Norbert geistesgegenwärtig den Fahrstuhlknopf drückte und nach oben entschwand.

Am Ende standen fünfzehn Leute auf der Gästeliste, darunter auch Frau Grundmann, die ihn seither regelmäßig mit Diabetikerkuchen versorgte, den er ebenso regelmäßig in den Mülleimer warf.

»Willst du deine Mutter eigentlich nicht einladen?«, fragte ausgerechnet Gerlinde Hagedorn zwei Tage vor seinem Geburtstag. Einmal im Monat trafen sie sich zu Konzerten, Theater- oder Museumsbesuchen. Sie war einige Jahre jünger als Norbert und interessierte sich ausschließlich für das reiche Kulturleben der Stadt. Nicht, dass er Gerlinde als Frau nicht schätzte, aber er war doch heilfroh, dass sie die Männer aus Marmor im Museum höher bewertete als Männer aus Fleisch und Blut. Was sie nicht wusste, war, dass Mutter sie auf den Tod nicht leiden konnte. Schon beim Wort »Kultur«-Freundin schlug sie entsetzt die Hände über dem Kopf zusammen.

»Kultur und Freundin schließen sich ja wohl aus«, meinte Mutter uneinsichtig. »Entweder du hast Kultur oder du hast Sex. Beides zusammen geht nicht, außer du hast schlechten Sex!«

Mutter war der Ansicht, dass ein Mann ohne Sex nicht existieren konnte. Eine Frau allerdings genauso wenig. Nur dass sie in dieser Hinsicht eher einem Kamel glich, das auch lange Durststrecken ertrug, während der Mann mehr Richtung Laubfrosch tendierte. Einige Stunden ohne Feuchtigkeit und der Frosch war am Ende.

Dass Norbert schon lange überhaupt keinen Sex mehr hatte, brauchte er ihr ja nicht unbedingt auf die Nase zu binden. Außerdem war es ihm peinlich, mit einer neunundachtzigjährigen Frau, die zudem noch seine Mutter war, über sein Geschlechtsleben zu diskutieren. Umgekehrt hatte Mutter jedoch keinerlei Hemmungen, ihm bei Tee und Gebäck über ihre letzten »Handarbeiten« mit ihrem alten Freund Schorschi zu berichten. »Das Gute in unserem Alter ist, dass man dabei sitzen bleiben kann.«

Mutter konnte manchmal sehr direkt werden, und es störte sie auch nicht, wenn ihr Leute dabei zuhörten. Im Gegenteil.

Jedenfalls hatte Gerlinde nicht die geringste Ahnung, was es bedeutete, Mutter dazu zu laden.

Insgeheim hoffte er noch bis zuletzt, dass Herta seinen Geburtstag vergaß, zumal sie an derlei Feierlichkeiten sowieso kein Interesse hatte. Ihre eigenen Geburtstage ignorierte sie hartnäckig, seit sie fünfzig war, und verbat sich energisch, von Norbert oder wem auch immer daran erinnert zu werden. Zu Weihnachten flog sie regelmäßig nach Marokko. Und über Ostern schloss sie sich in ihrer Wohnung ein und aß zwei Tage lang Kaninchenbraten, ihrer Ansicht nach die vernünftigste Art, diesen »lästigen Feiertag« zu bewältigen.

Leider klingelte an jenem Tag morgens um sieben das Telefon. Mutter scherte sich nicht um Uhrzeiten. Ihrer Meinung nach waren sie eine Erfindung von Kapitalisten, um die Lohnsklaven an die Werkbänke zu treiben. »Folgendes«, kam sie gleich zur Sache, »du hast siebzig Jahre dein Leben verplempert, es wird Zeit, dass das anders wird.« Da hätte Norbert eigentlich schon gewarnt sein müssen, aber er war viel zu müde, um zu begreifen, dass Mutter eine grundsätzliche Neuausrichtung seines Lebens plante. »Wenn du heute Abend zu mir kommst«, fuhr sie fort, »gehen wir mal ein paar Sachen durch. Den Sekt musst du aber selber mitbringen.«

Er lag im Bett und hielt schweigend den Hörer ans Ohr. Am liebsten hätte er wortlos aufgelegt, aber er traute sich nicht. Die Folgen wären unabsehbar gewesen. Mutter war eine Diktatorin, sie kannte alle psychologischen Tricks aus dem Effeff. Der schlimmste war, ihm ein Gefühl der Undankbarkeit zu vermitteln. Allein der Hinweis auf seine schwere Geburt oder dass sie als Neunzehnjährige mitten im Krieg alleine ein Kind großziehen musste, reichte völlig aus, um ihn windelweich zu kochen.

»Heute Abend ist es etwas ungünstig«, rang er sich endlich doch noch zu einer Reaktion durch.

»Du willst den Abend also lieber mit dieser Hagemann verbringen, anstatt deiner Mutter Gesellschaft zu leisten, verstehe ich dich richtig?«

Im Grunde ging es immer nur um sie. Ihr Leben, ihren Sohn, ihre Bedürfnisse.

»Hagedorn«, korrigierte er sie erschöpft.

»Fräulein Hagemann ist dir wohl wichtiger als deine Mutter!«

Es gelang ihr immer wieder, dass er sich schlecht fühlte.

»Es kommen noch ein paar Kollegen.«

»Aus diesem Topfladen?«

In all den Jahren hatte Mutter ihn nur ein einziges Mal auf der Arbeit besucht. Als sie sah, dass auch Kochtöpfe verkauft wurden, hatte sie sich ihr Urteil gebildet.

»Wenn du Lust hast, kannst du natürlich gerne dazu ...«

»Ich habe keine Lust«, fiel sie ihm ins Wort, »aber ich komme.«

Es fing schon damit an, dass sich Mutter von »Fräulein Hagemann« dauernd etwas vom Büfett bringen ließ. Sie nahm zwei Bissen vom Teller und schob ihn dann mit den Worten: »Der

Grieche kann denken, aber nicht kochen.«, angewidert zur Seite. Zwischendurch forderte sie mit einer theatralischen Geste einen Ouzo, den sie angeblich dringend brauchte, damit »das fettige Zeug« in ihrem Magen kein Unheil anrichtete. Mutter wusste, wie sie die Aufmerksamkeit der Leute erregte. Im Grunde war sie eine Schauspielerin, die ihr Leben lang eine Frau spielte, die sie aus tiefstem Herzen bewunderte.

Den halben Abend hatte Norbert angespannt am Tisch gesessen und nur darauf gewartet, dass etwas passierte. Denn es passierte immer etwas, wenn Mutter dabei war. Grundsätzlich! Ihre Rolle verlangte einfach den dramatischen Höhepunkt plus Abgang mit Showeffekt. Vielleicht hatte er die Fragen nur deshalb falsch beantwortet, weil er dauernd mit dem Schlimmsten rechnete.

Der Moment kam, als Norbert trotz mehrfach bewiesener Ahnungslosigkeit schließlich vor der 200-Euro-Frage stand. Mutter schlug mit dem großen Opal, den sie am Mittelfinger trug, gegen das Wasserglas und räusperte sich so laut, dass die Gespräche augenblicklich verstummten.

»Ich will hier mal Folgendes sagen: Ein Spiel hat Regeln, selbst beim Geburtstag meines Sohnes, und die werden hier auf eine Weise missachtet, dass ich es nicht mehr mit ansehen kann. Wenn man eine Frage nicht weiß, ist eben Schluss mit lustig. Aus und bums. Was Sie meinem Sohn hier durchgehen lassen, ist wirklich unerträglich. Ich meine, wie soll er denn lernen, dass alles seine Konsequenzen hat?«

Herta blickte durch ihre Riesenbrille in die Runde. Alle starrten entsetzt auf Mutter, die ihren Auftritt sichtlich genoss. Norbert hockte zusammengesunken auf dem Stuhl und knibbelte nervös an den Fingern. Warum verschwand sie bloß nicht für immer aus seinem Leben und ließ ihn endlich in Würde alt werden? Warum schaffte sie es immer aufs Neue, dass er sich wie ein pubertierender Jugendlicher fühlte? Er wollte aber gar nicht jung sein, es war, als wäre er viel zu lange dazu gezwungen worden. Wenn es schlecht lief, würde er noch vor Mutter sterben, ohne je das Gefühl genossen zu haben, erwachsen gewesen zu sein. Und wenn er ehrlich war, sah es momentan ganz danach aus, als *würde* es schlecht laufen.

»Wir brechen das Spiel hier ab und fangen noch mal von vorne an«, erklärte Mutter ungerührt zum Spielleiter gewandt. Klaus Hennmaier sah betreten zu seinem Nachbarn. »Natürlich stelle ich mich als Kandidatin zur Verfügung. Also fragen Sie schon, sonst sitzen wir hier noch bis Mitternacht. Und das ist wohl nicht im Sinne meines Sohnes.«

Norbert sah sich verlegen lächelnd um. Er hätte nichts dagegen gehabt, wenn in diesem Augenblick eine Gruppe gewaltbereiter Osteuropäer hereingestürmt wäre und Geiseln genommen hätte.

Niemand wagte, gegen Mutter zu opponieren. Selbst Werner Köster, der sonst nicht auf den Mund gefallen war, wirkte jetzt wie ein kleiner Junge, der eine empfindliche Strafe befürchtete, wenn er ihr widersprach. Es war immer wieder erstaunlich, wie schnell erwachsene Männer vor Mutter zu zwergenhaften Figuren schrumpften.

Erwartungsgemäß konnte Mutter jede Frage sofort beantworten und sackte die 200 Euro schließlich, ohne zu zögern, ein.

»Und wenn Sie noch mal so ein Spiel veranstalten«, meinte Mutter mit einem süffisanten Lächeln, »würde ich mir an Ihrer Stelle schwierigere Fragen ausdenken. Oder halten Sie meinen Sohn für so blöd?«

Damit erhob sie sich und verließ knapp grüßend den Raum.

2.

Wenige Tage später saß Norbert also in Mutters Wohnung. Sie trug einen weißen Sari und darunter schwarze Leggings. Ihre Füße steckten in kunstvoll verzierten Ledersandalen, ihre Fußnägel waren schwarz lackiert. Mit ihrer Riesenbrille wirkte sie wie ein Fotomodell aus den sechziger Jahren. Schon deshalb fühlte sich Norbert immer ein wenig grau und langweilig. Eigentlich war es seltsam, dass ausgerechnet diese Frau seine Mutter sein sollte. Und hin und wieder, wenn sie ihn so merkwürdig ansah, schien Mutter dasselbe umgekehrt auch über ihren Sohn zu denken.

Norbert hatte nie viel Wert auf sein Äußeres gelegt. Im Geschäft hatte er jahrzehntelang einen grauen Kittel getragen. Und weil es ihm merkwürdig vorkam, sich für die drei Stunden noch etwas anderes anzuziehen, hatte er den Kittel zu Hause einfach weitergetragen, so dass er sich gefühlsmäßig eigentlich dauernd im Dienst befand. Seit er Rentner war, hatte er den Kittel nur noch an, wenn er sich mit seiner Fernsehturm-Sammlung beschäftigte, um seinem Hobby eine professionelle Note zu geben. Ansonsten trug er abwechselnd die beiden identischen schlammbraunen Jacketts auf, die er vor über zehn Jahren beim Schlussverkauf erworben hatte. Im Grunde hätten diese Jacketts bis zu seinem Lebensende vollkommen gereicht.

Trotz ihres Alters wirkte Mutter kein bisschen müde. Sie schmiedete Pläne, manche über ein Jahr im Voraus, hatte ständig neue Ideen, wie sie ihr Leben interessant gestalten konnte, und reiste zweimal im Jahr mehrere Wochen durch Europa. Meist zusammen mit ihrem Freund und Liebhaber Schorschi, der genauso alt war wie Norbert und Mutter gewissermaßen als lebende Krücke diente. Denn während ihr Kopf noch tadellos funktionierte, war sie nicht mehr so gut zu Fuß. Ein Bein lahmte, und obwohl sie sich lange dagegen gewehrt hatte, benutzte sie seit kurzem einen Stock, ein antiquarisches Modell mit vergoldetem Handgriff, das sie bei einer Auktion für sagenhafte dreihundert Euro ersteigert hatte. »Wenn schon Krücke, dann mit Stil«, erklärte Mutter. Und weil sie Nachteile schnell in Vorteile ummünzte, verwendete sie den Stock mitunter auch gegen ihre Mitmenschen. Trödelnde Rentner zum Beispiel, die ihr im Kaufhaus die Sicht versperrten. Ein gezielter Schlag gegen die Beine half, um diese »Schlafmützen« aus dem Weg zu räumen.

Mit all dem machte sich Mutter natürlich nicht nur Freunde. Seit dem Tod ihres Mannes hatte sie den Großteil der gemeinsamen Bekannten, die sich hauptsächlich aus seinen Geschäftskollegen rekrutierte, rigoros ausgemistet. Allesamt »Langweiler und Schnarchnasen«, die nichts anderes im Kopf hatten als ihren Beruf. Durch einen Kontakt seines Vaters war Norbert zu der Stelle bei *C. Wagner* gekommen, ein Grund mehr, den Job ihres Sohnes für vollkommen schwachsinnig zu halten.

Als Vater starb, war Mutter regelrecht aufgeblüht. Zwei Tage nach der Beerdigung entsorgte sie die alte Wohnungseinrichtung mit dem Sperrmüll und kaufte sich Stilmöbel aus den zwanziger und dreißiger Jahren. Von ihren Reisen brachte sie immer wieder wertvolle Einzelstücke mit. Marokkanische Kommoden, handgefertigte Lederstühle und Teppiche aus amerikanischen Indianerreservaten. Nach und nach verwandelte sich ihre Fünf-Zimmer-Wohnung in eine Kunstausstellung, bei der nur eines zählte: ihr eigener Geschmack. Regelmäßig lud sie wildfremde Menschen zu sich nach Hause, die sie zufällig in Restaurants getroffen hatte. Menschen, die alle ein interessanter biografischer Hintergrund verband. Doch je älter sie wurde, desto seltener wurden diese Einladungen. Sie brauchte ständig neue Gesichter, damit ihr nicht langweilig wurde, und weil sie nicht mehr so häufig ausging, wie sie es wollte, gingen ihr langsam die Kontakte aus. Inzwischen bewohnte sie nur noch zwei Zimmer, das Wohn- und das Schlafzimmer.

Mutter wurde immer kleiner und zierlicher. Trotz einer wöchentlichen Putzhilfe hatte sie keine Kraft mehr, alle Räume zu bewirtschaften. Jedes Mal, wenn Norbert zu ihr kam, hoffte er insgeheim, dass sie ihm endlich den Entschluss mitteilte, ins Altersheim zu ziehen. Nach einem Sturz vor zwei Jahren, bei dem sie sich einen Oberschenkelhalsbruch zugezogen hatte, hatte Norbert zum ersten Mal das Altersheim ins Spiel gebracht, worauf Mutter ihm untersagte, dieses Wort in ihrer Gegenwart noch einmal zu erwähnen.

Auch dieses Mal blickte er erwartungsvoll zu Mutter, die halb hingestreckt auf ihrer Ottomane saß, und betete zu Gott, dass sie endlich vernünftig wurde und einen Schlussstrich zog.

»Ehrlich gesagt mache ich mir ein bisschen Sorgen«, meinte sie ernst auf ihren Sohn herabblickend.

»Das kriegen wir schon wieder hin«, sagte Norbert erstmals ein wenig optimistisch, was den Ausgang ihres Gespräches betraf.

Herta nahm ihre Brille ab und schloss für einen Moment die Augen. Ohne die riesigen Brillengläser wirkte ihr Gesicht gleich um die Hälfte kleiner. Fast schien es, als könnte er ihren Kopf mit seinen Händen umgreifen. Norberts Hände waren nämlich sehr groß, wie eigentlich alles an ihm sehr groß war, und manchmal kam es ihm so vor, als wäre er für das, was er in seinem Leben geleistet hatte, viel zu verschwenderisch ausgestattet worden. Mit solchen Händen hätte er Häuser bauen oder ganze Schweine zerlegen oder auch einfach nur geliebte Menschen umarmen können. Stattdessen hatte er Ösen und Nägel verkauft und keine Häuser gebaut, Schweine zerlegt und geliebte Menschen umarmt. Und das beschäftigte ihn jetzt manchmal, wenn er zu Hause saß und seine viel zu großen Gliedmaßen betrachtete, die er nicht so genutzt hatte, wie es unter Umständen möglich gewesen wäre.

»Ich bin jetzt fast neunzig«, sagte sie, als sie ihre Brille wieder aufgesetzt hatte, und blickte sich nachdenklich im Raum um. »Mir bleibt nicht mehr viel Zeit.«

Norbert nickte. Er hatte plötzlich ein ausgesprochen gutes Gefühl.

»Als ich all diese alten Leute bei deinem Geburtstag gesehen habe, dachte ich so bei mir: Herta, deine Aufgabe ist noch nicht erledigt!«

Norbert setzte sich an die Stuhlkante und fing nervös an zu kippeln. »Aufgabe? Welche Aufgabe?«

»Du sollst nicht kippeln, Junge«, befahl Herta und zog kurz ihre Schultern hoch, »und setz dich gerade hin, sonst bekommst du einen Haltungsschaden.«

»Ich bin siebzig«, erklärte Norbert, »ich bekomme keinen Haltungsschaden mehr. Und wenn, ist das jetzt ja wohl auch egal.« Er hörte zwar auf zu kippeln, blieb aus Protest aber weiterhin auf der Stuhlkante sitzen.

»Du hältst dich wohl schon für zu alt, wie?« Mutter sah ihn streng an.

Norbert brummte nur.

»Mick Jagger ist auch siebzig. Sitzt der abends zu Hause und guckt Ratesendungen?« Mutter nahm ihren Stock und fuchtelte damit in der Luft herum.

»Weiß man's?«, erwiderte er leicht eingeschnappt.

»Du warst schon immer ein alter Mann, auch als Kind. Was hab ich bloß falsch gemacht?« Sie schüttelte den Kopf. »Statt draußen mit deinen Kumpels zu spielen, hast du mit diesen Bussen gespielt!«

Tatsächlich war Norbert stolzer Besitzer eines umfangreichen Fuhrparks öffentlicher Verkehrsmittel gewesen. In seinem Zimmer hatte er das komplette Westberliner Liniennetz nachgestellt.

Nur wer die einfache Fahrt bezahlt hatte, durfte sein Zimmer betreten. Dass niemand mit ihm spielen wollte, hatte er nie recht begreifen wollen.

»Ich hatte eben keine Lust auf Weitpinkeln«, versuchte er sich zu rechtfertigen.

Mutter hatte recht. Eigentlich hatte er sich nie jung gefühlt. Und dass er nun endlich in einem Alter war, in dem Weitpinkeln nicht mehr zwangsläufig dazugehörte, empfand er als Befreiung.

»Aber das hat doch jeder Junge gemacht«, erklärte Mutter, »ich verstehe nicht, warum du immer so bockig bist.« Sie musterte ihn streng. »Es wird jedenfalls Zeit, dass du dein Leben ordnest. Und ich werde dir dabei helfen. Es kann ja nicht ewig so weitergehen!«

Norbert umklammerte die Stuhllehne. Er begann am ganzen Körper zu zittern. Die Sache drohte gerade gewaltig aus dem Ruder zu laufen. Es war nicht ausgeschlossen, dass Mutter es wirklich ernst meinte. Anstatt mit Klaus, Lutz und Werner Skat zu spielen, würden sie unter Mutters Aufsicht um die Wette pinkeln.

»Aber wobei willst du mir denn helfen?«, fragte er und wischte sich den Schweiß aus dem Gesicht. »Mir geht es hervorragend!« Seine Stimme klang brüchig, eigentlich wusste er selbst nicht mehr, ob es ihm wirklich so gutging.

Herta setzte sich aufrecht hin und stieß den Stock zwischen ihre Beine.

»Ich werde meine Wohnung aufgeben und bei dir einziehen. Anders geht es nicht.«

Der Stoß erschütterte seinen ganzen Körper. Norbert brauchte Minuten, bis er begriff, was sie eben gesagt hatte. Er sollte sein ohnehin schon stark eingeschränktes Rentnerleben vollkommen aufgeben und wieder unter die Fittiche seiner Mutter zurückkehren. Und nicht nur das, sie würde ihm helfen, sein Leben zu ordnen. Was immer sie damit meinte.

Aber Norbert wollte es auch gar nicht mehr wissen. Es reichte ihm. Lange genug hatte er Geduld mit seiner Mutter gehabt. Siebzig Jahre hatte er sie ertragen, es war an der Zeit, ihrem Treiben ein schnelles Ende zu bereiten.

Er würde einfach aufstehen und wortlos die Wohnung verlassen. Nein, vorher würde er ihr noch die Meinung sagen. Er würde in einem sachlichen Ton erklären, warum er ihren Plan keinesfalls tolerieren werde. Er würde ihr unmissverständlich mitteilen, dass er sein Leben von nun an ohne sie gestalten werde. Und zwar täglich, 365 Tage im Jahr, Feiertage inklusive!

Norbert saß wie versteinert da und starrte zu Mutter. Der Schweiß tropfte ihm von der Stirn. Er schloss die Augen und atmete tief durch.

»Mutter!«

»Junge.«

Mit aller Kraft drückte er sich aus dem Stuhl.

»Ich werde nicht zulassen ...« In diesem Moment wurde ihm schwarz vor Augen. Er merkte noch, wie die Beine unter ihm wegsackten und sein Kopf hart auf den Handgriff von Mutters Stock schlug.

3.

Eigentlich hatte er sich das mal anders vorgestellt. Mit seinem Leben, seiner Arbeit und mit Mutter. Als er vor Jahren in Rente gehen wollte, hatte ihn Herr Wegert, sein Chef, gebeten, noch zwei Jahre dranzuhängen, weil man noch keinen geeigneten Nachfolger gefunden habe. Frau Lüke von der Buchhaltung hatte ihm sogar einen Präsentkorb mit italienischen Köstlichkeiten überreicht und ihn unter Tränen angefleht, das Angebot für eine Verlängerung anzunehmen.

Nun war Norbert für Präsentkörbe und Tränen durchaus empfänglich. Er aß gerne viel, und er hatte Frau Lüke schon lange ins Herz geschlossen, so dass es ihm nicht schwerfiel, den grauen Arbeitskittel anzubehalten und über das 65. Lebensjahr hinaus weiterzumachen. Allerdings wurden aus den zwei schließlich vier Jahre und aus dem einen Präsentkorb zwei. Frau Lüke weinte auch wieder, und Herr Wegert knuffte ihn aufmunternd am Arm, was er in all den Jahren noch nie getan hatte. Sein Chef wusste nämlich, dass es für Norbert im Grunde keinen Nachfolger gab. Niemand kannte den Laden besser als Norbert Grützke. Er war der Herr über Tausende von Schrauben, Nägeln, Muttern, Stiften, Stangen und Bolzen, über Haken, Ösen, Ringschrauben und Dübel. Er kannte den deckenhohen und wandbreiten Schrank aus hunderten kleiner Schubladen auswendig. Er wusste sofort, wo er hingreifen musste, wenn jemand eine stahlverzinkte Ringmutter von 28 mm Ösendurchmesser benötigte. Und selbst Herr Wegert erkannte, dass so einer wie Norbert nicht ersetzbar war. Ja, dass es einen wie Norbert wahrscheinlich nie mehr geben würde.

Dabei war er handwerklich gar nicht besonders begabt. Als Jugendlicher wollte er lange Zeit Sänger werden. Nicht Solo-Sänger, sondern in einem Chor. Irgendwo in der zweiten oder dritten Reihe, unsichtbar, aber doch gut zu hören. Er hatte eine sanfte Baritonstimme. In seinem Zimmer sang er oft Volkslieder und Passagen aus berühmten Opernwerken von Mozart und Offenbach. Wenn seine Eltern nicht da waren, trat er im Badezimmer auf, wo es so schön hallte. Er war glücklich, wenn er alleine im Badezimmer sang, und manche Liedtexte rührten ihn so, dass er feuchte Augen davon bekam.

In der Schule ahnte niemand etwas davon. Kein Mensch wusste, dass dieser etwas grob zusammengebaute Junge in seiner Freizeit gerne volkstümliche Lieder sang. Und eigentlich konnte es auch niemand wissen, denn meistens schwieg er und blieb höflich am Rande, als wäre ihm insgeheim klar, dass er sich zum Gespött der Klasse machte, wenn herauskäme, dass er seine Zukunft im Gesangsfach sah. Auf Klassenfotos war er der in der rechten, oberen Reihe, und er blieb dort stehen, bis er die Schule beendet hatte.

Einige meinten, er hielte sich für etwas Besseres, weil er bei den Jungsstreichen nie mitmachte. Andere glaubten zu wissen, dass er nicht viel im Kopf hatte und nur deshalb kaum etwas sagte. Und seine Schulzeugnisse schienen diesen Eindruck leider zu bestätigen. Meist erreichte er nur mit dem Wohlwollen der Lehrer, denen er auf rätselhafte Weise sympathisch war, die nächste Stufe. Tatsächlich begriff er nur langsam. Manches verstand er bis heute nicht. Zum Beispiel, warum es notwendig war, auch noch eine *eigene* Freundin zu haben, wenn man doch mit allen Mädchen in der Klasse gut auskam.

Seine erste sexuelle Erfahrung hatte er mit einundzwanzig, in dem Jahr, als er sein Abitur machte. Helga Simons war zwei Jahre jünger und hatte eine schiefe Nase. Nicht so schief, dass es unangenehm auffiel, aber schief genug, dass unter den Jungen einschlägige Witze kursierten. Offenbar rief sein verstocktes Wesen auch Mädchen auf den Plan, die ihn lediglich für schüchtern hielten. Helga verführte ihn auf der Damentoilette eines Tanzlokals, in das er sich gegen seinen Willen hatte mitschleifen lassen. Er konnte nicht sagen, dass ihn der Vorgang mit tiefer Zufriedenheit erfüllte, zumal er ständig Angst hatte, entdeckt zu werden. Die ganze Zeit wagte er kaum zu atmen und wäre zweimal fast ohnmächtig geworden. Norbert sah die Sache eher als notwendige Erfahrung, die ein Mann eben irgendwann einmal erlebt haben sollte. Dass ihn Helga daraufhin nun allerdings regelmäßig treffen wollte, empfand Norbert als schweren Eingriff in sein Privatleben. Jedenfalls erschien es ihm unmöglich, gleichzeitig für sich und zusammen mit einem Mädchen zu sein. Denn die Natur war das eine, der Kopf das andere. Und sein Kopf flüsterte ihm, dass die Schnittmenge aus Natur und Kopf die Ehe war und dass ihm darin einfach zu wenig Platz für sein eigenes Leben blieb.

Sie trafen sich noch ein paar Mal, unter anderem auch zu einem offiziellen Vorstellungstermin bei seinen Eltern, auf den Helga gedrängt hatte, was Norbert bis zur letzten Minute zu verhindern versuchte. Im Nachhinein musste der Besuch aber als Glücksfall gewertet werden, denn natürlich waren seine Eltern, insbesondere Mutter, die hinterher kein gutes Haar an seiner »Freundin« ließ, gegen diese Beziehung. So kurz vor dem Abitur solle er sich gefälligst auf die Schule konzentrieren und nicht auf Mädchen. Helga merkte, dass sie bei seinen Eltern nicht gut ankam, worauf sich ihre Beziehung überraschend schnell abkühlte.

Für seine Eltern war es immer klar gewesen, dass er die Schule ordentlich beendete. Vater hatte damals bereits eine leitende Position in der Metallwarenfabrik. Und heimlich hoffte er wohl, dass Norbert später einmal in seine Fußstapfen trat. Dass er plante, in eine völlig andere Richtung zu stapfen, hatte er seinen Eltern lange verschwiegen. Bis zu dem Tag, als er Mutter zu einer privaten Vorstellung einlud. Aus diesem Anlass hatte er sein Zimmer festlich mit Kerzen illuminiert und sich eine Wolldecke um die Schultern gehängt.

Vielleicht war es einfach nur der falsche Moment, als er vor die Wäscheleine trat, über der seine Hemden hingen, und mit ausgebreiteten Armen die Arie des Papageno sang. Während des gesamten Vortrags saß Mutter wie schockgefroren auf dem Stuhl und starrte ihn an, als käme gerade eine zehn Meter hohe Tsunami-Welle auf sie zugerast, der sie nicht mehr entkommen konnte.

»Du willst was?«, fragte sie, nachdem er sich verbeugt hatte. »Das reicht ja nicht mal für ein Vorsingen in einem Laienchor!«

Irgendwie hatte er es immer geahnt. Dass er letztlich nicht begabt genug war. Dass es nicht reichte, um seinen großen Traum von einer Gesangskarriere zu verwirklichen. Trotzdem war Norbert auch ein bisschen erleichtert. Vielleicht hatte Mutter ja recht gehabt und ihn so vor einer späteren Enttäuschung bewahrt.

Die Arbeit bei *C. Wagner* machte ihm wider Erwarten großen Spaß. Auch wenn er Mutter nie begreiflich machen konnte, was so großartig daran sein sollte, Schrauben zu verkaufen, hatte Norbert das Gefühl, der Welt einen Dienst zu erweisen. Auf seine Art machte er die Welt ein wenig sicherer. Seine Dübel verhinderten, dass Bilder von den Wänden fielen, und die Schrauben bewahrten Kräne davor, umzukippen. Alles, was die Welt im Innersten zusammenhielt, fand sich in Norbert Grützkes Schubladen.

Sein Abschied vom Laden, in dem er fast vierzig Jahre hinter dem Tresen gestanden hatte, wurde mit einer kleinen Feier begangen. Herr Wegert hielt eine launige Rede, in der er ihm den Titel »Meister Norbert Grützke« ehrenhalber verlieh. Zum Abschluss überreichte er ihm eine Urkunde, die sein Chef offensichtlich erst kurz zuvor am Computer erstellt hatte. »In Erinnerung an vierzig bleierne Jahre.« Es war nicht ganz klar, ob er »bleibende« oder tatsächlich »bleierne« Jahre gemeint hatte. Und für wen sie bleibend oder bleiern gewesen waren, getraute sich Norbert nicht nachzufragen. Frau Lüke schenkte ihm im

Namen der Belegschaft eine Jahreseintrittskarte für den Berliner Fernsehturm, was zwar nett, aber vollkommen überflüssig war, da er den Turm wegen seiner Höhenangst ohnehin nie betreten würde, und seine Kollegen Henne, Lutz und Werner gaben die Gründung eines Skatclubs bekannt, um die Verbindung nicht abreißen zu lassen. Obwohl Norbert immer gerne mit seinen Kollegen zusammengearbeitet hatte, erschien ihm ein gemeinsamer Skatclub doch ein wenig übertrieben. Denn in Zukunft wollte er lieber selber bestimmen, welche Termine er wahrnahm. Im Gegensatz zu vielen anderen, die aus dem Berufsleben entlassen wurden, freute er sich auf die freie Zeit. Endlich konnte er seine Sammlung von Fernsehtürmen aus aller Welt komplettieren. Er konnte so lange zu Mittag schlafen, wie er wollte, den restlichen Tag vertrödeln und abends im Fernsehen seine geliebten Rateshows ansehen.

Er konnte es. Im Prinzip.

4.

»Da haben Sie ja noch mal Glück gehabt!«

Norbert kam nur langsam wieder zu sich. Er lag in einem Zimmer, das er nicht kannte. Neben seinem Bett bemerkte er einen freundlich lächelnden Mann, den er zuvor noch nie gesehen hatte. Er trug einen weißen Kittel und ein Stethoskop um den Hals. Offenbar befand sich Norbert in einem Krankenhaus. Wie er hierhergekommen war, wusste er nicht. Er war gefallen und mit dem Kopf auf etwas Hartes gestoßen. An der Stirn fühlte er einen Verband. Jetzt erinnerte er sich: Er war aufgestanden, um Mutter etwas Wichtiges mitzuteilen. Dann hatte es ihm die Beine weggezogen.

»Ein paar Zentimeter tiefer und ihr rechtes Auge wäre verloren gewesen.«

Plötzlich fiel es ihm wieder ein. Mutter hatte erklärt, noch eine wichtige Aufgabe erledigen zu müssen, und plante aus diesem Grund, in Norberts Wohnung überzusiedeln.

Er blickte erschrocken zum Arzt, als wäre er sich nicht hundertprozentig sicher, ob er das alles nur geträumt hatte.

»Sie müssen sich wirklich keine Sorgen machen. Wir behalten Sie zur Sicherheit noch ein, zwei Tage hier«, sagte der Arzt mit der ruhigen Stimme eines Mannes, der sein Leben vollständig unter Kontrolle hatte. »In Ihrem Alter ist eine leichte Gehirnerschütterung noch nicht so dramatisch.«

»Nur ein, zwei Tage?«

»Na ja«, meinte der Arzt, eine Sekunde verunsichert, »Sie wollen doch bestimmt so schnell wie möglich wieder nach Hause, oder?«

Norbert überlegte, ab welchem Alter eine leichte Gehirnerschütterung wohl als dramatisch eingestuft wurde. Und woher wusste er überhaupt, wie alt er war?

»Besteht nicht die Möglichkeit, ich meine, könnte es möglich sein, dass es noch etwas mehr, also etwas anderes ist als eine Gehirnerschütterung?«

Der Arzt blickte ihn nachdenklich an. Norbert sah förmlich, wie es in ihm arbeitete. Einen Patienten, der gerne noch etwas länger geblieben wäre, hatte er schon lange nicht mehr gehabt.

»Wir warten jetzt erst mal ab, wie Sie sich morgen fühlen. Wenn es nicht besser wird, müssen wir weitere Untersuchungen machen. Aber hoffen wir, dass alles gut ist. Ihre Frau hat schließlich schon Sehnsucht nach Ihnen.«

»Meine Frau?«

»Sie will eine Hühnersuppe machen, wenn Sie nach Hause kommen.«

»Sie *kann* überhaupt keine Hühnersuppe machen«, entgegnete Norbert und machte eine hastige Kopfbewegung, so dass ihm der Verband über die Augen rutschte.

»Außerdem ...«

»Nun entspannen Sie sich mal, dann werden Sie schnell wieder gesund.«

Und noch ehe er den Verband wieder nach oben geschoben hatte und den Irrtum aufklären konnte, war der Arzt schon aus dem Zimmer gerauscht.

Erst jetzt bemerkte er, dass er nicht alleine im Zimmer lag. Neben ihm, nur durch einen Nachttisch getrennt, lag ein anderer Mann, etwa in Norberts Alter. Auf den ersten Blick war nicht zu erkennen, woran er erkrankt war. Er atmete gleichmäßig und hatte die Augen geschlossen, als würde er tief schlafen.

Jahrzehntelang hatte Norbert in eine private Krankenversicherung eingezahlt, um genau das zu verhindern. Die Aussicht, mit röchelnden, furzenden und vor Schmerzen wimmernden alten

Menschen in *einem* Zimmer liegen zu müssen, war so grauenhaft, dass er für die jährlichen Raten auf vieles verzichtet hatte. Er war nicht in den Urlaub gefahren, hatte sich nur einmal im Jahr beim Schlussverkauf neue Hemden gekauft und war nur selten auswärts essen gegangen. Immer in dem Bewusstsein, damit eine Investition in seine Zukunft zu leisten. Sein ganzes Leben hatte er sich auf den einzigen Luxus vorbereitet, den man im Notfall haben konnte: nämlich alleine in einem Krankenhauszimmer zu liegen. Während andere auf längere Aufenthalte im Süden sparten, um ihre alten Knochen zu wärmen, sparte Norbert eben auf ein Einzelzimmer im Krankenhaus. Zwar sehnte er diesen Notfall nicht unbedingt herbei, aber es war doch beruhigend zu wissen, dass er notfalls abgesichert war.

Jedenfalls war er nicht bereit, diese Situation einfach so hinzunehmen. Bei der nächsten Gelegenheit würde er die Schwester bitten, ihn in ein anderes Zimmer zu verlegen. Vielleicht hatte sein Bettnachbar sogar eine ansteckende Krankheit, eine hartnäckige, auch medikamentös nicht in den Griff zu kriegende Erkrankung, die selbst erfahrene Ärzte vor Rätsel stellte.

Die Vorstellung, neben einer Virenschleuder zu liegen, stimmte ihn für einen Moment hoffnungsvoll. Womöglich eröffneten sich hier ungeahnte Möglichkeiten für einen längeren Krankenhausaufenthalt.

Norbert blickte auf einmal interessiert zu dem schlafenden Mann. Richtig krank wirkte er allerdings nicht. Nur ein wenig erschöpft. Er hatte dunkle Ringe unter den Augen, das Gesicht war blass, als hätte er die Nacht kaum geschlafen. Die Haare seines Schnauzbartes bewegten sich jedes Mal, wenn er ausatmete. Im schlimmsten Fall war er gar nicht ernsthaft krank, sondern litt lediglich an einer der üblichen altersgemäßen Malaisen. Kniescheibenverschleiß oder eine verschleppte Blasenentzündung. Spätestens ab sechzig wurde der Körper zu einer Baustelle. Weite Teile mussten aufgerissen werden oder blieben wegen Gefährdung der

Sicherheit nur noch eingeschränkt nutzbar. Damit kam Norbert in seinem Fall aber nicht weiter. Was er jetzt brauchte, war eine nicht zu schwere, vor allem jedoch ausschließlich stationär behandelbare Krankheit. Wenn es gut lief, könnte er seinen Aufenthalt so noch um einige Tage verlängern. Wenn es richtig gut lief, schickte man ihn danach in ein brandenburgisches Rehabilitationszentrum, in dem Mutter ihn schon aufgrund der Tatsache, dass es in Brandenburg lag, niemals besuchen würde. Denn Norbert war sich inzwischen sicher, dass sie ihren Plan bereits in die Tat umsetzte. Während er hier lag, nutzte sie die Gelegenheit, um ihn vor vollendete Tatsachen zu stellen. Mit oder ohne Hühnersuppe.

Aber woher wusste der Arzt überhaupt davon? Im Grunde gab es nur eine Erklärung: Mutter war im Krankenhaus gewesen und hatte bereits mit dem Personal gesprochen. Das heißt, sie hatte sämtliche Schwestern seiner Abteilung umfassend über ihn informiert und darüber hinaus genaue Anweisungen gegeben, wie sie sich ihm gegenüber zu verhalten hatten. Wahrscheinlich hatte sie ihnen sogar eine Liste ausgehändigt, auf der detailliert aufgezeichnet war, was er wann, wo und wie benötigte. Zum Beispiel zwei unterschiedliche Zahnpasten, eine für morgens, eine für abends. Und natürlich ausreichend Bekleidung, denn man konnte schließlich nie wissen, ob das Krankenhaus zur täglichen Reinigung seiner Wäsche überhaupt in der Lage war. Mutter war nämlich der festen Überzeugung, dass nur sie über seine Bedürfnisse Bescheid wusste. Selbst Norbert war manchmal von seinen eigenen Bedürfnissen überrascht. Und ständig kamen neue hinzu, mit denen er nie gerechnet hatte.

Als er vorsichtig seine Bettdecke hob, sah er, dass er einen neuen Pyjama anhatte. Selbstverständlich keinen der üblichen, wie sie für Männer seines Alters im Angebot waren. Nein, es musste schon etwas Besonderes sein. In diesem Fall handelte es sich um einen türkisfarbenen Seidenpyjama, der selbst Playboy-Erfinder Hugh Hefner zur Ehre gereicht hätte.

Norbert hatte sich nie viel aus Mode gemacht. Die Sachen mussten halt irgendwie sitzen. Am besten gleich beim ersten Mal. Denn nach fünf Tagen noch einmal wiederzukommen, um seine dann endlich gekürzten Hosen abzuholen, kam für ihn nicht in Frage. Er probierte eben so lange Hosen an, bis eine von ihnen passte. Notfalls auch eine, die er eigentlich gar nicht mochte. Hauptsache, es ging schnell. Seine jährlichen Einkäufe dauerten nie länger als eine halbe Stunde. Nach einer halben Stunde verließ Norbert grundsätzlich das Geschäft. Der Tag wurde wie eine militärische Operation geplant. Gezieltes Eindringen in die Herrenabteilung, blitzschnelles Zugreifen bei der reduzierten Ware und rascher Rückzug über die Kasse. Die Feinde in Gestalt von geschulten Verkäuferinnen konnten jederzeit vor oder neben ihm auftauchen und Norbert in ein Beratungsgespräch verwickeln, von dem er sich nicht mehr lösen konnte. Meist erwarb er dabei noch zusätzliche Artikel, die er gar nicht benötigte. Beispielsweise heruntergesetzte Wintermäntel im Frühsommer oder eine schicke Badehose, obwohl er zuletzt vor mehr als fünfzig Jahren schwimmen gegangen war. Er mochte die Frauen nun mal nicht enttäuschen.

Sein größtes Problem war, dass er nie genau wusste, was er eigentlich wollte. Das heißt, im Prinzip suchte er das Gleiche wie im Vorjahr, nur eine Nummer größer. Wenn er nicht von Jahr zu Jahr dicker geworden wäre, hätte er sich den Weg ins Kaufhaus sogar komplett sparen können. Seine Vorliebe für senffarbene Hosen und Jacken mit möglichst vielen kleinen Taschen, in die man viele kleine Dinge verstauen konnte, hatte sich seit gut zwanzig Jahren nicht verändert. Inzwischen brauchte er die Verkäuferinnen auch nicht mehr daran zu erinnern. Sie führten ihn praktisch automatisch in die Abteilung mit senffarbenen Hosen und Jacken mit den vielen kleinen Taschen. Hatte er dies anfangs noch als besondere Aufmerksamkeit eines geschulten Personals empfunden, merkte er nach und nach, dass in dieser Abteilung ausschließlich Rentner einkauften.

Obwohl die senfgelbe Bevölkerungsgruppe immer größer wurde, wurden die Taschen immer weniger. Praktische Gesichtspunkte spielten in den Modezentralen offensichtlich keine Rolle mehr. Auch bei der Unterwäsche schienen die Hosen mit Eingriff ein Auslaufmodell zu sein. Einmal wurde er von einer Verkäuferin in der Abteilung für Herrenunterwäsche überrascht. Nachdem sie ihn kurz taxiert hatte, empfahl sie ein freches Modell aus dem Hause bruno banani. Natürlich ohne Eingriff. Da Norbert nicht vorhatte, mit der Frau ein Streitgespräch über seine Unterhosen anzufangen, nahm er die Hose und verschwand rasch in unkomplizierteren Abteilungen.

Mutter war der Meinung, dass man auch im Bett ordentlich gekleidet sein müsse, und kaufte ihm alle paar Monate einen neuen Pyjama. Trotz seines wiederholten Einwandes, dass ihn nachts ohnehin niemand sah, ja, dass er selber überhaupt nur zwischen Bad und Schlafzimmer – die Strecke war in weniger als fünf Sekunden zu schaffen – sehe, was er trage, blieb sie weiterhin uneinsichtig. Er tue das schließlich nur für sein eigenes, gutes Gefühl. Ob ihm der Pyjama tatsächlich ein gutes Gefühl vermittelte, interessierte Mutter dabei weniger. Wie er sowieso seit längerem den Verdacht hegte, dass sie bei alldem nur an sich dachte. Für Mutter war Norbert ein Haustier, das lebenslänglich auf ihre Fürsorge angewiesen war.

Ehrlicherweise musste er zugeben, dass er bislang keinen ernsthaften Versuch unternommen hatte, sich von ihrer Fürsorge zu befreien. Aus reiner Bequemlichkeit brachte er einmal die Woche seine Hemden zu ihr, damit ihre Zugehfrau sie wusch und bügelte. Auf dem Rückweg schleppte er Tüten voll Obst und Arzneikürbiskernen zur Stärkung der Blasenfunktion mit nach Hause. Ein Großteil seiner Küchenschränke war mittlerweile von Kürbiskernen und Vitaminpillen belegt. Ganz abgesehen von den Pyjamahaufen und Sockenbergen, die er in Umzugskisten verstaut hatte, weil die Schubladen dafür längst nicht mehr reichten.

Doch das alles drohte nun durch Mutters wahnsinnige Idee, bei ihm einzuziehen, aufzufliegen. Dabei hatte er nur noch den Wunsch, unauffällig aus ihrem Leben zu verschwinden.

»Sie haben wohl auch genug von der Ehe, was?«

Norbert erschrak. Sein Bettnachbar hatte die Augen geschlossen, schien aber wider Erwarten hellwach zu sein.

»Ich weiß nicht, was Sie meinen«, sagte Norbert, ohne den Mann direkt anzusehen.

»Halten Sie mich für blöd? Ich hab doch gehört, was Sie eben zum Doktor gesagt haben.«

Norbert überlegte, ob er darauf eingehen sollte. Eigentlich hatte er nicht vor, mit dem Fremden über sein Privatleben zu diskutieren.

»Also mir können Sie es ruhig sagen«, der Mann schlug die Augen auf und zwinkerte Norbert zu, »ich werde es Ihrer Frau auch nicht erzählen.«

»Es ist überhaupt nicht meine Frau!«, erwiderte er leicht ungehalten über die fortwährende Verwechslung. Es war ihm nämlich schon öfter passiert, dass man Mutter für seine Frau gehalten hatte. Für wen das jetzt das größere Kompliment war, konnte er nicht sagen. Doch irgendwie war es nicht in Ordnung, dass man ihn ständig unterschätzte.

»Es ist aber eine Frau, wenn ich mich nicht täusche. Ich heiße übrigens Walter Schönlein, du kannst aber ruhig Walter zu mir sagen. Wir sind ja hier unter uns.«

Der Mann schwenkte seinen Arm zur Seite, doch Norbert war viel zu aufgebracht, um nach der Hand zu greifen.

»Sie haben meine ... also, Sie haben sie gesehen?«

Walter Schönlein lachte. »Sie war nicht zu übersehen! Ich muss schon sagen, da hast du dir ja was ins Haus geholt.«

»Wie bitte?« Norbert hatte plötzlich Angst, dass Mutter bereits eingezogen war. »Hat sie irgendwas gesagt?«

»Ob sie irgendwas gesagt hat?« Schönlein lachte erneut. Das

Lachen wurde von einem heftigen Hustenanfall unterbrochen, konnte sich aber schließlich wieder ungebremst durchsetzen.

Norbert verfolgte das alles mit zunehmender Sorge.

»Sie hat eigentlich dauernd geredet. Mein lieber Freund! Erstmal hat sie das Zimmer aufgeräumt und die Blumen in den Müll geworfen. Die sind hässlich und stinken, hat sie gesagt.« Schönlein imitierte Mutters Stimme, was ihm überraschend gut gelang. »Ich hab mich kaum getraut, was zu sagen. Immerhin waren es ja *meine* Blumen. Ich kann dich gut verstehen, dass du nicht wieder nach Hause willst. Mit dieser Frau ist das sicher kein Zuckerschlecken.«

»Also, mit allem Respekt, aber …«

»Aber was? Dass ich die Wahrheit gesagt habe?«

Norbert fragte sich, ob es sinnvoll war, sich mit seinem Bettnachbarn zu streiten. Zumal er nicht ganz unrecht hatte. Es *war* kein Zuckerschlecken mit ihr. Aber so deutlich hatte ihm das vorher noch niemand gesagt.

»Hör zu«, sagte Walter, offensichtlich begeistert von der Tatsache, endlich einen Leidensgenossen auf Augenhöhe gefunden zu haben, »wir können uns hier jetzt nett übers Wetter unterhalten. Wir können aber auch von Mann zu Mann sprechen. Wenn ich mich nicht irre, und ich irre mich selten, haben wir beide das gleiche Problem: Wir wollen in Ruhe die letzten Jahre genießen, die uns noch bleiben, aber es funktioniert nicht, solange unsere Frauen da sind. Stimmt's, oder habe ich recht?« Er grinste übers ganze Gesicht, als wäre er sich seiner Sache ziemlich sicher.

Obwohl Norbert nicht leugnen konnte, dass Walter den vermutlich wahrsten Satz der letzten Jahre gesprochen hatte, zögerte er. Es war ihm ein bisschen peinlich, dass wildfremde Menschen so gut über seine intimsten Gefühle Bescheid wussten.

»Ich habe also recht!«, frohlockte Walter, während er sich aufsetzte und das Kissen hinter den Rücken stopfte.

»Die Wahrheit ist doch«, er wirkte mittlerweile putzmunter, als brachte ihn das geteilte Leid wieder auf Trab, »die Wahrheit ist, dass man sich nach so vielen Jahren einfach nichts mehr zu sagen hat. Ich kenne sämtliche Ansichten meiner Frau zu allen Themen auswendig. Eigentlich bräuchte sie überhaupt nichts mehr zu sagen, weil ich ihre Meinung längst weiß. Aber sie wiederholt alles, als wäre ich schwachsinnig oder so. Ich meine, sie muss doch merken, dass sie sich ständig wiederholt. Aber sie merkt es einfach nicht!« Er schüttelte den Kopf. »Mal ehrlich, dann kann man sich doch auch trennen, oder?«

Norbert nickte unmerklich. Im Gegensatz zu Walters Frau schöpfte Mutter allerdings aus einem unendlichen Fundus von Mitteilungen, die ihn immer wieder aufs Neue überraschten. Selbst über die richtige Zahnbürste konnte sie eine halbe Stunde lang referieren. Zu Zahnbürsten fiel Norbert nicht mal ein halber Satz ein. Vielleicht war Mutter nur deshalb so alt geworden, weil sie auch über Zahnbürsten etwas zu sagen wusste.

»Reden wir nicht um den heißen Brei herum. Nach einigen Jahren stören Frauen doch nur noch. Ich weiß nicht, wer diesen Unsinn erfunden hat von wegen ›Bis dass der Tod uns scheidet‹. Die Kerle sollte man an die Wand stellen!« Walter nahm einen kräftigen Schluck aus seiner Schnabeltasse. »Willst du auch? Erstklassiger Korn. Ein Fläschchen habe ich immer in meiner Tasche.«

Norbert lehnte dankend ab.

»Zu Hause bin ich nicht mehr ich selbst. Man kann ja nicht mal in Ruhe furzen, ohne dass einem gesagt wird, ob man das nicht vielleicht mal ärztlich untersuchen lassen sollte, es KÖNNTE sich ja um eine Darmerkrankung handeln. In unserem Alter furzt man halt auch mal ohne Grund. Inzwischen gehe ich sogar raus, weil ich ihren bösen Blick nicht mehr ertrage. Verstehst du, ich muss MEIN Wohnzimmer verlassen, um ungestört einen fahren lassen zu können. Wahrscheinlich kann sie mich auch längst nicht mehr ertragen. Aber niemand traut sich, das zu sagen. Geht dir das auch so?«

»Ich lebe allein«, sagte Norbert.

»Du lebst ... was? Aber das ist ja ... fantastisch!« Er trank noch einen Schluck. »Puuh, ich muss sagen, Donnerwetter, goldrichtig gemacht, mein Lieber. Noch rechtzeitig die Kurve gekratzt.«

»Aber nicht mehr lange.«

Walter sah ihn erschrocken an. »Wie, nicht mehr lange?«

»Sie will bei mir einziehen.«

»Deine Frau will wieder bei dir einziehen?«

»Meine Mutter, es ist meine Mutter.«

»Deine Mutter will bei dir einziehen? Das ist ja grausam!«

»Ein Alptraum.«

»Eine Horrorvorstellung. So was muss man doch verhindern können.«

Norbert zuckte die Schultern.

»Und wahrscheinlich erwartet sie noch, dass du sie pflegst.«

»Nein.«

»Nein?«

»Es ist ... umgekehrt.«

»Umgekehrt?«

»Sie hat noch eine Aufgabe zu erledigen.«

»Wer ist sie, Arnold Schwarzenegger? Du musst sie unbedingt stoppen. Ich würde mir das nicht gefallen lassen.«

»Da kennst du meine Mutter schlecht.«

»Und ich dachte immer, ICH hätte ein Problem. Eine Mutter ist ja noch viel schlimmer als eine Frau. Eine Mutter ist wie der Kessel von Stalingrad, du kannst eigentlich nur verlieren.«

Walter reichte ihm die Schnabeltasse. Norbert stürzte den restlichen Schnaps runter. Der Alkohol stieg ihm sofort zu Kopfe.

»Und was willst du jetzt machen?«

Zum ersten Mal seit Tagen begann sich Norbert wieder etwas zu entspannen. Obwohl er keine Ahnung hatte, wie er Mutter noch von ihrem Plan abbringen konnte, war er dankbar, mit seinen Sorgen nicht ganz allein dazustehen. Irgendwie mochte er Walter sogar ganz gerne. Er hatte eine erfrischende Art, die Dinge beim Namen zu nennen. Eine Art, die Norbert vollkommen abging. Womöglich konnten sie sich nach dieser Geschichte zu regelmäßigen Fernsehabenden treffen. Zwei friedlich vor sich hin furzende alte Männer, die sich in Ruhe ließen.

Aber so weit war es noch nicht. So weit war es noch lange nicht.

»Ich hab schon mal so gedacht«, sagte Walter nach einer längeren Pause, in der er die Schnabeltasse aus einer Flasche, die unter dem Bett versteckt war, nachgefüllt hatte, »vielleicht könnte ich meine Frau einfach entführen lassen. Ich kenne da ein paar Leute, die würden so was für wenig Geld machen. Also ganz harmlos, ohne Gewalt natürlich.«

Norbert blickte ihn eine Weile nachdenklich an. Vermutlich war es nur der Alkohol, der seine Reaktion derart verlangsamte.

»Bist du wahnsinnig! Wohin willst du sie denn entführen lassen?«

»Das ist leider der Haken«, meinte Walter betrübt. »Sie müsste ja irgendwo wohnen. Und wer soll das bezahlen, wenn sie noch jahrelang lebt?«

»So viel Geld muss man erst mal haben«, meinte Norbert, der kaum noch Herr seiner Gedanken war. »Am besten, ich bleibe hier«, sagte er, schon hörbar angetrunken.

»Hier im Krankenhaus? Aber du hast doch gar nichts.«

Norbert konzentrierte sich auf den Rest seines Verstandes, und der sagte ihm glasklar, dass es nur eine Möglichkeit gab, den Krankenhausaufenthalt zu verlängern.

»Ich könnte aber was haben, nichts Körperliches, sondern was Psychisches.«

Walter sah ihn entgeistert an. »Du willst doch nicht in die Klapsmühle? Das ist ja verrückt!«

»Es ist verrückt«, sagte Norbert, mehr für sich, und musste dabei unweigerlich grinsen.

Auf einmal hatte er eine großartige Idee, wie er aus der ganzen Sache elegant wieder herauskam.

5.

Das Untersuchungsergebnis am nächsten Tag fiel erwartungsgemäß schlecht aus. Norbert durfte das Krankenhaus wieder verlassen, er müsse sich zu Hause aber noch einige Tage schonen, was in Anbetracht der Umstände jedoch ziemlich unrealistisch war. Denn wenn Mutter erst bei ihm wohnte, war es mit seinem ruhigen Leben schlagartig vorbei.

Die einzige Hoffnung, hierzubleiben, eine Verzögerung um ein, zwei Tage würde ihm Zeit zum Nachdenken geben, war ein psychischer Notfall. Mit anderen Worten: Norbert musste den Arzt davon überzeugen, dass bei einer sofortigen Entlassung Gefahr für seine geistige und körperliche Gesundheit drohte.

Als Kind hatte er sich manchmal Nervenleiden ausgedacht, um Mutter Angst einzujagen. Mal wackelte er unbeherrscht mit dem Kopf. Ein anderes Mal zuckten seine Augenlider, als hätte er ein Insekt ins Auge bekommen. Leider blieben seine Erfolge bei Mutter gering. Wenn sie überhaupt etwas bemerkte, erklärte sie kühl, das verlebe sich schon, er solle lieber mehr Sport treiben, anstatt immer mit seinen Bussen zu spielen. Daraufhin wandte er sich frustriert seiner Tante zu, die seinen wöchentlich wechselnden Leiden sehr viel aufgeschlossener gegenüberstand. Er bekam Kekse und Brausebonbons zugesteckt, und wenn er besonders schwer litt, auch mal eine ganze Tafel Schokolade. Bedauerlicherweise starb Tante Henny, als er neun Jahre alt war, so dass seinen Leiden jegliche Grundlage entzogen wurde.

Später – Norbert hatte mittlerweile eine Reihe von Ängsten für sich entdeckt – versuchte er bei Mutter noch einmal sein Glück. Aus Furcht vor möglichen Infektionen fing er an, sich zu jeder vollen Stunde die Hände zu waschen. Das Abendbrot zerteilte er in winzige Stückchen, weil er Angst hatte, daran zu ersticken. Bei Sturm oder Gewitter verkroch er sich unters Bett und blieb solange dort, bis alles vorbei war. Seine Ängste waren so vielfältig, dass er mitunter durcheinanderkam. So vergaß er einmal bei einem heftigen Gewitter, unter dem Bett zu verschwinden, weil er gerade beim Abendbrot saß und Hunger hatte.

Nachdem sich Mutter das ganze Elend eine Zeitlang kommentarlos angesehen hatte, teilte sie ihm eines Tages mit, dass er sich den Aufwand sparen könne und seine Kräfte besser auf die Schulaufgaben konzentrieren solle. Sie halte es nämlich für unwahrscheinlich, dass ein so normales Kind wie er überhaupt an irgendetwas leiden könne.

Auch wenn Norbert seit Jahrzehnten aus der Übung war, hatte das Alter den unbestreitbaren Vorteil, dass sich die Ängste quasi von selber einstellten. Er brauchte keine schauspielerischen Fähigkeiten mehr, um die anderen von seinen Problemen zu überzeugen. Jedenfalls solange es sich nicht um Mutter handelte.

Norbert stand bedrückt im Sprechzimmer von Dr. Lehmwold. Der Arzt hatte ihn praktisch schon entlassen und wollte gerade die Tür öffnen, als Norbert im letzten Moment allen Mut zusammennahm.

»Ich weiß nicht, ob Sie überhaupt der Richtige dafür sind, aber manchmal habe ich so Panikanfälle. Mir wird schwarz vor Augen, und dann kippe ich einfach um.«

»Ach so?« Dr. Lehmwold sah ihn an, als wäre er für Panikanfälle der falsche Ansprechpartner. Panikanfälle interessierten ihn erst in dem Moment, wo jemand zu Schaden kam. »Sie meinen Angstzustände.«

»Ich kann es nicht genau erklären, es kommt eben plötzlich über mich.« Norbert musste vorsichtig sein, was er sagte. Nicht, dass er sich den weiteren stationären Aufenthalt versaute, nur weil er auf Panikanfällen bestand. Er kannte das von diversen

Versicherungen. Der falsche Begriff und sie verweigerten die Zahlung.

»Vor was haben Sie denn genau Angst?« Dr. Lehmwold schien verunsichert. Nicht lokalisierbare Schmerzen fielen nicht in seinen Zuständigkeitsbereich.

»Wenn ich das nur wüsste!« Norbert spürte, dass seine Ängste im Alter sehr viel überzeugender wirkten als früher. Manchmal kam ihm das Leben wie ein gewaltiger Konstruktionsfehler vor. Man wurde erst ernst genommen, wenn es fast schon zu spät war.

»Also rein körperlich sind Sie fit. Aber natürlich könnte es noch andere Ursachen haben.«

»Psychosomatische?«, half Norbert dezent nach.

»Gut möglich. Waren Sie schon mal bei einem Psychiater?«

Norbert schüttelte den Kopf. Zur Sicherheit hielt er sich am Kleiderständer fest, um die Dringlichkeit seines Falles zu unterstreichen.

»Ich könnte Ihnen einige Adressen geben. Allerdings weiß ich nicht, ob die noch Patienten aufnehmen.«

Auf einmal befürchtete Norbert, dass er ihn mit ein paar Telefonnummern abspeiste und nach Hause schickte.

»Ehrlich gesagt«, sagte er sichtlich mitgenommen, was in diesem Augenblick sogar stimmte, »weiß ich nicht, ob ich das alleine schaffe.«

Dr. Lehmwold machte ein ernstes Gesicht. Offenbar überlegte er, ob er die Verantwortung übernehmen konnte, wenn Norbert auf dem Heimweg tatsächlich etwas zustieß.

»Wir haben hier im Haus einen psychiatrischen Notdienst. Ich könnte versuchen, bei Dr. Zielke kurzfristig einen Termin zu bekommen. Einverstanden?«

Norbert unterdrückte ein Lächeln. »Und bis dahin kann ich hierbleiben?«

Dr. Lehmwold nickte. »Legen Sie sich am besten gleich wieder hin.«

Als Norbert in sein Zimmer zurückkehrte, saß Walter Schönlein fertig angezogen auf der Bettkante und sah bedrückt auf die gepackte Tasche zu seinen Füßen.

»Was soll denn das werden? Bist du schon wieder gesund?«

Norbert hatte sich gerade an seinen Mitbewohner gewöhnt. Ja, mehr noch, er hatte erkannt, dass er mit seinen Problemen nicht allein war.

»Nein, aber meine Frau meint, dass ich mich zu Hause schneller erhole.« Mit dem Zeigefinger zog er sein rechtes Augenlid runter, als wäre das der größte Unsinn, den er je gehört hatte. »Und du, kommst du jetzt in die Klapse?«

»Ich habe einen Termin beim psychiatrischen Notdienst.«

»Respekt, du ziehst die Sache also wirklich durch.«

»Ich tue, was ich kann.«

»Ich hätte deine Mutter gerne näher kennengelernt. Scheint ja nicht uninteressant zu sein, die Frau.« Schönlein grinste übertrieben, was Norbert allerdings gar nicht so lustig fand.

»Du kannst sie gerne haben.«

»Aber dann musst du meine Frau nehmen, okay?«

Walter nahm die Tasche und überreichte Norbert einen Zettel mit seiner Telefonnummer.

»Und denk dran, was ich dir gesagt habe. Für diese Leute wäre eine Entführung überhaupt kein Problem.« Er lachte kurz auf, als wüsste er selbst nicht so genau, ob er das ernst nehmen sollte.

Nachdem sie sich verabschiedet hatten, blieb Norbert alleine im Zimmer zurück. Er saß im Bademantel auf dem Stuhl am Fenster und überlegte, was falsch gelaufen war in seinem Leben.

Sein größter Fehler war, dass er sich nicht rechtzeitig von Mutter gelöst hatte. Während sein Vater Karriere machte und selten zu Hause war, war Herta der beherrschende Mensch in seinem Leben geworden. Ihre Meinung war nicht nur die beste, sie war auch die einzige, die zählte. Jedenfalls aus Sicht von Mutter. Und weil Norbert früh erkannt hatte, dass es zwecklos war, sich gegen

Mutter zu behaupten, hatte er sich Hertas Meinung ohne Gegenwehr angeschlossen. Norbert saß in einem winzigen Beiboot und wurde vom Mutterschiff Herta Grützke durchs Leben gezogen.

Erstaunlicherweise konnte er es ihr trotzdem nie recht machen. Egal, was er sagte oder tat, Mutter hatte grundsätzlich irgendetwas daran auszusetzen. Wenn er ihr zum Geburtstag, den sie damals noch zur Kenntnis nahm, einen Strauß weiße Lilien schenkte, fragte sie, ob er ihr durch die Blumen etwas mitteilen wolle, schließlich handele es sich um das klassische Friedhofsgesteck. Ein einfacher Wasserkocher, den er zum Einkaufspreis aus dem Laden mitgebracht hatte, löste einen mittleren Krach aus. Wieso er glaube, dass ausgerechnet sie einen Wasserkocher benötige?

Obwohl Mutter nie gearbeitet hatte, sah sie sich selbst nicht als Hausfrau. Schon immer hatte sie viel Wert auf ihr Äußeres gelegt, ohne sich groß um irgendwelche Modeströmungen zu kümmern. Sie malte sich ihre Fingernägel grün an, färbte die Haare feuerrot und trug, seit bei ihr eine leichte Sehschwäche diagnostiziert wurde, eine eulenhafte Brille, die ihr eine Aura von Strenge und Weisheit verlieh. So war Mutter. Anstatt die Sehschwäche durch ein dezentes Brillenmodell auszugleichen, blies sie gegen ihren schwächelnden Körper zur Attacke und verpasste sich ein Modell, das man *unmöglich* übersehen konnte. Wo sie auftauchte, stand sie sofort im Mittelpunkt. Auf einer Elternversammlung, die sie nur ein einziges Mal besuchte – »Man diskutiert stundenlang über die Anschaffung von Seifen und vertagt die Entscheidung dann auch noch – ohne mich!« –, erschien sie in einem afrikanischen Stammesgewand, das in der Klasse noch Tage später für ausgiebigen Gesprächsstoff sorgte. Niemand schien ernsthaft daran zu zweifeln, dass Herta nicht wusste, was Sache war. Ob sie eine Fleischerei betrat und die Verkäufer über die Hygienevorschriften belehrte. Ob sie ihren Gästen bei Abendeinladungen zu Hause um halb zehn verkündete, spätestens in einer halben

Stunde zu Bett gehen zu wollen und deshalb weitere Drinks nicht mehr ausschenken zu können. Keiner wagte, sich gegen sie aufzulehnen. Alle fürchteten den Bannstrahl ihrer Verachtung.

Eigentlich hätte Norbert sie dafür bewundern müssen. Eigentlich hätte er stolz sein müssen, dass sie anders war als die anderen Mütter. Aber er schämte sich. Im Grunde passten sie nämlich überhaupt nicht zusammen. Leider war eine Scheidung zwischen Eltern und Kind in der Rechtsprechung nicht vorgesehen, obwohl es vielen Familien sicherlich eine Menge Ärger erspart hätte.

Oder schämte er sich, weil er nicht so sein konnte, wie Herta es insgeheim von ihm erhoffte?

Manchmal, wenn sie alleine zusammen waren, ging eine merkwürdige Traurigkeit von ihr aus. Sie hatte nur selten über ihr Leben gesprochen, aber er getraute sich auch nicht nachzufragen, um es nicht noch komplizierter zu machen, als es sowieso schon war. Vielleicht war es diese unbestimmte Traurigkeit, weshalb Norbert keinen Schlussstrich ziehen mochte. Mutter hing an ihm. In gewisser Weise war er ihr Hobby. Aber wer brachte ihr bei, dass nicht jedes Hobby für alle Altersstufen geeignet war?

6.

Der psychiatrische Notdienst befand sich im elften Stock. Im Wartezimmer saßen drei Frauen, die stumpf geradeaus blickten. Norbert grüßte vorsichtshalber nicht, um die Stimmung im Raum nicht unnötig zu heben. An den Wänden hingen lustige Kinderzeichnungen, rotgelbblaue Schmierereien. Womöglich versuchte man den Patienten auf diese Weise mitzuteilen, dass alles nicht so schwerwiegend war, wie es ihnen gerade erschien.

Niemand würdigte ihn eines Blickes.

Norbert hatte den Bademantel gleich anbehalten, um die Bedeutung seines Falles zu unterstreichen. Denn er befürchtete, dass ihn der Psychiater wegen nicht ausreichender psychischer Komplexität zu seinem Hausarzt überweisen könnte.

Die Frauen wirkten auf ihn nicht besonders gestört. Eigentlich sahen sie wie ganz normale Menschen aus, die man täglich an der Wursttheke antreffen konnte. Dies bestärkte Norbert in seiner Ansicht, dass man den Leuten grundsätzlich nicht trauen durfte. Man wusste halt nie genau, ob der Kunde vor einem eine sexuelle Neigung zu Huftieren hatte oder eine unerklärliche Angst vor Meteoriteneinschlägen, die schließlich in dem Wunsch mündete, einen vollbesetzten Bus in die Luft zu jagen.

Dr. Zielke stellte sich überraschend als Frau heraus. Hätte er das vorher gewusst, hätte er sich das Ganze vielleicht noch einmal überlegt. Irgendwie war es ihm peinlich, mit einer Frau über seine Schwächen zu reden. Aber er hatte keine Wahl, schließlich wollte er sich sein Bedürfnis nach Ruhe amtlich bescheinigen lassen, ehe Mutter ihren Plan in die Tat umsetzte.

Frau Dr. Zielke hatte die raue Stimme einer Kettenraucherin.

Mit ihrer gewaltigen blonden Mähne erinnerte sie ihn an eine Löwin. Zudem war sie einen Kopf größer als Norbert, was die Sache nicht leichter machte.

Während sie sich schwungvoll auf den Chefsessel hinter den Schreibtisch setzte und sofort einen Stift griffbereit hielt, nahm Norbert unauffällig auf einem IKEA-Klappstuhl Platz.

Auf einmal hatte er Angst, etwas Falsches zu sagen. Nachdem sie sich seine harmlosen Beschwerden eine Weile angehört hätte, würde sie ihn am Kragen packen und unter wüsten Beschimpfungen aus dem Zimmer schleifen.

»Der Kollege meinte, ich sollte mir Sie mal ansehen. Da haben Sie aber wirklich Glück gehabt, sonst wäre heute nämlich nichts mehr frei gewesen. Dann erzählen Sie doch mal, was Sie bedrückt.«

Frau Dr. Zielke blickte ihn ernst an. Norbert hatte auf einmal den dringenden Wunsch, ihr irgendein traumatisches Ereignis aus seiner Kindheit zu beichten, um sie nicht zu enttäuschen. Das mit den Ohnmachtsanfällen kam ihm plötzlich ziemlich dürftig vor. Mit seinen Ohnmachtsanfällen spielte er lediglich in der Kreisliga der psychisch Gestörten. Bedauerlicherweise hatte er auf diesem Gebiet nicht das Geringste zu bieten. Mutter hatte recht, er war einfach zu normal fürs Leiden.

»Machen Sie sich keine Sorgen, alles, was Sie hier sagen, wird diesen Raum nicht verlassen«, erklärte Dr. Zielke und lächelte ihn aufmunternd an.

Es war grauenhaft, aber irgendetwas musste er schließlich sagen.

»Ich hab einfach Angst, dass sich alles verändert.« Es war ihm ein bisschen peinlich, mit so einer Lappalie zu kommen. Als würde man wegen eines festsitzenden Fleischstücks zum Zahnarzt gehen. Doch Dr. Zielke wirkte keineswegs gelangweilt, sondern nickte nur nachdenklich. Vielleicht war sein Fall doch nicht so hoffnungslos, wie er befürchtete.

»Veränderungen sind an sich ja nichts Schlechtes.«

»Aber nicht, wenn man siebzig ist. Irgendwann muss ja mal Schluss damit sein.«

»Sie sind siebzig?« Sie musterte ihn interessiert. »Sie sehen aber viel jünger aus«, sagte sie mit tiefer Stimme und warf lächelnd ihre Löwenmähne zurück.

Es war nicht klar, ob ihr Kompliment bereits der Beginn einer therapeutischen Maßnahme war oder lediglich eine freundliche Geste von Mensch zu Mensch.

»Was ängstigt Sie denn so an Veränderungen?« Sie begann, sich auf einem Blatt Papier Notizen zu machen. Alles, was er von nun an sagte, würde Auswirkungen darauf haben, ob er von der Krankenkasse später eine Rehabilitation bezahlt bekam oder nicht. Er überlegte, ob es reichte mitzuteilen, dass ihn schon eine Änderung des Fernsehprogramms aus aktuellem Anlass stark beunruhigte. Norbert sah die Sachbearbeiterin genau vor sich. Eine Frau Anfang fünfzig, die sich selber immer aufregte, wenn Sondersendungen das Abendprogramm durcheinanderbrachten, deswegen aber noch nie eine Reha bezahlt bekommen hatte. Er sah, wie sie mit ihrem Krankenkassenkugelschreiber hämisch grinsend einen dicken Strich durch das entscheidende Feld machte und das Formular im Schubfach »abgelehnt« entsorgte.

Norbert musste schwerere Geschütze auffahren. Es war Zeit, Mutter ins Spiel zu bringen.

»Meine Mutter ruft mich jeden Tag zu einer anderen Zeit an, und immer will sie irgendetwas anderes von mir. Manchmal ruft sie mich sogar am Sonntagmorgen um sieben Uhr an. Ich halte das nicht mehr aus.«

»Sie haben noch eine Mutter?«

Norbert sah sie irritiert an. »Ja, warum?«

»Das ist doch wunderbar. Das sollten Sie genießen.«

Frau Dr. Zielke wirkte geradezu euphorisch. Fast schien es, als wäre der Fall damit für Sie gelöst.

»Ehrlich gesagt wäre mein Leben ohne sie einfacher«, meinte Norbert schon etwas mutlos. Er hatte die Hoffnung beinahe aufgegeben, als Frau Dr. Zielke ihre Augen zu schmalen Schlitzen verengte und ihn scharf ansah.

»Sie haben also eine enge Beziehung zu Ihrer Mutter?«

»Eine enge Beziehung?« Norbert lachte kurz auf. »Es gibt Menschen, die uns für ein Ehepaar halten.« Mitunter kam es tatsächlich vor, dass die Leute Mutter als seine Frau betrachteten. Insbesondere Verkäufer in Kaufhäusern. Offenbar konnten sie sich nicht vorstellen, dass ein Mann seines Alters von seiner Mutter immer noch vorgeschrieben bekam, was er anziehen sollte. Norbert hatte es inzwischen jedoch längst aufgegeben, den Irrtum aufzuklären.

Dr. Zielke schob ein leeres Blatt Papier und einen roten Filzstift über den Tisch.

»Malen Sie bitte mal drei Kreise, einen für sich, einen für Ihre Mutter und einen für Ihren Vater. Und überlegen Sie nicht erst lange.«

Vielleicht waren das draußen im Wartezimmer ja gar keine Kinderzeichnungen, sondern Untersuchungsergebnisse. Jeder Patient durfte seine Zeichnungen irgendwann einmal dort präsentieren. Für die überzeugendste Darstellung gab es einen Preis, der unter anderem ein Abendessen mit Dr. Zielke und den Vorjahressiegern beinhaltete.

Norbert malte drei unterschiedlich große Kreise. Das Ganze sah aus wie ein stark vereinfachtes Sonnensystem, zwei kleine Planeten, die um eine gigantische rote Sonne kreisten.

»Und jetzt erklären Sie mir bitte, wer was ist«, sagte Dr. Zielke und beugte sich über den Tisch.

Norbert dachte kurz nach. Er war selbst überrascht, dass das Ergebnis so eindeutig ausgefallen war. Aber es gab keinen Zweifel, wer hier die Sonne war: Mutter.

Die Psychiaterin wirkte zufrieden, nachdem er sie aufgeklärt hatte.

»Sie möchten also, dass der große Kreis aus Ihrem Leben verschwindet, sehe ich das richtig?«

»So hart möchte ich das gar nicht – ginge das denn?« Er sah sie hoffnungsvoll an. Ein Planetensystem ohne Sonne war jedoch nur schwer vorstellbar. Die Planeten würden sofort in den Tiefen des Weltalls verschwinden. Eine Vorstellung, die ihn frösteln ließ.

»Im Prinzip schon. Aber Sie sollten mit Ihrer Mutter darüber sprechen und versuchen, Ihre Beziehung zu klären.«

»Mit meiner Mutter über das Weltall sprechen?« Norbert blickte auf die Sonne. Es war aussichtslos, mit ihr über Kreise diskutieren zu wollen.

»Es hilft manchmal schon, wenn Sie reden. Viele Menschen trauen sich oft nicht, die Probleme klar zu benennen. Vielleicht weiß Ihre Mutter gar nicht, was Sie Ihnen antut.«

»Meine Mutter will bei mir einziehen. Ich glaube kaum, dass sie vorher noch groß darüber sprechen möchte.«

»So brutal das jetzt klingen mag, aber Sie müssen sich von der Liebe Ihrer Mutter befreien, eine andere Möglichkeit gibt es nicht.«

»Kann man das irgendwie therapeutisch regeln?« Am besten wäre es, dachte Norbert, wenn man Mutter einfach geräuschlos wegtherapierte. Vielleicht gab es sogar eine ambulante Lösung. Je schneller, desto besser. Schließlich war er nicht mehr der Jüngste. Womöglich starb er noch vor der Befreiung.

»Langfristig empfehle ich regelmäßige Sitzungen in meiner Praxis.« Frau Dr. Zielke blätterte in einem dicken Notizbuch. »Ich bin zwar ziemlich voll, aber wir werden einen Termin finden.«

»Kurzfristig sehen Sie keine Möglichkeit? Ich meine, vielleicht steht Mutter schon vor der Tür.«

»Mittwochs um Viertel nach neun hätte ich noch was frei.« Offensichtlich konnte es ihr jetzt gar nicht schnell genug gehen. »Ich schlage vor, wir machen zunächst zehn Sitzungen. Danach muss ich bei der Kasse eine Verlängerung beantragen. Aber bei Ihnen mache ich mir überhaupt keine Sorgen, dass das nicht durchkommt.« Sie sah Norbert an, als freute sie sich bereits auf diesen besonders seltenen Fall mütterlicher Dominanz.

»Ich weiß nicht, ob meine Mutter um diese Zeit ...«

»Denken Sie einfach mal nicht an Ihre Mutter, sondern an mich, an sich selbst meine ich natürlich«. Sie lachte verlegen und wuschelte durch ihr Haar. »Wichtig ist, dass Sie lernen, nein zu sagen. Also nur was Ihre Mutter betrifft, gell? Sagen Sie nein, wenn Ihre Mutter an der Tür klingelt.«

»Nein?«

»Ja, nein.«

»Und Sie glauben, das reicht?«

»Fürs Erste sollte das reichen. Aber Sie kommen dann ja zu mir!«

Frau Dr. Zielke federte aus dem Sessel und reichte ihm eine Visitenkarte.

Norbert erhob sich krachend vom Stuhl. Der Gürtel seines Bademantels hatte sich gelöst, was er jedoch zu spät bemerkte.

An der Tür verabschiedeten sie sich. »Und bitte kommen Sie pünktlich«, sagte Dr. Zielke und blickte neugierig an seinem Pyjama herab.

Während Norbert ihre kräftige Hand schüttelte, war er überzeugt, gerade einen unverzeihlichen Fehler gemacht zu haben.

7.

Die nächsten zwei Tage blieb es zu Hause verdächtig ruhig. Norbert hatte sich an Mutters tägliche Anrufe so gewöhnt, dass er es kaum richtig genießen konnte, wenn sie nichts von ihm wollte. Die wenigen Male, an denen sie nicht miteinander telefoniert hatten, verbrachte er in einem Zustand nervöser Unruhe, die konzentriertes Arbeiten fast unmöglich machte.

Als er noch bei *C. Wagner* angestellt war, rief sie meistens am späten Nachmittag im Laden an, um ihn zunächst über den neuesten Klatsch aus ihrem Bekanntenkreis zu informieren. Obwohl sie jedes Mal fragte, ob sie ihn bei der Arbeit störe, wartete sie Norberts Antwort gar nicht erst ab, sondern fing gleich an zu erzählen. Er hatte praktisch nicht die geringste Chance. Niemand hatte eine Chance. Hatte man Mutter einmal am Telefon, gab es kein Entrinnen. Außer, man hob den Hörer ab und schwieg sofort los. Schon wenn man seinen Namen sagte, war es vorbei. Aber den Hörer abzunehmen und einfach nichts zu sagen, beeindruckte Mutter. Damit kam sie nicht klar.

Eine Zeitlang, genauer gesagt ein Mal, hatte Norbert auf diese Weise versucht, Mutter von ihren ständigen Anrufen abzubringen. Erst glaubte sie, sich verwählt zu haben, und rief zehn Sekunden später noch einmal an. Als sie wieder nichts hörte, wurde sie skeptisch und meinte, Norberts Atem identifizieren zu können. »Ich weiß doch, dass du das bist. Hör auf, deine Mutter zu ärgern!« Da Norbert jedoch weiterhin nichts sagte, legte sie schließlich wütend auf. Fünf Minuten später klingelte es erneut. Dieses Mal forderte sie ihn ultimativ auf, sich zu äußern, sonst könne er seine Hemden in Zukunft woanders hinbringen. Norbert dachte einen Augenblick ernsthaft darüber nach, entschied sich dann aber im letzten Moment gegen die Hemden. Daraufhin blieb das Telefon eine halbe Stunde lang still. Er hatte bereits die leichte Hoffnung, dass die Angelegenheit damit erledigt war, als es auf einmal Sturm läutete. Obwohl es ihm schwerfiel, ließ er es klingeln. Norbert lag auf der Couch und starrte auf das froschgrüne Telefon. Irgendwann musste auch Mutter einsehen, dass er zur Mittagsruhe für Telefonate jeglicher Art nicht zur Verfügung stand. Nach dem siebzehnten Läuten hielt er es nicht mehr aus. Mutter klang plötzlich besorgt. Ob ihm etwas passiert sei. »Wenn du einen Schlaganfall hast, kannst du auch leise brummen.« Nun war allerdings auch Norbert besorgt. Denn wenn er weiterhin nichts sagte, würde Mutter umgehend Polizei und Feuerwehr alarmieren. Er sah schon mehrere Polizisten gewaltsam in seine Wohnung eindringen, während vor dem Fenster der Hebekran der Feuerwehr auftauchte. Schließlich gab er doch nach und redete wieder mit ihr.

Da es kaum möglich war, sie beim Telefonieren zu unterbrechen, ohne sie schwer zu beleidigen, musste er sich ALLE Neuigkeiten VOLLSTÄNDIG anhören. Das Problem war, dass Mutter zu jeder Geschichte mindestens eine Nebengeschichte einfiel und am Ende kaum noch wusste, was sie ursprünglich hatte berichten wollen. Mindestens eine halbe Stunde wurde er so täglich von seiner Arbeit abgehalten. Auf vierzig Dienstjahre hochgerechnet, ergab sich ein Arbeitsausfall von 5760 Stunden, die er seinem Arbeitgeber nicht zur Verfügung stand. Vom volkswirtschaftlichen Schaden gar nicht zu reden.

Nach dem ersten Erzählblock kam sie im zweiten schließlich auf Norbert zu sprechen, um ihren Anruf quasi zu legitimieren. Sie forderte ihn wieder einmal auf, seine Hemden öfter zu wechseln, sich frisches Obst mit zur Arbeit zu nehmen und seine Mutter auch mal von sich aus anzurufen. Sonst habe sie nämlich den Eindruck, dass ihre Beziehung nur einseitig sei, und das würde sie sehr traurig machen. Und Norbert stimmte ihr wieder einmal in allen Punkten zu. Obwohl er seine Hemden nicht öfter wechselte als unbedingt notwendig, nie frisches Obst zur Arbeit mitnahm und eigentlich keine Ahnung hatte, was er mit Mutter noch von sich aus besprechen sollte, hatte sie doch alles Notwendige schon gesagt, verbuchte er sein scheinbares Einlenken unter dem Begriff Notlüge. Da Mutter aber nicht auf den Kopf gefallen war, ahnte er, dass ihr längst klar war, dass er keine ihrer Forderungen auch nur annähernd erfüllte. Dafür konnten sie beide wenigstens ruhig schlafen.

8.

Die entscheidende Frage, ob er wirklich Nein sagen konnte, wenn Mutter erst vor seiner Tür stand, beschäftigte ihn in den beiden folgenden Tagen so stark, dass er an nichts anderes mehr dachte.

Vielleicht war es sogar das Beste, die Tür gar nicht erst zu öffnen. Er habe das Klingeln nicht gehört, weil er abgewaschen und zusätzlich noch laut Musik gehört habe. Allerdings wusste Mutter nur zu gut, dass es in seinem Haushalt kaum etwas abzuwaschen gab, und Musik konnte er schon deshalb nicht mehr laut hören, weil sein Radio über die Jahrzehnte von Staub und Fett derart ummantelt war, dass nur noch dumpfe Töne zu vernehmen waren.

Oder er hängte einfach einen Zettel an die Wohnungstür: *Bin leider verreist. Norbert.* Besser noch, um Mutter jegliche Hoffnung zu nehmen: *Musste plötzlich auf unbestimmte Zeit verreisen. Norbert.*

Aber auch das hätte sie ihm nicht abgenommen, kannte sie seine Unlust vor Ortswechseln doch allzu gut.

Gab es eigentlich Bestimmungen, die Verwandten den gegenseitigen Zutritt in ihre Wohnungen per Gesetz erlaubten? Womöglich gab es irgendwo einen Paragrafen, wo glasklar stand, dass Verwandten ersten Grades grundsätzlich Einlass in die Wohnungen ihrer Verwandten gewährt werden musste. Doch vielleicht existierte zusätzlich cin Untcrparagraf, der feststellte, dass einem diese Verwandten nicht fremd sein dürften. Mutter war zwar keine klassische Fremde, aber im Laufe der Jahre war sie ihm auf rätselhafte Weise immer fremder geworden. Es gehörte zu den Überraschungen des Älterwerdens, wenn man bemerkte, dass die Verbindung zu den eigenen Eltern nur noch auf gesetzlicher Ebene bestand. Trotzdem taten sie ständig so, als wäre man jahrzehntelang eng mit ihnen befreundet.

Für Mutters anhaltendes Schweigen gab es im Grunde nur eine Erklärung: Sie packte die Koffer und stand kurz davor, ihren Plan zu vollstrecken.

Norbert musste die Wohnung schnellstmöglich verlassen.

Um nicht sinnlos in der Stadt herumzuirren, rief er seine Kultur-Freundin Gerlinde Hagedorn an. Vielleicht konnte er sogar einige Tage bei ihr unterkommen, bis Mutter ihre Umzugspläne aufgegeben hatte.

Bei Gerlinde war immer Bewegung. Irgendetwas hatte sie immer vor. Es gab kaum eine Ausstellung, die sie nicht interessierte. Für die meisten großen Museen besaß sie Jahreskarten und bei den Philharmonikern ein Abonnement. Norbert blieb es immer unverständlich, dass man sich für antike Tonscherben UND das Gesamtwerk von Anton Bruckner begeistern konnte. Er war schon dankbar, dass er sich wenigstens für Fernsehtürme interessierte.

Sie reagierte erstaunt, war ihr gemeinsamer Kulturtermin doch erst in zehn Tagen. Wie erwartet, wollte sie die Wohnung gerade verlassen, um sich eine Ausstellung über das fotografische Frühwerk von Dennis Hopper im Gropius-Bau anzusehen. Obwohl ihm Dennis Hopper nur als Schauspieler ein Begriff war, stimmte er sofort zu, sie zu begleiten.

Gerlinde erwartete ihn schon ungeduldig vor dem Gebäude.

»Ich wusste gar nicht, dass dich Dennis Hopper interessiert.«

»Ich auch nicht«, sagte Norbert, beeilte sich jedoch hinzuzufügen, »jedenfalls was seine Fotografien betrifft.«

Gerlinde machte einen hochkonzentrierten Eindruck. Wie immer, wenn sie ein Museum betrat, sah sie aus, als würde sie zu einer Abschlussprüfung gehen.

Außer bei Musik, und zwar in erster Linie Volksmusik, fand Norbert keinen Zugang zur sogenannten Hochkultur. Er wusste nicht, was so toll an den alten Schinken in der Gemäldegalerie war. Männer in altertümlicher Bekleidung, vollbusige Frauen in wallenden Gewändern, Bauern und Mägde bei der Ernte, Stillleben mit Obst – es war todlangweilig. Selbst Gerlindes Erläuterungen bewirkten keine größere Veränderung. Er hatte das Gefühl, dass ihn das meiste persönlich überhaupt nicht betraf. Vor Gerlinde tat er allerdings so, als würden ihn diese Stillleben brennend interessieren. Er traute sich einfach nicht, sich selbst und Gerlinde einzugestehen, dass er für derartige Kunst keinerlei Verständnis aufbrachte.

»Viele wissen gar nicht, dass Hopper vor seiner Schauspielkarriere fotografiert hat«, bemerkte Gerlinde, während sie langsam von Foto zu Foto schritten und jedes Motiv würdigten, indem sie so lange draufschauten, als müssten sie hinterher wie bei Rudi Carrells Fernsehshow »Am laufenden Band« alle gezeigten Gegenstände noch einmal auswendig herunterspulen.

Auf den Schwarz-Weiß-Fotos waren amerikanische Vorstadtsiedlungen zu erkennen. Trostlose Behausungen in einer endlos wirkenden Ebene. Autobahnen, Tankstellen und riesige Werbeschilder, die man noch aus dem Flugzeug problemlos erkennen konnte.

Das alles sah nicht sonderlich professionell gemacht aus. Als hätte der Fotograf die Kamera wahllos draufgehalten und abgedrückt. Dennoch berührte es Norbert. Er spürte die Stimmung hinter den Motiven. Er spürte, dass sie die Situation des Fotografen widerspiegelten. War der Mann deprimiert, weil er seine Bestimmung noch nicht gefunden hatte? Benutzte er die Kamera nur, um seine Gefühle sichtbar zu machen? Dabei war es ihm offensichtlich egal, ob die Fotos später einmal in einem Museum landeten oder auf dem Müll. Sie halfen ihm lediglich, sich über sich selbst klar zu werden. Das reichte.

Norbert erinnerte sich, dass er früher immer gerne gesungen hatte. Seit Mutter ihm völlige Talentlosigkeit bescheinigte, hatte er die Singerei nicht mehr weiterverfolgt. Ein Fehler, wie er jetzt erkannte. Denn eigentlich ging es gar nicht darum, wie gut oder schlecht er sang, sondern nur darum, ob es ihm Freude bereitete.

Diese überraschende Erkenntnis hob seine Laune kurzzeitig so, dass er Gerlinde nach der Besichtigung spontan ins Museumscafé zu Kaffee und Kuchen einlud.

»Und jetzt erzähl mir doch mal, warum du mich wirklich angerufen hast.«

Gerlinde sah ihn an, als wüsste sie natürlich längst, dass Norbert nicht grundlos außerhalb ihrer gewohnten Kulturzeiten mit ihr weggegangen war. Vor ihrer Pensionierung war sie Lehrerin an einer Grundschule gewesen. Für Gerlinde hatte jedes Verhalten eine Ursache, die man notfalls bis in die frühe Kindheit zurückverfolgen musste.

»Meine Mutter plant, die Beziehung zu mir zu intensivieren.«

Er wollte nicht gleich mit der ganzen Wahrheit herausrücken. Sollte er sie tatsächlich bitten, ein paar Tage bei ihr wohnen zu dürfen, musste er sie Schritt für Schritt von dieser katastrophalen Entwicklung überzeugen.

»Aber das ist doch toll!«, rief Gerlinde und stopfte sich begeistert ein Stück Käsekuchen in den Mund.

Ihre Reaktion verunsicherte ihn. Machte *er* etwas falsch? Fand nur *er* es merkwürdig, wenn Mutter ihn noch mit siebzig ununterbrochen bemutterte? Warum gab es in der Natur eigentlich keinen natürlichen Mechanismus, der neunzigjährige Mütter verhinderte?

»Ich meine«, fuhr sie mit vollem Mund fort, »es ist doch schön, wenn du eine so gute Beziehung zu deiner Mutter hast. Ich wünschte, ich hätte noch eine Mutter.«

Norbert sah sie entgeistert an. Er wusste nicht, ob sie das tatsächlich ernst meinte. Erinnerte sie sich denn gar nicht an Mutters Auftritt zu seinem siebzigsten Geburtstag? Spätestens da hätte ihr klar sein müssen, dass eine Intensivierung ihrer Beziehung – vom

Einzug hatte er ja noch kein Wort gesprochen – gleichbedeutend mit dem Ende jeglicher Selbstbestimmung war. Mehr noch: die komplette Auslöschung der eigenen Persönlichkeit bedeutete.

»Aber du kennst doch meine Mutter!«, entgegnete Norbert zunehmend verzweifelt.

Gerlinde hielt den Kopf schräg und klimperte schnell hintereinander mit den Augenlidern. Immer wenn sie intensiv über eine passende Antwort mit sorgfältig gesetzten Worten nachdachte, hielt sie den Kopf schräg und klimperte schnell hintereinander mit den Augenlidern. In solchen Momenten durfte sie Norbert nicht stören. Selbst ein schwaches Räuspern störte bei der sozusagen handverlesenen Auswahl der richtigen Worte. Es war zum Verrücktwerden. Am besten, er bewegte sich auch nicht, sonst würde sie ewig so weiterklimpern. Er wusste schon, warum er sich in seinem Alter keine Frau mehr zulegte.

»Weißt du, ich glaube«, sie nahm die Gabel und führte sie *sehr* langsam zum Kuchen, als wollte sie die Worte nicht verlieren, »deine Mutter ist streng, aber sie ist liebevoll streng. Sie möchte nur dein Bestes.«

»Eben«, rief Norbert, »das ist es ja.«

Erst jetzt hatte ihre Gabel den Tellerrand erreicht. Norbert hoffte, dass es bald zum direkten Kuchenkontakt kam. Andernfalls würde er ihr den Teller einfach wegnehmen.

»Ich finde, du solltest deine Mutter nicht gleich verdammen. Sie hat sicher einen Grund, so streng mit dir zu sein.«

Die Gabel stach in den Kuchen. Norbert atmete erleichtert aus.

»Was soll das denn heißen, sie hat einen Grund?«

Gab es eine geheime Abmachung zwischen Mutter und Gerlinde, von der er nichts wusste? Einen Schulterschluss zwischen zwei Frauen, nur weil sie zufällig dasselbe Geschlecht hatten?

»Na ja, ich glaube«, Gerlinde sah ihn auf einmal so merkwürdig an, als hätte sie eigentlich selbst lieber für sein Bestes gesorgt, »ich glaube, dass dir manchmal der Mut fehlt.«

Die Wahrheit war, dass sie vor Jahren, als sie sich kennenlernten – Gerlinde kam damals öfter wegen einzelner Nägel in den Laden, die sie für neue Bilder benötigte –, Interesse an einer engeren Beziehung mit ihm gehabt hatte. Da Norbert auf ihre Zeichen jedoch nicht reagiert hatte, ganz bewusst nicht reagiert hatte, waren sie nur Freunde geworden. Diese aus ihrer Sicht verpasste Chance nahm sie ihm vermutlich bis heute übel.

Ein vorübergehendes Untertauchen in ihrer Wohnung kam jedenfalls nicht mehr in Frage. Womöglich hätte sie falsche Schlussfolgerungen daraus gezogen. Und was das bedeutete, wollte er sich gar nicht erst vorstellen. Er hatte schon genug Ärger mit Mutter.

»Ich führe eben gerne ein mutloses Leben«, sagte er trotzig, obwohl das überhaupt nicht stimmte. Seiner Meinung nach gehörte eine Menge Mut dazu, sein Leben so zu führen, wie er es für richtig hielt. Aber offenbar wollte das niemand erkennen.

»Wirklich?«, fragte Gerlinde, als glaubte sie ihm kein Wort.

»Gut, manches ist nicht so gelaufen, wie ich mir das vorgestellt habe. Aber so ist das im Leben nun mal. Man kann eben nicht alles haben.«

Wieso schafften es Frauen eigentlich immer wieder, dass er sich schlecht fühlte?

Gerlinde hatte plötzlich wieder diesen merkwürdigen Blick.

»Nicht alles, aber manches schon.« Sie spitzte ihren Mund und fixierte ihn dabei so, dass er verschämt nach unten sah.

Einen Moment überlegte er, ob Gerlinde womöglich die bessere Alternative zu Mutter war. Norbert dachte tatsächlich ernsthaft darüber nach, ob er sie bitten sollte, sofort bei ihm einzuziehen, um Schlimmeres zu verhindern. Denn wenn Mutter sah, dass Gerlinde Hagedorn ihren Platz schon besetzt hatte, würde sie ihren Plan nicht mehr umsetzen können. Für mehr als zwei Menschen war in seiner 65 Quadratmeter großen Zwei-Zimmer-Wohnung nämlich kein Platz.

Gerlinde griff nach der Tasse, hob sie aber nicht an, als wartete sie auf den entscheidenden Satz.

Er mochte sie ja. Aber mehr auch nicht. Norbert konnte nicht mit einer Frau zusammenleben, die er lediglich sympathisch fand. Irgendein Funke musste schon überspringen. Irgendein klarer Hinweis, dass sich mehr zwischen ihnen entwickeln könnte. Doch die Vorstellung, unter ungeklärten Umständen mit einer Person weiblichen Geschlechts zusammenzuleben, war schlimmer als unter geklärten Umständen mit Mutter. Denn immerhin war klar, dass Mutter immer seine Mutter bleiben würde. Jedenfalls hoffte er das.

»Manches kann man eben nicht rückgängig machen«, erklärte Norbert schließlich vielsagend lächelnd.

»Aber ich freue mich, wenn wir uns weiter Ausstellungen ansehen, das ist ja auch nicht so schlecht, oder?«

»Ja, ja«, machte Gerlinde und versteckte ihre Enttäuschung hinter der Kaffeetasse, aus der sie einen besonders großen Schluck trank.

Dabei war es alles andere als sicher, ob es zukünftig überhaupt noch etwas gab, worüber er sich freuen konnte.

9.

Viel Zeit zum Nachdenken, wie er Mutter sein Nein zu ihrem Umzug am überzeugendsten vermitteln konnte, blieb Norbert allerdings nicht mehr. Genauer gesagt gar keine. Denn als sich die Fahrstuhltür vor seiner Wohnung öffnete, sah er Mutter auf einem Koffer sitzen und in aller Ruhe in einer Illustrierten blättern. Da sie ihn nicht bemerkt hatte, drückte er schnell den untersten Knopf und hielt die Luft an, bis sich die Tür wieder geschlossen hatte. Während der Fahrstuhl langsam hinabruckelte, fragte er sich auf einmal, ob er das alles hier nur träumte. Vielleicht war er nach dem Sturz ins Koma gefallen und fantasierte nun die abenteuerlichsten Geschichten zusammen. Eine davon war, dass Mutter auf einem Koffer vor seiner Wohnungstür saß und in einer Illustrierten blätterte.

Was sollte er tun?

Er hatte keine Ahnung, wie lange Mutter schon dort wartete. Sie wurde sehr ungehalten, wenn ihr etwas nicht schnell genug ging. In Arztpraxen, wohin Norbert sie manchmal begleiten musste, fragte sie die sprachlosen Helferinnen schon mal, woher sie die Chuzpe nähmen, so großzügig mit ihrer Zeit umzugehen. Da hatte sie nicht mal fünf Minuten im Wartezimmer gesessen.

Insgeheim hoffte er, dass er im Hausflur Frau Grundmann traf. Wenn er Glück hatte, lud sie ihn zu einem Diabetikerkuchen zu sich in die Wohnung ein.

Leider war Frau Grundmann nirgends zu sehen. Eine Sekunde überlegte er sogar, bei ihr zu klingeln. Aber was sollte er sagen? Dass er beim Vorbeigehen gerade Lust auf Kaffee und Kuchen verspürt habe?

Es war aussichtslos. Norbert musste sich stellen. Am besten noch auf dem Flur. Er musste Mutter klipp und klar sagen, dass es *so* nicht mehr weitergehen konnte. Und mit *so* war prinzipiell alles gemeint. Der gesamte Kosmos ihrer Beziehung. Er war nicht mehr bereit, als kleiner Planet weiter in Mutters Umlaufbahn zu kreisen. Er wollte auch kein kleiner Planet mehr sein. Er wollte endlich seine eigene Umlaufbahn!

Als sich die Fahrstuhltür im vierten Stock öffnete, stand Mutter plötzlich direkt vor ihm.

»Kannst du mir verraten, was du so lange im Fahrstuhl treibst? Ich erfriere hier ja!« Sie sah ihn vorwurfsvoll durch die große Brille an.

Natürlich erfror sie nicht wirklich. Es war Sommer. Es war warm. Kein Mensch erfror bei 25 Grad im Schatten. Selbst Mutter nicht.

Sie trug ein turbanartiges Gebilde auf dem Kopf, was im abgelebten Sechzigerjahre-Ambiente des Hausflurs noch spektakulärer aussah als anderswo.

»Ich hatte unten nur was vergessen.«

»Würdest du so gütig sein und endlich die Tür aufmachen.«

Norbert stand wie erstarrt vor der exotischen Kulisse seiner Mutter.

»Und sei vorsichtig mit dem Koffer, der hat mal Greta Garbo gehört.«

»Du hast Greta Garbo gekannt?«

»Red keinen Unsinn, ich habe den Koffer auf einer Auktion in New York ersteigert.«

Sein Widerstand hatte sich in Luft aufgelöst. Er nahm den Koffer von Frau Garbo und trug ihn in die Wohnung.

Herta schritt wortlos an ihm vorbei und sah in jeden Raum, als würde sie einen Tatort besichtigen. In den dreißig Jahren, die er nun schon hier wohnte, hatte Mutter ihn nicht ein einziges Mal besucht. Vielleicht ahnte sie, dass sein Haushalt ihren Vorstellungen nicht im Entferntesten entsprach. Vielleicht war es ihr aber auch nur egal gewesen.

Bis jetzt.

Dabei reichten die beiden Räume für seine persönlichen Bedürfnisse vollkommen aus. Die Wohnung war gerade groß genug, dass er sich nicht verloren darin vorkam. Wenn er auf dem Sofa im Wohnzimmer saß, konnte er bis auf die Küche alles überblicken. Den Lehnstuhl am Fenster, wo er täglich eine Stunde saß und die Vögel im Baum beobachtete, den Fernseher, die Wand mit den Fotos von Fernsehtürmen aus aller Welt, den Esstisch, den er jedoch hauptsächlich zum Basteln verwendete, über den Flur hinweg das Schlafzimmer mit seinem alten Bett aus Jugendtagen und das Bücherregal voller Fachliteratur über Fernsehtürme. Alles stand seit Jahrzehnten fast unverändert an seinem Platz. Alles war so eingerichtet, dass er jeden Gegenstand sofort fand. Die Wohnung war mehr als eine bloße Behausung, sie war das Hauptquartier seiner Existenz.

»Das ist ja noch schlimmer, als ich befürchtet habe.«

Mutter stand sichtlich schockiert im Wohnzimmer und betrachtete die Fernsehtürme an der Wand. Es war nicht ganz klar, ob sie lediglich die Türme meinte oder die Wohnung insgesamt.

Norbert glaubte, sich rechtfertigen zu müssen, wusste aber nicht wie. Wenn er erst damit anfing, flog ihm am Ende alles um die Ohren.

»Aber das ist jetzt ja Gott sei Dank vorbei«, erklärte sie schließlich tief durchatmend. »Ich schlage vor, ich ziehe ins Schlafzimmer.« Sie nahm den Turban ab und suchte nach einer geeigneten Ablage, behielt ihn dann aber vorsichtshalber doch in der Hand. »Und wenn du noch meine Fotos entfernen könntest, wäre ich dir außerordentlich dankbar. Woher hast du die überhaupt? Darauf sehe ich ja aus wie neunzig!«

Tatsächlich standen im Wohn-und Schlafzimmer mehrere Porträts. Mutter hatte sie ihm vor Jahren geschenkt, damit er sich immer an sie erinnerte, was in Anbetracht der Sachlage jedoch ausgeschlossen war. Es war ihm selbst unerklärlich, aber er hatte es nicht übers Herz gebracht, sie einfach wegzuwerfen.

»Du hast sie mir mal gegeben, weißt du das nicht mehr?«

Sie sah ihn erstaunt an. »Ach so, na, die brauchst du ja nicht mehr, ich bin ja jetzt da.«

Während sie im Schlafzimmer war, verstaute er die Fotos in einem der Umzugskartons hinter dem Esstisch, wo auch schon die unzähligen Socken und Schlafanzüge lagerten, die Mutter ihm über die Jahre geschenkt hatte. Beim Anblick der vielen ungetragenen Pyjamas wurde ihm schlagartig klar, dass er ein Problem hatte. Wenn Mutter sah, dass ihre teuren Geschenke unbenutzt in einem Karton lagen, wäre ein Krach unvermeidlich. Und wenn sie bemerkte, dass auch die Arzneikürbiskerne und Vitaminpillen ungeöffnet in die Küchenschränke gewandert waren, hätte sie noch einen weiteren Grund hierzubleiben.

Er ärgerte sich, dass er das alles nicht längst entsorgt hatte. Aber jetzt war es zu spät, und er konnte nur hoffen, dass sie nicht in die Kartons und die Schränke sah.

Es war seltsam, Mutter nebenan in seinem Schlafzimmer zu hören. Im Prinzip war sie nur eine alte Frau, die zufällig einen Sohn namens Norbert geboren hatte. Was sie siebzig Jahre später dazu berechtigte, bei ihm einzuziehen, war ihm schleierhaft. Mütter hatten die Tendenz, Kinder als ihr Eigentum zu betrachten, nur weil sie neun Monate in ihrem Bauch herangereift waren. Eine vernünftige Beziehung war unter diesen Umständen kaum möglich. Eigentlich war sogar überhaupt keine Beziehung möglich. Denn einem Menschen, dem man jahrelang die Windeln gewechselt hatte, begegnete man auch später nicht auf Augenhöhe. Im Grunde behandelte ihn Mutter bis heute so, als könnte er jederzeit wieder in die Hose machen.

Was sollte er mit Mutter überhaupt anfangen? Erwartete sie von ihm, beschäftigt zu werden? Und wie sähe so eine Beschäftigung für Mütter im Allgemeinen aus? Gab es irgendwo Richtlinien, was man tun und was man lieber unterlassen sollte? Mütter waren schließlich keine normalen Frauen. Im Grunde waren sie eine eigene Art, die mit Frauen nur das Äußerliche gemeinsam hatte. Was bei Frauen völlig in Ordnung ging, reichte bei Müttern zu einer handfesten Krise. Und dabei wurde es nie klar, wo die Frau aufhörte und die Mutter anfing.

Es war früher Nachmittag. Zu dieser Zeit lag er normalerweise auf dem Sofa und hielt ein Nickerchen. Stattdessen stand er wie ein Fremder in seinem eigenen Wohnzimmer und wartete, was wohl als Nächstes passierte. Sein Plan für die Zeit nach der Pensionierung sah lediglich vor, sich treiben zu lassen. Ein kontrolliertes Nichtstun. Leider kannte er Mutters Pläne nicht mal ansatzweise.

Auf einmal erinnerte er sich wieder an seine Zeichnung. Die zwei kleinen Planeten, die um die Sonne kreisten. Und er erinnerte sich, was Frau Dr. Zielke ihm mit auf den Weg gegeben hatte: Dass er mit Mutter darüber sprechen sollte. Denn wenn sie erkannte, dass die Sonne gerade dabei war, alles Leben auf dem kleinen Planeten Norbert zu vernichten, würde sie womöglich ein Einsehen haben und die Wohnung umgehend verlassen. Er musste nur den richtigen Zeitpunkt abwarten. Am besten sofort, ehe sie sich häuslich eingerichtet hatte. Vielleicht wäre sie schon vor dem Abendprogramm wieder verschwunden.

In diesem Moment kam Herta ins Wohnzimmer. Sie hatte sich umgezogen, statt eines zeltartigen Kleides trug sie einen grauen Hosenanzug. Selbst privat sah sie immer so aus, als würde ihr der Bundespräsident jeden Augenblick einen Verdienstorden überreichen.

Irgendetwas in ihrem Blick sagte Norbert, dass sie gerade ein unangenehmes Erlebnis gehabt hatte.

»Möchtest du deiner Mutter mal erklären, was das hier zu bedeuten hat?«

Sie holte ihre Hand hinter dem Rücken vor und präsentierte ihm ein uraltes »Playboy«-Heft, das sie offensichtlich unter seinem Bett gefunden hatte.

Noch ehe er sich über ihre Herumschnüffelei ärgern konnte, wurde er rot. Obwohl er schon ewig nicht mehr hineingesehen hatte, schien diese Entdeckung Mutters Auffassung zu untermauern, dass in seinem Leben einiges nicht in Ordnung war.

»Was soll ich da groß erklären?«

Es war kein gutes Zeichen, dass Mutter bereits wenige Minuten nach ihrem Einzug eine Zeitschrift pornographischen Inhalts gefunden hatte. Und die Tonlage ihrer Frage deutete an, dass sie das Heft nicht als vorübergehende Entgleisung betrachtete, sondern als schwerwiegende Fehlorientierung ihres sexuell offenbar unausgelasteten Sohnes.

»Na ja, benutzt du es *dafür*?«

Vor einigen Jahren hatte er sich in einem Anfall plötzlichen Interesses das Magazin besorgt, war jedoch ziemlich enttäuscht gewesen. Die Frauen lagen derart künstlich auf Tiger- oder Eisbärenfellen drapiert, dass sich bei Norbert keinerlei Gefühle einstellen wollten.

»Wofür?« Er ahnte zwar, was sie meinte, mochte aber nicht sofort zeigen, dass er mit der Thematik grundsätzlich vertraut war.

»Als Wichsvorlage. Dafür nimmt man es doch wohl, oder?«

»Mutter!«

Trotz ihrer eleganten Erscheinung hatte Herta manchmal eine Ausdrucksweise, die ihn zutiefst verstörte.

»Du brauchst hier gar nichts zu verheimlichen. Also *machst* du es?«

»Das geht dich gar nichts an.«

»Das geht mich nichts an? Ich bin deine Mutter!«

Norbert fühlte sich wieder wie der kleine Junge, der gerade bei etwas Verbotenem ertappt worden war und nun eine empfindliche Strafe befürchtete.

»Möchtest du Kaffee und Kuchen?«, versuchte er das Gespräch in eine andere Richtung zu lenken.

»Kaffee und Kuchen?« Sie sah ihn empört an. »Ich brauche einen Schnaps! Es ist doch schon drei, oder?«

Sie warf den »Playboy« in den Papierkorb und setzte sich auf die Couch.

Er blickte auf die Digitaluhr am Fenster. »Es ist vierzehn Uhr siebenunddreißig.«

»Verschone mich mit Details, bring mir lieber was zu trinken.«

Irgendwo musste noch die ungeöffnete Flasche italienischer Zitronenlikör aus dem Präsentkorb von Frau Lüke stehen. Obwohl er normalerweise keinen Schnaps trank, hatte er den Likör vorsichtshalber aufbewahrt. Im Stillen hoffte er, doch einmal Damenbesuch zu bekommen. Dass es sich bei der Dame um seine Mutter handelte, hätte er allerdings nicht im Traum gedacht.

Egal, wie verwegen seine Hoffnungen auch waren, am Ende tauchte zuverlässig immer wieder Mutter auf.

Tatsächlich fand er den Präsentkorb unangetastet unter einem Stapel alter Zeitungen. Seit zwei Jahren sammelte er Zeitungen, auf deren Titel das Wort »Krise« stand. Er wusste selbst nicht genau warum. Vielleicht stellte er die Sammlung später einmal der zeitgeschichtlichen Forschung zur Verfügung. In den historischen Archiven würde sie dann unter dem Stichwort »Sammlung Norbert Grützke« verwahrt werden und ihm eine Nische in der Geschichte sichern. Nach fünfzig Jahren fragte man sich womöglich, wer eigentlich dieser Grützke war, dem man diese wertvolle Sammlung zu verdanken hatte. Man würde Nachforschungen anstellen, und dabei käme heraus, dass er mehr als siebzig Jahre unter seiner Mutter gelitten hatte.

Manchmal kam er auf die seltsamsten Ideen.

»Limoncello, bravissimo!«, rief Mutter, als er mit der Flasche und einer Schale Erdnüsse ins Wohnzimmer zurückkehrte.

Sie wusste offensichtlich Bescheid.

Herta trank schnell zwei Schnäpse hintereinander, während Norbert nervös an einem Glas Leitungswasser nippte.

»Du wirst übrigens immer dicker. Habe ich dir das schon gesagt?« Sie musterte ihn, als hätte sie begründete Sorge, dass er gleich platze.

»DAS hast du mir noch nicht gesagt«, erwiderte er beleidigt. Obgleich Mutter wie üblich maßlos übertrieb, musste er doch zugeben, dass seine Hosen in immer kürzerer Folge kniffen.

»Dein Rentnerleben tut dir nicht gut. Wenn du so weitermachst, wird man dich bald mit dem Kran aus dem Fenster heben.«

Norbert lachte bitter auf.

Mutter schenkte sich Likör nach. Anscheinend trank sie öfter, anders war es nicht zu erklären, dass der Alkohol bislang nicht die geringste Wirkung zeigte.

Er überlegte, ob jetzt der richtige Zeitpunkt war, über seine Zeichnung zu sprechen. Unter leichtem Alkoholeinfluss wäre sie unter Umständen aufgeschlossener.

Norbert nahm das Blatt aus seiner Brusttasche und entfaltete es.

»Ich möchte dir gerne mal was zeigen.«

»Hast du eigentlich noch irgendeinen Wunsch in deinem Leben?« Sie betrachtete die Wand mit den Fernsehtürmen, ohne auf ihn einzugehen.

Er war sich nicht sicher, ob sie wirklich eine Antwort von ihm erwartete. Eigene Wünsche waren in Mutters Augen nicht vorgesehen.

Herta blickte ihn ungeduldig an. »Du kannst mir ruhig alles sagen. Ich werde es schon verkraften.«

Eine Sekunde überlegte er ernsthaft, ihr seinen größten Wunsch mitzuteilen. Ahnte sie etwas? Wusste Mutter insgeheim, dass sie eine große Belastung für ihren Sohn war? Aber er traute sich nicht. Schon aus Sorge, sie könnte es nicht überleben. Es war unerträglich. Selbst jetzt, wo er endlich mit der ganzen Wahrheit herausrücken könnte, brachte er kein einziges Wort zustande. Er wollte einfach nicht schuld daran sein, wenn ihr etwas zustieß.

Norbert goss großzügig Likör in sein Wasserglas und trank hastig alles aus.

»Was ist los, Junge? Hast du nun einen Wunsch, oder nicht?«

Er blickte zur Wand.

»Ich würde gerne mal nach Tokio fahren, zum höchsten Fernsehturm der Welt.«

»Rede keinen Unsinn! Dir ist ja schon Hannover zu weit. Ausgerechnet Tokio.« Sie verdrehte die Augen und atmete tief durch. »Weißt du überhaupt, wie lange man dorthin fliegt?«

Sie schenkte beiden nach.

»Elf Stunden«, sagte sie, ohne seine Antwort abzuwarten. »Jetzt werde ich dir mal *meinen* Wunsch sagen.«

Obwohl es ihn schüttelte, nahm er einen großen Schluck. Wenn er erst betrunken war, störte auch der Geschmack nicht mehr. Und er war fest entschlossen, sich zu betrinken.

»Ich weiß nicht, wie lange ich noch zu leben habe. Sicher ist aber, dass ich irgendwann nicht mehr da bin und dir helfen kann.«

Sie nippte konzentriert am Glas. Durch die fast durchsichtige Haut ihrer Hand erkannte Norbert mehrere blaue Adern, die sich wie Flüsse zu den einzelnen Fingern hin verzweigten. Er wusste nicht, ob es daran lag, dass er zu viel getrunken hatte, aber von weitem erinnerte Mutters Hand an den Spreewald von oben.

»Hörst du mir überhaupt zu?«

Norbert brauchte gefühlte fünf Minuten vom Spreewald zurück zu Mutters Gesicht.

»Ich höre«, sagte er schon leicht lädiert vom Zitronenlikör. Er hatte keine Ahnung, wie lange er noch zuhören musste, aber seine Konzentration ließ bereits spürbar nach. Dabei hatte sie gerade erst angefangen.

»Du hast es dir in deinem Leben immer ziemlich bequem gemacht. Man könnte auch sagen, du bist faul. Im Grunde hast du dich nie richtig angestrengt.«

Offenbar begriff sie bis heute nicht, warum er lediglich Verkäufer geworden war.

»Was hätte ich denn deiner Meinung nach tun sollen?« Sein Kopf war plötzlich so schwer, dass er ihn mit der Hand abstützen musste.

Sie sah ihn besorgt an.

»Trinkst du eigentlich regelmäßig?«

Er zuckte die Schultern.

»Genau das meine ich. Du lässt dich gehen. Wenn ich mich hier so umsehe, habe ich Angst, dass du völlig verwahrlost.«

Mit einer knappen Kopfbewegung kippte sie den Rest Likör hinunter.

Norbert blickte sich um. Er konnte keinerlei Anzeichen von Verwahrlosung entdecken. Außer vielleicht den Papierkorb, den er schon länger nicht mehr geleert hatte, was aber nur daran lag, dass er nicht wollte, dass man seine zerrissenen Bankauszüge unten in der Mülltonne fand.

»Neulich hat man einen Rentner tot in seiner Wohnung gefunden. Zwei Jahre soll er dort auf dem Sofa gesessen haben, ohne dass irgendjemand etwas davon mitbekommen hat.«

Sie blickte zum Sofa. Anscheinend rechnete sie bei Norbert mit einem ähnlichen Schicksal.

»Wenigstens saß er noch!«, bemerkte er grinsend.

»Ich finde das überhaupt nicht komisch.« Sie schüttelte den Kopf und schenkte sich nach. »Weißt du, wie das alles hier auf mich wirkt?«

Norbert versuchte sich auf Mutters Nase zu konzentrieren, was allerdings gar nicht so leicht war, da sein Arm, mit dem er den Kopf abstützte, immer wieder von der Sofalehne rutschte.

»Wie die Wohnung eines Mannes, der von seinem Leben nichts mehr erwartet.«

»Aber ich erwarte ja auch gar nichts mehr.«

Er überlegte, ob er noch ein Bier trinken sollte, um den süßlichen Likörgeschmack wieder loszuwerden. Der Alkohol schien die einzig erfolgversprechende Möglichkeit zu sein, um Mutter halbwegs zu ertragen.

»Du darfst nicht immer so negativ sein, Junge. Keine Frau will mit einem Mann zusammen sein, der dauernd mit so einem Gesicht rumläuft.« Sie klappte den Unterkiefer runter und blickte ihn schwer leidend an. Es sah ein bisschen schwachsinnig aus. Er ärgerte sich, dass sie Gesichter imitierte, die nicht das Geringste mit ihm zu tun hatten. So ein leidendes Gesicht hatte er seines Wissens nämlich noch nie gehabt.

»Das trifft sich gut, ich will nämlich auch nicht mit einer Frau zusammen sein.«

»Wie soll ich das bitte verstehen?«

»Wie ich es gesagt habe.«

»Erzähl doch keine Märchen. JEDER Mann möchte eine Frau haben.«

»Es gibt solche und solche.«

»Du bist betrunken, du weißt nicht mehr, was du redest«, sagte sie beleidigt und nahm rasch einen Schluck. »Jedenfalls wünsche ich mir, dass du eine Frau hast, die auf dich aufpasst, wenn ich nicht mehr da bin.«

Einen Moment stand alles glasklar vor seinen Augen. Er sollte sich eine Frau suchen, die nicht nur aussah wie Mutter, sondern sich auch noch genauso energisch um sein Wohlergehen kümmerte. Es war alles noch viel schlimmer, als er befürchtet hatte. Wenn es nicht Mutter gewesen wäre, hätte er sie spätestens jetzt aus der Wohnung geworfen. Doch selbst wenn es nicht Mutter gewesen wäre, hätte er kaum noch die Kraft gehabt aufzustehen.

In seinem Kopf drehte sich alles. Er hatte das Gefühl, auf hoher See zu sein. Das Sofa schwankte wie ein kleines, nicht hochseetaugliches Boot. Und Mutter saß vorne und schwankte mit.

»Aber ich habe doch Frau Hagedorn!«

»Diese Kulturschnepfe?«

»Das ist eine sehr nette ...«

»Kommt nicht in Frage! Schläfst du eigentlich mit ihr?«

»Mutter!«

»Gut, du brauchst es mir auch nicht zu sagen. Aber diese Person ist nichts für dich, glaube mir, mit der hast du keine ruhige Minute.«

Norbert lächelte bemüht. Aus lauter Verzweiflung griff er sich die Flasche und trank den Rest in einem Zug leer.

»Ich bin wirklich froh, jetzt hier zu sein«, erklärte Mutter angewidert, nachdem er die Flasche mit einem lauten Rülpser abgesetzt hatte. »Aber ich werde dich schon wieder hinkriegen. Ich kenne da ein paar Frauen, die sicher gerne deine Bekanntschaft machen würden. Vorher bringen wir dieses Chaos hier aber noch in Ordnung.«

Die letzten Sätze hatte Norbert schon gar nicht mehr bewusst wahrgenommen. Er sackte seitlich aufs Sofa und fiel sofort in einen todesähnlichen Schlaf.

10.

Aufgeschreckt von einem lauten Scheppern, gefolgt von dem Geräusch zersplitternden Glases, kam er wieder zu sich.

Norbert war vom Sofa gerutscht und steckte mit seiner Nase in der Schale Erdnüsse.

Es war noch hell oder schon wieder hell, so genau wusste er es nicht. Sein Kopf war so schwer, dass er mehrmals vergeblich versuchte, die Nase aus der Schale zu heben. Schließlich gelang es ihm, indem er sich wie ein Walross auf den Rücken rollte.

Er lag halb unter dem Sofatisch. Unter der Tischplatte entdeckte er einen Zettel, den er vor einigen Jahren dort angebracht hatte für den Fall, dass er einmal dement wurde. Wie er sich unter diesen Umständen allerdings an den Zettel erinnern sollte, war ihm ein Rätsel. Auf dem Zettel stand: Mutters Name und Anschrift, sein eigener Name, Programmhinweise auf seine Lieblingssendungen samt Anfangszeiten, Kontonummern und die Adresse von *C. Wagner*, seinem früheren Arbeitgeber. Die Vorstellung, dement zu werden, schreckte ihn jedoch weitaus weniger als die Aussicht, täglich von einer alten Frau angerufen zu werden, die sich als seine Mutter ausgab.

Unter seinen Verwandten hatte es zwar nie einen Demenzfall gegeben, doch gerade deshalb rechnete Norbert fest damit, dass die Serie seiner geistig und körperlich bis ins hohe Alter vital gebliebenen Verwandtschaft einmal unterbrochen wurde. Dabei traf das Unglück meist die, die sich nie etwas hatten zuschulden kommen lassen. Die Stillen im Hintergrund, die pflichtbewusst ihrer Arbeit nachgegangen waren und in Ruhe ihre restlichen Jahre genießen wollten. Kurz: Es war klar, dass es Norbert treffen musste.

Obwohl er bislang keine Anzeichen für eine Demenzerkrankung festgestellt hatte, fiel es ihm schwer, sich an den gestrigen Tag zu erinnern. Und je länger er darüber nachdachte, desto unwahrscheinlicher kam es ihm vor, dass Mutter tatsächlich bei ihm eingezogen war.

Litt er möglicherweise an Halluzinationen? War der Zitronenlikör schuld am schlimmsten Alptraum der letzten Jahre?

Einen Augenblick überlegte er, Mutter anzurufen. Doch was sollte er ihr sagen? Dass er verkatert unter dem Tisch lag und nur mal hören wollte, ob sie noch bei sich zu Hause wohnte?

Während er sich langsam am Sofa hochzog, spürte er einen stechenden Schmerz in der Brust. Sofort dachte er an einen Herzinfarkt. Einmal musste es ja so weit kommen. Die ganze Aufregung war einfach zu viel für ihn. Er erinnerte sich an die Gesundheitsserie in seiner Fernsehzeitschrift, die er zum Glück regelmäßig las. Dort hieß es, dass die ersten Anzeichen für einen Infarkt ein Ziehen im linken Arm, ein massives Gefühl von Enge, Angstschweiß und Übelkeit seien. Bis auf das Ziehen im Arm hatte er die klassischen Symptome eines Herzinfarkts: Ihm war übel, er schwitzte, und er fühlte sich massiv eingeengt. Es wurde geraten, umgehend den Notarzt anzurufen und sich bis dahin ruhig zu verhalten.

Er sah sich nach dem Telefon um. Normalerweise stand es im Wohnzimmer, doch die Schnur führte ins Schlafzimmer, dessen Tür allerdings verschlossen war. Das musste noch nichts heißen. Manchmal machte er die Tür zu, nur um beim Öffnen etwas Zeit zu verlieren und so das Gefühl zu haben, in einer größeren Wohnung zu wohnen. Er mochte diese Selbstüberrumpelungen, und es war absehbar, dass er irgendwann auch Briefe an sich selber versandte.

Vorsichtig stand er auf, tastete sich am Stuhl und an den Wänden heraus auf den Flur und legte sein Ohr an die Schlafzimmertür.

Es war nichts zu hören. Kein Schnarchen oder sonst ein Geräusch, das darauf hinwies, dass Mutter in der Wohnung war. Er fühlte sich gleich wieder etwas besser. Vielleicht hatte er ja doch nur schlecht geträumt. Allerdings wusste er nicht, ob Mutter überhaupt schnarchte. Er wusste nicht mal, ob er selbst schnarchte. Der Mensch verschlief im Schnitt fünfundzwanzig Jahre seines Lebens, was bedeutete, dass ein Drittel seines Lebens quasi im Dunkeln lag. Diese Tatsache trug nicht gerade zur Stabilisierung seines Selbstvertrauens bei.

Ehe er weitere Nachforschungen anstellte, beschloss er, zunächst unter die Dusche zu gehen. Da man die Badezimmertür nicht abschließen konnte, hatte er sich bereits kurz nach dem Einzug ein »Besetzt«-Schild gebastelt, das seither draußen an der Tür hing, mangels Besuchern aber vollkommen überflüssig war.

Wie üblich erledigte er die Körperwäsche wie ein lästiges Pflichtprogramm. Es war nicht einzusehen, weshalb er den langsamen Verfall seines Körpers auch noch pflegerisch begleiten sollte.

Norbert war gerade aus der Badewanne gestiegen, als er hinter der Tür plötzlich Mutters Stimme hörte.

»Onanierst du, oder kann ich reinkommen?«

Ehe er reagieren konnte, stand Mutter schon in einem japanischen Morgenmantel vor ihm und musterte ihn knapp durch die Brille.

»Du solltest Sport treiben, das habe ich dir immer wieder gesagt.«

Schnell nahm er das Handtuch und bedeckte sich notdürftig.

»Vielleicht könntest du einen Moment ...«

»Ich muss mal!«

»... draußen warten?«

Wie so oft in Mutters Gegenwart hatte er das Gefühl, sich für irgendetwas entschuldigen zu müssen.

»Nun hab dich nicht so, ich kenne dich schließlich seit siebzig Jahren!«

Widerwillig drehte er sich zum Spiegel.

Kurz darauf hörte er leises Plätschern.

Er war sich erst nicht sicher, ob sie wirklich so weit gehen würde. Doch es gab keinen Zweifel: Mutter erledigte vor Norbert ihr kleines Geschäft.

Er tat, als würde er nichts davon merken, was angesichts des winzigen Badezimmers allerdings völlig unmöglich war. Hektisch rubbelte er sich mit dem Handtuch die Haare, bemerkte nach eine Weile jedoch, dass sein nacktes Hinterteil Mutters Blick unmittelbar ausgesetzt war. Und Mutters Kopf befand sich keine zwei Meter Luftlinie von seinem Hintern entfernt!

Norbert rührte sich nicht. Er stand vor dem Spiegel, das Handtuch über dem Kopf, und bewegte sich keinen Zentimeter vom Fleck.

Dass sie kein Wort sagte, was sonst eigentlich so gut wie nie geschah, konnte nur bedeuten, dass Mutter konzentriert seinen Hintern betrachtete. Herta Grützke saß auf dem Klo und blickte ungeniert auf das Gesäß ihres Sohnes. Und ob sie noch etwas anderes fühlte als nur den mütterlichen Stolz auf ihr eigen Fleisch und Blut, war plötzlich nicht mehr so sicher. Denn es war nicht zu leugnen, dass Mutter auch eine Frau war. Eine Frau mit ihren natürlichen Bedürfnissen, die im Zweifel auch vor dem siebzigjährigen Hinterteil ihres Sohnes nicht haltmachen würden.

Jetzt hieß es Ruhe bewahren. Er durfte sich auf gar keinen Fall unnötig bewegen, um Mutter nicht noch zusätzlich zu reizen.

Langsam ließ er das Handtuch hinabgleiten. Wie einen Vorhang senkte er es Zentimeter um Zentimeter. Ein bisschen war es wie bei einer Striptease-Show, nur in umgekehrter Reihenfolge. Als das Handtuch seinen Hintern erreicht hatte, zog er es blitzschnell fest.

»Dann werde ich jetzt mal ein Bad nehmen«, sagte Mutter

prompt, als wäre ihr die Fragwürdigkeit der Situation gerade auch bewusst geworden.

»Wenn du mir bitte den Rücken einseifen könntest.«

Norbert hatte nicht vor, eine Sekunde länger im Bad zu bleiben, sah sich jedoch genötigt, Mutter beim Einstieg in die Wanne behilflich zu sein.

Noch ehe er sich versah, hatte sie den Morgenmantel fallen gelassen und war mit einem Bein in der Wanne.

»Nun nimm schon den Arm, hab dich nicht so«, sagte sie ungeduldig, während Norbert krampfhaft versuchte, in eine andere Richtung zu sehen. Ihr Arm war so dünn, dass er Angst hatte, er könnte bei einer ungeschickten Bewegung zerbrechen.

Selbst als Kind hatte er Herta nie nackt gesehen. Wann immer der Anblick seiner nackten Mutter drohte, schloss er sofort die Augen. Fast verspürte er so etwas wie Ekel. Eine Zeitlang hatte er sogar jegliche Berührung vermieden. Er konnte es einfach nicht fassen, dass er einmal in dieser Frau gewesen sein sollte. Schon die Vorstellung beleidigte ihn so, dass er tagelang keine Lust mehr hatte, mit seinen Bussen zu spielen. Bis heute fühlte er sich in Mutters Gegenwart gehemmt, als wäre sie befugt, ihm seine Lebensberechtigung notfalls wieder zu entziehen.

»Du brauchst nicht so ein gequältes Gesicht zu machen«, sagte Mutter und blickte ihn vorwurfsvoll an. »Seif einfach meinen Rücken ein, mehr nicht.«

Ob sie ursprünglich noch andere Körperteile zur Einseifung durch ihren Sohn vorgesehen hatte, in Anbetracht seines gequälten Gesichtsausdrucks aber wieder davon abgerückt war, konnte Norbert nicht mit Sicherheit sagen. Er war aber froh, dass ein längeres Engagement nicht mehr geplant war.

Während er mit dem Schwamm mechanisch auf ihrem Rücken herumwischte, konnte er nicht verhindern, Mutter sekundenweise doch anzusehen. Ihre Silhouette erinnerte ihn an einen steinalten Papagei, bei dem nur noch wenige Kopffedern übrig geblieben waren. An ihrem Hals bemerkte er kindlichen Flaum, der die Jahrzehnte im Windschatten ihres Hinterkopfes offensichtlich überlebt hatte. Dieser Anblick rührte ihn plötzlich so, dass er schlucken musste und feuchte Augen bekam.

»Wenn du fertig bist, sagst du Bescheid!«

Er hatte die Zeit vollkommen vergessen.

Es war ihm peinlich, dass sie annahm, die Einseiferei würde ihm irgendwie Spaß machen. Vielleicht nahm sie noch ganz andere Sachen an, die er sich aber nicht mal vorstellen wollte.

Er reichte ihr den Morgenmantel und bugsierte sie vorsichtig aus der Wanne.

»Und zum Frühstück esse ich einen halben Toast mit Marmelade«, erklärte sie, das Badezimmer verlassend. »Du frühstückst doch, oder?«

11.

Er war sich nicht sicher, ob es eine Falle war, als Mutter ihn nach dem Frühstück – es gab weder Toast noch Marmelade, sondern lediglich ein altes Stück Schwarzbrot – aufforderte, einfach so zu tun, als wäre sie gar nicht da.

Weil er das Gefühl hatte, ihr etwas bieten zu müssen, hatte er vorgeschlagen, in den Zoo zu gehen, worauf Mutter beleidigt antwortete, sie sei nicht mehr fünf und habe in ihrem Leben mehr Pinguine gesehen, als sie verkraften könne.

»Ich schreib jetzt mal ein paar Sachen auf, die wir brauchen«, sagte sie. »Lass dich bitte nicht stören.«

Obwohl es unmöglich war, so zu tun, als wäre Mutter nicht da, setzte er sich in den Sessel am Fenster, um seine Vogelbeobachtungen fortzusetzen. Seit etwa einem Jahr hatte er die Ornithologie für sich entdeckt. Das heißt, nach seiner Pensionierung hatte er die ersten Wochen häufig ratlos am Fenster gesessen und die Vögel im Baum beobachtet. Dabei war ihm aufgefallen, dass er die meisten Vögel überhaupt nicht kannte, und er hatte sich ein Bestimmungsbuch gekauft. Seitdem saß er morgens weiterhin eine Stunde im Sessel, hatte jedoch auf einmal eine sinnvolle Beschäftigung.

Eine Zeitlang liebäugelte er sogar mit dem Beitritt zur Ornithologischen Gesellschaft, um seinen Beobachtungen eine professionelle Grundlage zu verschaffen. Doch die Aussicht auf gesellige Vereinssitzungen in dunklen Hinterzimmern hielt ihn schließlich doch davon ab.

Merkwürdigerweise störte ihn die Nutzlosigkeit seiner Beobachtungen nicht im Geringsten. Es schien, als wäre er im Alter wieder zu einer kindlichen Selbstverlorenheit zurückgekehrt, die ihn zu seinem Erstaunen völlig befriedigte. Er war nie mehr so glücklich gewesen, seit er auf dem Fußboden seines Kinderzimmers stundenlang den öffentlichen Nahverkehr nachgespielt hatte. Doch weil ihm eine innere Stimme sagte, dass die Wiederaufnahme des Nahverkehrs in seinem Alter nicht mehr in Frage kam, konzentrierte er sich jetzt eben auf die Vögel.

Norbert hatte gerade die ersten Blaumeisen erspäht, als er Mutters ungeduldige Stimme hörte.

»Hast du eigentlich nichts zu tun?«

Eigentlich war es von Anfang an klar gewesen, dass er nicht still aus dem Fenster sehen konnte, ohne dass Mutter irgendetwas daran auszusetzen hatte. Sie verstand eben nicht, wie man zufrieden sein konnte, ohne ständig unterwegs sein zu müssen.

»Ich beobachte Vögel«, sagte Norbert erstaunlich beherrscht.

Und nach einer Pause, die gut gesetzt war, antwortete Mutter.

»Du beobachtest Vögel, so, so.«

Sie beherrschte das Spiel mit den Pausen, und es gelang ihr mit einem kurzen Satz und zwei noch kürzeren Wörtern Norberts Hobby derart fragwürdig erscheinen zu lassen, dass er sich weitere Erläuterungen im Grunde sparen konnte. Das »so, so« deutete nämlich nicht nur ihr Unverständnis an – Mutter hielt diese Beschäftigung zudem für vollkommen schwachsinnig.

»Du glaubst gar nicht, wie viele Vogelarten in dem Baum leben!« Er hatte nicht vor, sich seine Begeisterung durch zwei Adverbien kaputtmachen zu lassen. »Wusstest du eigentlich, dass der Spatz in manchen Gegenden schon ausgerottet ist?«

Mutter schwieg. Es war keine Pause mehr, sondern ein langes, tiefes und nachdenkliches, fast schon bedenkliches Schweigen, was in der Regel kein gutes Zeichen war. Es war meistens sogar ein ausgesprochen schlechtes Zeichen. Mutter schwieg sich gewissermaßen in Rage. Und es brauchte nur noch ein falsches Wort, und sie explodierte.

»Dabei waren Spatzen mal so was wie die Heringe der Lüfte.«

»Wie Heringe?« Mutter blickte ihn scharf an. »Sag mal, wie lange machst du das da eigentlich schon? Das ist doch der reinste Stumpfsinn. Zum Spatzengucken ist jetzt wirklich keine Zeit mehr!«

Sie stand auf und überreichte Norbert eine lange Einkaufsliste. »Fürs Erste sollte das reichen. Am besten, du gehst gleich los, sonst wird es zu spät fürs Mittagessen. Und vergiss nicht, Geld mitzunehmen und dir saubere Schuhe anzuziehen!«

Am liebsten hätte er sie angeschrien und sich geweigert, unter diesen Umständen überhaupt noch einen Schritt aus der Wohnung zu machen. Doch er konnte es nicht. Jeder Widerstand erschien zwecklos. Er war der Mann, der mit erhobenen Händen das Versteck verließ, noch ehe der Gegner überhaupt zu sehen war.

Als Jugendlicher hatte Norbert manchmal die Westernhelden und Gangsterbosse aus Kinofilmen nachgespielt. Allerdings war er bald zu der Einsicht gelangt, dass er eher zum Statisten taugte, der zufällig von einem Querschläger getroffen wurde. Diese Erkenntnis war der Augenblick, wo er ahnte, langsam erwachsen zu werden.

Erneut wurde ihm klar, dass er kein gewöhnlicher alter Mann sein konnte, solange Mutter noch lebte. Ein zusätzliches Problem war, dass er nicht mal aussah wie siebzig. Viele reagierten ungläubig, wenn sie sein Alter erfuhren. Deshalb war es in naher Zukunft auch ausgeschlossen, dass jemand im Bus für ihn aufstand und ihm seinen Platz anbot. Im Gegenteil. Häufig sah sich Norbert veranlasst, seinen Platz für Gleichaltrige zu räumen. In solchen Augenblicken wünschte er sich weit weg von hier. In ein anderes Leben. Ein Leben, in dem Mütter keine Rolle mehr spielten.

12.

Der Supermarkt war nur wenige Gehminuten von seiner Wohnung entfernt. Norbert hatte einen Umweg gemacht, um etwas Zeit zu gewinnen. Mehrmals war er am Supermarkt vorbeigelaufen, als hätte er gar nicht ernstlich vor, irgendetwas einzukaufen. Vielleicht war das der Zeitpunkt, endlich ein klares Zeichen zu setzen. Doch mit leeren Händen zurückzukehren brachte er einfach nicht fertig. Womöglich reichte es schon, wenn er nicht pünktlich zum Mittagessen kam. Auf diese Weise würde er Mutter indirekt zu verstehen geben, dass er nicht bereit war, ihre Forderungen bedingungslos zu erfüllen.

Während er ratlos auf und ab ging, hoffte er, dass er jemanden treffen würde, den er kannte. Obwohl er selten Lust auf Gespräche hatte, die meist ohnehin zu nichts führten, außer dass sie ihn von seinem Tagesablauf abhielten, verspürte er jetzt plötzlich den dringenden Wunsch nach einer ausgedehnten Unterhaltung. Er wäre sogar bereit, Details aus seinem Privatleben zu verraten, sofern sich das Gespräch dadurch in die Länge ziehen würde. Allein der Hinweis, dass seine Mutter bei ihm eingezogen war, würde für Gesprächsstoff bis weit über die Mittagszeit hinaus reichen.

Doch ausgerechnet an diesem Tag war nirgends ein nur annähernd bekanntes Gesicht zu entdecken.

Empört ging Norbert in den Supermarkt. Normalerweise kaufte er hier nur Dosen mit Fertiggerichten. Am Wochenende gönnte er sich auch schon mal eine Packung Baumkuchen. Die Verkäufer wussten das. Und deshalb war es ihm ein wenig peinlich, dass er plötzlich statt eines Korbes mit einem großen Einkaufswagen durch die Gänge fuhr, als hätte er seine Essgewohnheiten über Nacht geändert.

Um nicht aufzufallen, arbeitete er den Zettel zügig ab, ohne sich weiter um die Art der Produkte zu kümmern. Stück für Stück landete im Wagen, der schon nach kurzer Zeit zur Hälfte gefüllt war.

Norbert stand vor dem Spirituosenregal und hatte gerade zwei Flaschen Aperol in der Hand, als ihn jemand von hinten ansprach.

»Sie haben heute ja einiges vor.«

Er hätte es sich ja denken können. Die Verkäufer hatten ihn natürlich gleich bemerkt. Als er sich umdrehte, sah er niemand Geringeres als Frau Wilke, die ihn anblickte, als hätte er gerade etwas Verbotenes getan. Sie kannten sich seit mindestens fünfzehn Jahren. Frau Wilke hatte als Kassiererin begonnen, war inzwischen jedoch zum Leidwesen Norberts Abteilungsleiterin und damit hauptsächlich hinter den Kulissen beschäftigt. Wenn es jemals eine Frau gegeben hatte, die als Partnerin in Frage gekommen wäre, dann Frau Wilke. Da Frau Wilke aber mindestens dreißig Jahre jünger war, hatte sich die Frage eigentlich längst von selber beantwortet. Nur einmal, ganz am Anfang war er etwas mutiger gewesen. Als sie noch an der Kasse saß, war Norbert mindestens einmal täglich in den Supermarkt gekommen, nur um von Frau Wilke abkassiert zu werden. Irgendwann hatte er den Entschluss gefasst, sich bemerkbar zu machen. Weil er sich aber nicht traute, sie direkt anzusprechen – bis heute war zwischen ihnen kaum mehr als ein flüchtiges »Hallo« gefallen –, griff er zu einer Maßnahme, die eine Reaktion geradezu provozieren musste. Er wusste selbst nicht, was ihn damals geritten hatte, denn schon wegen ihres Altersunterschiedes war eine gemeinsame Zukunft relativ unwahrscheinlich. Aber vielleicht war es gerade die Aussichtslosigkeit, die ihn zu diesem Schritt ermutigte.

Er hatte sich vorher alles genau überlegt. Statt der üblichen Dosen legte er nacheinander zwei Rinderrouladen, Kartoffeln, eine

Flasche Sekt, ein großes Marzipanherz und als besonderen Clou die Zeitschrift »Für Sie« aufs Förderband. Man musste sich nur alles nacheinander genau ansehen und käme dann zu dem einzig möglichen Schluss: Norbert plante ein gemeinsames Mittagessen und überreichte ihr vorab schon mal symbolisch sein Herz.

Er war so nervös, dass er am ganzen Körper zitterte. Als sie beim Marzipanherz kurz stutzte, wurde ihm schwindelig. Seine Hände waren schweißnass. Fast hätte er sich abstützen müssen. Dass es bei so viel Aufregung überhaupt noch zu Partnerschaften kam, war eigentlich ein Wunder.

Sie lächelte ihn freundlich an und erklärte dann trocken, dass das Marzipanherz vor kurzem ausgelistet worden sei und sie es deshalb nicht mehr für den Preis verkaufen könne. Ob er mit der Hälfte einverstanden wäre?

Seitdem war der Fall Wilke für ihn erledigt.

Umso mehr überraschte es Norbert, dass sie ihn nach all den Jahren plötzlich direkt ansprach. Und ausgerechnet vor dem Schnapsregal, wo er doch sonst fast nie etwas trank.

»Na ja, einiges vor – das ist für meine Mutter, also meine Mutter ist gerade zu Besuch. Ich selbst bin ja eher …«

Frau Wilke schien gar nicht zuzuhören. Sie betrachtete interessiert den Einkaufswagen. Kurz darauf blickte sie schmunzelnd auf.

»Wirklich nur für Ihre Mutter?«

Norbert sah verwundert in den Einkaufswagen. Eigentlich war da gar nichts Besonderes, jedenfalls nichts, was zum Schmunzeln Anlass gegeben hätte. Eine Familienpackung Toilettenpapier, extra starker WC-Reiniger, Desinfektionsmittel, fünf Zahnpastatuben »edelweiß«, ein Mundspray mit Minzgeschmack, Haarwaschmittel gegen Schuppen, eine Packung Kondome und die beiden Aperol-Flaschen.

Sein Gesicht glühte auf. Entsetzt fragte er sich, was er mit den Kondomen sollte. Er hätte sich den Zettel doch besser vorher genauer ansehen sollen. Frau Wilke musste ja einen völlig falschen Eindruck gewinnen.

»Das muss ein Versehen sein. Ich weiß auch nicht, was meine Mutter da ...«

»Jedenfalls freue ich mich, Sie mal wiederzusehen.«

Norbert war überrascht. Er überlegte, ob sie es ernst damit meinte. Eigentlich war der Fall Wilke ja längst abgehakt. Nach diesem Vorfall hätte er es verstanden, wenn sie sich umgehend in ihr Büro zurückgezogen hätte. Stattdessen blieb sie stehen und lächelte ihn an.

»Wie lange kennen wir uns jetzt eigentlich schon?«, fragte Norbert, um das Gespräch nicht abreißen zu lassen. Als Mann musste man immer neue Ideen haben, sonst erlahmte das Interesse der Frauen rasch.

»Ein paar Jährchen werden es wohl schon sein.«

»Fünfzehn Jahre!«, erwiderte er so schnell, dass es fast aussah, als hätte er von Beginn an darüber Buch geführt. Das stimmte natürlich nicht, aber Frau Wilke musste nun denken, dass er auf diesen Moment jahrelang gewartet hatte.

»Dann sind wir ja quasi zusammen alt geworden.« Sie lachte.

Ihrem Blick nach zu urteilen, schien Frau Wilke keine Probleme zu haben, auch weiterhin gemeinsam mit ihm zu altern. Die Frage war, ob das nur für den Supermarkt galt oder ob noch andere Orte dafür in Betracht kamen. Zum Beispiel ihre Wohnung.

Sie musste jetzt um die vierzig sein. Eine Frau in den besten Jahren für eine Beziehung, in der Vertrauen und Zuverlässigkeit mehr zählten als durchzechte Nächte in abrissreifen Industriegebäuden ohne eigene Sanitäranlagen. Sie hatte Karriere gemacht, von einer kleinen Kassiererin zur Abteilungsleiterin eines Supermarkts in bester Charlottenburger Lage. War sie verheiratet, oder hatte ihr der Job keine Zeit für eine ausgefüllte Partnerschaft gelassen? Womöglich hatte sie eine Reihe unglücklicher Beziehungen hinter sich, weil sie nicht bereit gewesen war, den

Job für eine Familie aufzugeben. Und da sie ahnte, dass es inzwischen zu spät dafür war, erinnerte sie sich wieder an Norbert und an das Marzipanherz. Erst jetzt wurde ihr bewusst, was sie damals versäumt hatte.

Und das war auch der Grund, weshalb sie noch immer vor ihm stand.

Norbert spürte auf einmal eine ungewohnte Zuversicht.

»Man sollte sich wieder öfter sehen«, sagte er ein wenig steif. Immer wenn es ernst zu werden drohte, wirkte er so abweisend, dass niemand auf die Idee gekommen wäre, er könnte sich für die Frau interessieren.

»Aber Sie sind ja jetzt auch gut beschäftigt«, meinte sie mit Blick auf den Einkaufswagen.

Er ärgerte sich, dass sie annahm, die Kondome seien auf seinem Mist gewachsen. Aber wie sollte er Frau Wilke erklären, dass Mutter die eigentliche Verfasserin des Einkaufszettels war?

Während er noch überlegte, ob er sie spontan zu einer Mohnschnecke an der Kuchentheke einladen sollte, setzte Frau Wilke plötzlich ein geschäftsmäßiges Gesicht auf.

»Ich muss jetzt auch weiter, die Arbeit ruft. Wir sehen uns sicher bald mal wieder.«

Sie nickte freundlich, und noch ehe er etwas sagen konnte, hatte sie sich abgewandt und ging Richtung Büro davon.

In ihm brodelte es. Er würde mit Mutter ein ernstes Wort zu reden haben. Norbert hatte die Nase gestrichen voll. Er hatte keine Lust mehr, dauernd von ihr beaufsichtigt zu werden, selbst wenn sie nicht persönlich vor Ort war. Ja, gerade dann!

Zu Hause lief er mit drei schweren Tüten bepackt sofort wütend ins Wohnzimmer.

Herta lag mit einer Gurkenmaske auf dem Sofa und rührte sich nicht. Die Gurkenscheiben waren in Dreierreihen ordentlich übers Gesicht verteilt. Sie hatte die Haare mit einem weißen Leinentuch nach hinten gebunden, offenbar um sie vor der Creme zu schützen. Die Hände waren über dem Bauch gefaltet. Das Ganze erinnerte stark an eine Aufbahrung.

Er ging einen Schritt näher, um zu sehen, ob sie noch atmete.

Norbert hatte sich noch gar keine Gedanken darüber gemacht, was passierte, wenn Mutter jetzt sterben sollte. Sie war fast neunzig, und von Tag zu Tag schien sie kleiner und schmächtiger zu werden. Jeder Tag konnte ihr letzter sein. Es war nicht ausgeschlossen, dass der Tod bereits an die Tür geklopft hatte. Womöglich befand er sich schon *in* seiner Wohnung.

Er überlegte nervös, ob man auch als Unbeteiligter die Nähe des Todes irgendwie spüren konnte? Er stand ganz still und horchte in den Raum. Es war jedoch nichts zu bemerken. Das Bild vom Sensenmann war vielleicht doch gar nicht so abwegig, wie er immer gedacht hatte. Nur dem Sterbenden wurden die Sinne so geschärft, dass sie rechtzeitig erkannten, wann es so weit war.

Norbert hatte noch nie einen Toten gesehen. Als Vater starb, lag er bereits mehrere Wochen im Krankenhaus. Er wurde in einem geschlossenen Sarg in der Kapelle aufgebahrt. Alle weinten, nur nicht Norbert. Er konnte sich einfach nicht vorstellen, dass der Mann, der zu Silvester gerne mit einem bunten Hütchen auf dem Kopf laut Schunkellieder sang, reglos in so einem braunen Kasten liegen sollte.

Plötzlich hatte er einen ungeheuren Verdacht. Wusste Mutter, dass er seit Jahren insgeheim auf ihr baldiges Ableben wartete? War sie am Ende auch deshalb zu ihm gezogen, um ihm die Konsequenzen ihres Todes unmittelbar vor Augen zu führen?

Offenbar war sie noch raffinierter, als er vermutet hatte.

»Mama?«

»Keine Sorge, ich lebe noch«, antwortete sie prompt, als könnte sie Gedanken lesen.

Inzwischen war seine Wut leider verraucht. Aus Ärger darüber suchte er sich zunächst neue Ziele.

»Woher hast du überhaupt die Gurke?«, fragte er unangemessen scharf.

Mutter bewegte sich weiterhin nicht. Unter der Gurkenmaske fühlte sie sich anscheinend unangreifbar.

»Mitgebracht. Ich habe nicht angenommen, dass du zu Hause Gurken hast.«

Norbert stellte die Tüten hart auf den Boden. Wieso glaubte sie eigentlich, dass er keine Gurken zu Hause hatte? Strahlte er etwas aus, dass jedem sofort sagte: Dieser Mann hat definitiv keine Gurken im Haus?

»Und du glaubst an so was?« Das Thema passte ihm zwar nicht, aber wenigstens hatte er ein Ventil für seinen Ärger.

»An was?«

»Diese Gurkenmasken! Das ist doch ...«

»Schwachsinn, richtig. Natürlich glaube ich nicht daran, wo denkst du hin?«

Norbert sah sie erstaunt an.

»Aber du machst es trotzdem?«

Sie antwortete nicht gleich.

»Ich bin eine Frau, und Frauen machen eine Menge Dinge, an die sie nicht glauben. Aber wir machen es trotzdem, weil es nett ist, das ist der Unterschied zu euch Männern.«

»Weil es nett ist?«

Er verstand sie nicht. Und er hatte auch keine Lust, sie zu verstehen. Er hatte ganz andere Probleme.

»Kannst du mir mal verraten, was das mit den Kondomen sollte?«

In diesem Moment bewegten sich die beiden Gurkenscheiben auf den Augen und rutschten kurz darauf seitlich weg.

»Die wirst du bald brauchen, ich habe nämlich ein Treffen mit Fräulein Worobjow vereinbart. Sie freut sich schon darauf.«

»Sie freut sich schon, mich zu sehen? Sie kennt mich doch überhaupt nicht.«

»Hör auf, so negativ zu sein. Russische Frauen freuen sich immer auf neue Männer – wenn sie Geld haben.«

»Ich freue mich aber nicht auf diese Wrobjob!«

»Jekaterina Worobjow! Sie ist die Tochter einer Bekannten von mir. So um die fünfzig, glaube ich, aber das ist ja auch egal, und Zahnärztin. Zahnärzte kann man ja immer gebrauchen.«

Mutter erhob sich. Dabei klatschten einige Gurkenscheiben zu Boden.

»Blöd ist, dass man die hinterher nicht essen kann«, sagte sie mehr zu sich selbst.

»Ich werde diese Frau auf gar keinen Fall treffen, hörst du? Das kannst du dir abschminken!«

»Apropos abschminken. Hast du vielleicht mal ein feuchtes Tuch für mich?«

Norbert reichte ihr sein Stofftaschentuch. Obwohl sie kurz stutzte, nahm sie es dennoch und fing an, die Creme aus dem Gesicht zu wischen. Als sie fertig war, setzte sie die Brille auf und sah ihn ernst an.

»Aber sag bloß nicht, dass dein Vater im Russlandfeldzug war. Die haben ja immer irgendeinen Verwandten, der da gefallen ist. Und dann macht sie noch dich dafür verantwortlich, man kennt das ja. Kochen kann sie übrigens auch.«

»Es ist mir ganz egal, ob sie kochen kann. Ich will sie ja nicht einstellen.«

»Und jetzt verrat du mir mal, warum du die Kürbiskerne und Vitaminpillen nicht genommen hast. Ich bemühe mich jahrelang um deine Gesundheit – und was machst du? Ich bin ziemlich enttäuscht von dir, Junge.«

Sie blickte beleidigt zur Seite. Immer wenn sie so zur Seite sah, erwartete sie eine umfassende Entschuldigung. Es war jedes Mal das gleiche Ritual. Norbert hatte irgendetwas Verwerfliches gemacht, Mutter empörte sich und sah beleidigt weg, worauf er sich um des lieben Friedens willen entschuldigte.

Diesmal wollte er ihr den Gefallen aber nicht tun.

»Du hast in meinen Schränken geschnüffelt.«

Herta presste die Lippen zusammen. Sie wusste, dass sie nicht korrekt gehandelt hatte, wollte es aber unter gar keinen Umständen zugeben.

»Ich habe nicht geschnüffelt, ich habe nur mal reingesehen.«

»Das ist dasselbe!«

Sie presste wieder.

»Man darf hier also noch nicht mal Schränke aufmachen. Warum bin ich eigentlich hier? Wenn du dein Leben ändern willst, muss sich auch in deinen Schränken was ändern. Du siehst ja, was da los ist.«

Norbert war auf hundertachtzig. Er hatte genug gehört.

»Ich will überhaupt nichts ändern. Weder in meinem Leben noch in meinen Schränken. Wenn dir das nicht passt, kannst du ja gehen.«

Er drehte sich abrupt um und marschierte ins Schlafzimmer. Als er die Tür laut hinter sich zugeknallt hatte, bemerkte er auf dem Bett Mutters Kopfrolle, die schwarze Augenmaske und ihr blaues Nachtkleid. Da erst wurde ihm klar, dass er nicht mal mehr ein eigenes Schlafzimmer hatte.

Er brauchte eine Pause. Er musste mit irgendjemandem reden. Dringend.

13.

Hatte er am Mittwoch nicht einen Termin bei Frau Dr. Zielke?

Eine Zeitlang hatte er gehofft, er käme alleine zurecht. Doch Mutter erwies sich als hartnäckiger als gedacht. Sie schien nicht einzusehen, dass er als Sohn nicht verpflichtet war, ihr gegenüber Rechenschaft abzulegen, was er tat und was er nicht tat. Mehr noch, sie wollte nicht begreifen, dass er als Sohn überhaupt ein eigenes Leben führte.

Mutter schlief noch, als er früh am Morgen die Wohnung verließ. Er hatte ihr nichts gesagt. Er hatte kein Wort mehr mit ihr gesprochen. Seit dem Krach gestern herrschte Funkstille zwischen ihnen. Norbert konnte schweigen, bis sich die Balken bogen. In einem Schweige-Wettbewerb hätte er problemlos den ersten Platz belegt. Sein Problem war allerdings, dass er nur in Sachen gut war, die kein Mensch brauchte. Zum Beispiel das Lösen von Bilderrätseln. Norbert war in der Lage, innerhalb weniger Sekunden zehn versteckte Fehler in einem Bild herauszufinden. Damit konnte man jedoch niemanden beeindrucken. Schon gar keine Frau.

Aber auch Mutter war eine begabte Schweigerin. Einmal beleidigt, schwieg sie mit einer Leichtigkeit, dass es ihm schwerfiel mitzuhalten.

Als er noch bei seinen Eltern wohnte, war es meist Vater gewesen, der ihren stummen Krieg unfreiwillig beendete. Er redete so lange über die Firma, bis es Mutter zu viel wurde und sie ihn aufforderte, endlich das Thema zu wechseln. Manchmal hatten sie aber auch irgendwann den Grund ihres Schweigens vergessen.

Den ganzen Abend hatten sie wortlos nebeneinander auf dem

Sofa gesessen und ferngesehen. Um Mutter zu ärgern, hatte er ganz gegen seine Gewohnheit ständig die Programme gewechselt. Kaum waren sie mit dem Thema vertraut, hatte er auch schon weitergeschaltet. Norbert hoffte, sie so aus dem Wohnzimmer zu vertreiben. Weil Mutter ihn aber genau kannte und wusste, was er damit bezwecken wollte, war sie stur sitzen geblieben, als hätte sie nicht das Geringste gegen die Herumschalterei einzuwenden gehabt. Das wiederum ärgerte Norbert so, dass er irgendwann keine Lust mehr hatte und trotzig zu einem Shopping-Kanal schaltete. Zwei Stunden verfolgten sie sprachlos, wie seltsam aufgekratzte Moderatoren Ohrschmuck, Halsketten und juwelenbesetzte Ringe unter die Leute brachten.

Die Praxis von Frau Dr. Zielke befand sich im vornehmen Westend. Er nahm die U-Bahn bis Neu-Westend und lief dann an Villen und Einfamilienhäusern vorbei zur Eichenallee.

An mehreren Häusern entdeckte er Schilder, die auf psychotherapeutische Praxen hinwiesen. Offenbar waren die Menschen hier besonders anfällig für psychische Probleme. Norbert fragte sich, ob er im falschen Viertel lebte. In seiner Gegend dominierten Urologen, Rheumaspezialisten und Allgemeinmediziner. Doch statt an Bluthochdruck zu leiden, zeichnete er Kreise und schlug sich mit Problemen herum, die sich auf natürlichem Wege eigentlich längst erledigt haben sollten.

Er war eine Viertelstunde zu früh. Versteckt hinter einem Baum, blickte er nervös auf die andere Straßenseite. Das Haus stammte aus den fünfziger Jahren. Ein schlichter Flachbau mit großen Fensterfronten. Durch die löchrige Hecke erkannte er einen ungepflegten Garten. Bis auf einen Tisch und einen weißen Plastikstuhl wirkte die Terrasse unbenutzt.

Er überlegte, ob er gleich klingeln sollte, entschied sich dann aber zu warten. Es durfte nicht der Eindruck entstehen, dass er es eilig hatte. Im Grunde wusste er ja nicht mal, warum er überhaupt hier war. Inzwischen ahnte er nämlich, dass sich Mutter auf natürlichem Wege nicht einfach wegtherapieren lassen würde. Für ein vernünftiges Gespräch zwischen Mutter und Sohn war es aber zu spät. Vielleicht waren vernünftige Gespräche zwischen Eltern und Kindern auch gar nicht vorgesehen. Denn es war die einzige menschliche Beziehung, die ohne die ausdrückliche Zustimmung der Partner funktionierte. Ein klärendes Gespräch würde in einer Katastrophe enden.

Norbert bemerkte jetzt eine junge Frau, die zügig das Haus verließ. Zu seiner Überraschung wirkte sie überhaupt nicht gestört. Im Gegenteil. Sie sah aus wie eine normale junge Frau auf dem Weg zur Arbeit. Es war etwas beunruhigend, wenn man sich vorstellte, dass Tausende scheinbar normal aussehende Menschen mit ihren unbewältigten Problemen frei auf der Straße herumliefen.

Er blickte sich um. Es war niemand zu sehen. Norbert wollte nicht dabei ertappt werden, wenn er das Grundstück von Dr. Zielke betrat. Denn natürlich wussten hier alle, welchen Beruf sie ausübte. Und jeder wusste, dass ihre Besucher nicht nur zum Kaffeetrinken vorbeikamen.

Er versuchte locker zu wirken, als er die Straße überquerte. Womöglich wurde er aus den umliegenden Häusern beobachtet. Er ging so entspannt, fast beschwingt auf die andere Straßenseite und öffnete das Gartentor mit einer derartigen Dynamik, dass kein Mensch auf die Idee gekommen wäre, er würde an seiner dominanten, neunundachtzigjährigen Mutter leiden. Nicht mal er selbst.

Frau Dr. Zielke öffnete persönlich, was Norbert ein wenig erstaunte. Hatte sie keine Angestellten? Konnte sie sich keine Angestellten leisten, weil sie seit Jahren auf dem Existenzminimum therapierte? Erfolglos therapierte?

»Dann mal hereinmarschiert«, sagte sie lächelnd, als hätte sie ihn bereits sehnsüchtig erwartet.

Sein Schwung war sofort wieder dahin.

Die Räume waren nur spärlich möbliert. Er schien also recht zu haben mit seiner Vermutung. Im Wohnzimmer stand ein großer Konferenztisch mit acht Stühlen. Offenbar versuchte sie ihren Kunden vorzugaukeln, dass hier regelmäßig Fachgespräche mit Experten stattfanden. In Wirklichkeit hatte aber schon lange niemand mehr dort gesessen und sich fachlich zu irgendetwas geäußert. Auf dem weißgekachelten Boden lag ein durchgetretener Perserteppich. Die Wände waren bis auf zwei Bilder mit unverfänglichen bunten Schachtel- und Kreismotiven leer. Hinter dem Konferenztisch ging eine fensterhohe Schiebetür auf die Terrasse. Zwischen den Waschbetonplatten wuchs Unkraut.

Dr. Zielke führte ihn in einen angrenzenden, kleineren Raum. Auch hier nur das Nötigste. Ein einfaches Bücherregal, davor ein Schreibtisch und rechts an der Wand die obligatorische Liege. Das Kopfkissen war nicht aufgeschüttelt, was Norbert gleich unangenehm aufstieß.

»Setzen Sie sich bitte schon mal hin«, sagte sie und verschwand im Wohnzimmer.

Norberts Blick fiel auf ein dickes Buch im Regal gegenüber. »Sexuelle Gewalt durch Frauen. Ein Tabu. Von Dr. Gertrud Zielke.« Es konnte kein Zufall sein, dass sich dieses Werk direkt auf seiner Augenhöhe befand. Man konnte es praktisch nicht übersehen.

Sofort fragte er sich, ob Dr. Zielke ihm auf diese Weise irgendetwas mitteilen wollte. Wechselte sie die Fachliteratur womöglich je nach Fall, um den Patienten bereits vor der eigentlichen Behandlung dezent auf die Problematik einzustimmen?

Als sie kurze Zeit später wiederkam und sich hinter den Schreibtisch schwang, war der Raum auf einmal von einem schweren Parfümgeruch erfüllt.

»Sie haben sich entschieden?«, fragte sie langsam im Sessel schaukelnd. Ihre Stimme war noch rauer und dunkler, als er sie in Erinnerung hatte. Sie musterte ihn so streng, dass er sich kaum getraute, sich festzulegen, aus Angst etwas Falsches zu sagen.

»Entschieden?«, fragte Norbert vorsichtig nach. Er hatte plötzlich das Gefühl, einer weltweit operierenden Organisation beitreten zu müssen, die im Westend ihre unscheinbare Deutschlandzentrale hatte. Mit seiner Unterschrift verpflichtete er sich, alle Grundsätze der Organisation bedingungslos zu befolgen.

»Ich meine für mich, also für eine Therapie.«

»Man könnte es ja mal probieren«, meinte er.

Dr. Zielke schien nicht ganz zufrieden mit seiner Antwort. »Wollen Sie es wirklich, oder sind Sie sich eigentlich nicht sicher?«

»Doch, ja.« Er zögerte. »Muss ich mich auch da hinlegen?«, fragte er auf die Liege deutend. Er konnte es nicht ändern. Immer wenn eine Frau neben ihm am Bett saß, war es Mutter.

»Es kommt ganz drauf an.« Sie lächelte erwartungsvoll, räusperte sich dann aber hastig. »Es kommt drauf an, ob Sie eine Gesprächstherapie wollen oder eine Analyse. In Ihrem Fall halte ich beides für denkbar.«

In seinem Fall kam es vor allem darauf an, dass Mutter möglichst rasch aus seinem Leben verschwand. Dabei war es ihm relativ egal, ob er sein Problem *vorher* durchschaute.

»Was geht denn schneller?«

Dr. Zielke atmete tief durch. »Wenn Sie glauben, wir können Ihr Problem in wenigen Stunden lösen, muss ich Sie leider enttäuschen. Das dauert. Manchmal sogar Jahre.«

»Jahre?« Er war schockiert. So viel Zeit hatte er nicht. Noch ein paar Tage länger mit Mutter und er war am Ende.

»Es hängt eben davon ab, wie weit Sie sich öffnen.« Sie kippte nach vorne und schlug hart mit den Ellenbogen auf den Tisch. In diesem Augenblick erreichte ihn eine blumige Parfümwolke. »Wenn Sie mir Ihre Gefühle zeigen, also wenn Sie Gefühle zulassen, meine ich, geht es schneller. Und das wollen wir doch, gell?«

»Eine Gesprächstherapie wäre mir, glaube ich, lieber.«

Sie nickte. »Gut, dann brauche ich Ihre Krankenkassenkarte und hier eine Unterschrift.« Sie schob ihm ein Formular hin, das er ungelesen unterschrieb. Nachdem sie die Karte durch ein Lesegerät gezogen hatte, lehnte sie sich zurück und begann wieder zu schaukeln.

»Wenn ich mich richtig erinnere, wollte Ihre Mutter bei Ihnen einziehen. Haben Sie nein gesagt, wie ich es Ihnen empfohlen habe?«

Norbert sah sie erschrocken an. Es war ihm unangenehm, dass er sie schon am Anfang enttäuschen musste.

»Nein.«

»Das heißt?«

»Das heißt, dass meine Mutter jetzt bei mir wohnt.«

Dr. Zielke brauchte einen Moment, um sich zu sammeln.

»Aber eigentlich möchten Sie das doch gar nicht.«

Er überlegte, ob er ihr sofort die Wahrheit sagen sollte. Ob er gleich mit allem herausrücken sollte, was ihn bedrückte. Allerdings blieb dann nicht mehr viel übrig, was sie noch herausfinden konnte.

Sein Wunsch, Mutter rückstandsfrei aus seinem Leben zu entfernen, kam ihm mit einem Mal ziemlich brutal vor. Vielleicht sollte er es besser Dr. Zielke überlassen, seine Wünsche zu entschlüsseln. Am Ende käme eine weitaus harmlosere Variante heraus, die man auch öffentlich vertreten konnte, ohne jedes Mal empörte Blicke zu ernten.

»Ich möchte einfach in Ruhe mein Leben leben.«

»Und Ihre Mutter stört Sie dabei. Ich kann das sehr gut verstehen. Nachvollziehen, meine ich.« Sie räusperte sich. »Haben Sie denn mit ihr über die Zeichnung gesprochen?«

Er verneinte erneut. Langsam musste sie den Eindruck gewinnen, dass ihn selbst einfachste Aufgaben überforderten.

»Sie trauen sich nicht, weil Sie Angst haben, Ihre Mutter könnte Ihnen die Liebe entziehen. Kann man das so sagen?«

Er nickte. Ihm war plötzlich klar, dass er sein ganzes Leben Angst gehabt hatte. Und noch etwas erkannte er: Im Grunde führte er bis heute kein selbstständiges Leben.

»Aber Ihre Mutter wird Sie nicht weniger lieben, nur weil Sie ihr sagen, was Sie gerne möchten. Glauben Sie mir, Mütter haben für mehr Verständnis, als Sie annehmen.«

»Meine Mutter hat mich noch nie verstanden, verstehen Sie, nie!«

»Klar. Wollen Sie denn, dass sie Sie versteht?«

Darüber hatte er noch gar nicht nachgedacht. Im Prinzip hatte sie nicht ganz unrecht. Es war seltsam, aber schon nach wenigen Minuten hatte Norbert den Eindruck, dass ihn Dr. Zielke besser verstand, als er sich selbst.

»Ich will nur, dass sie mich so akzeptiert wie ich bin.«

»Und wie sind Sie?« Sie sah ihm tief in die Augen.

Er wusste keine Antwort darauf. Jedenfalls nicht sofort. Nicht unter Zeitdruck.

»Ich frage mal anders: Wie würden Sie gerne sein?«

Das Einzige, was er ziemlich sicher wusste, war, dass er nicht so sein wollte wie Mutter. Damit war ihre Frage allerdings noch nicht beantwortet. Und wenn er ehrlich war, konnte er die Frage auch gar nicht beantworten. Norbert hatte sich diese Frage nämlich noch nie gestellt. Jedenfalls erinnerte er sich nicht mehr daran. Es war ihm ein bisschen peinlich, dass er so wenig Sachdienliches beitragen konnte. Sie musste annehmen, dass er sein ganzes Leben bewusstlos dahingelebt hatte. Was irgendwie ja auch stimmte. Glaubte er zumindest. Aber er wusste gerade selbst nicht mehr, was er noch glauben sollte. Ihr Blick irritierte ihn so, dass er kaum einen klaren Gedanken fassen konnte.

»Ich würde einfach gerne ein alter Mann sein, der Fernsehtürme bastelt«, meinte er schließlich, um nicht völlig ziellos zu wirken.

Sie sah ihn erstaunt an. »Sie basteln Fernsehtürme?«

»Und zwar seit einem Jahr!«, sagte er unerwartet entschlossen. »Aber meine Mutter hält das für Schwachsinn.«

»Das ist in der Tat ...«, sie hüstelte leicht, »also das hört sich ja ganz ... interessant an.«

»Ja, finde ich auch. Mutter hat da leider andere Vorstellungen.«

Sie beugte sich vor und faltete die Hände auf dem Schreibtisch. »Und welche Vorstellungen genau?«

Allein der Gedanke daran machte ihn missmutig.

»Sie glaubt, dass ich eine Frau brauche, die sich um mich kümmert, wenn sie mal nicht mehr da ist.«

Dr. Zielke bewegte nervös ihren Mund. »Und Sie möchten keine Frau?«

Er zuckte die Schultern. Er wollte jetzt nichts Falsches sagen.

»Vielleicht wissen Sie es ja nur noch nicht«, meinte sie in ihrer tiefsten Bassstimme.

Norbert war ein wenig irritiert, vor allem, weil sie die ganze Zeit beinahe zwanghaft mit dem Daumen an ihrem Zeigefinger rieb. Er konnte seinen Blick kaum davon abwenden.

»Haben Sie denn schon mal eine Frau gehabt? Ich meine, jemanden, der Sie wirklich versteht?«

Ja, es hatte Frauen in seinem Leben gegeben. Aber es war nie so weit gekommen, dass sie ihn verstanden. Vielleicht wollte er auch gar nicht verstanden werden. Vielleicht hatte er einfach nur Angst, dass jemand besser über ihn Bescheid wusste als er selbst.

»Es hat sich nicht ergeben«, sagte er fast bedauernd.

»Aber Ihre Mutter möchte, dass Sie jemanden haben, bevor sie geht.«

Sein ganzer Ärger kam jetzt wieder hoch. »Meine Mutter hat ein Treffen mit einer Frau Worobjow vereinbart!«

»Mit Frau Worobjow?« Dr. Zielke wirkte plötzlich stark beunruhigt.

»Wieso, kennen Sie sie?«, fragte Norbert überrascht.

»Nein, nein, es ist nur ...«, sie fuhr sich nervös durch die Haare, »Ihre Mutter will Sie mit irgendeiner dahergelaufenen ... mit einer Frau verkuppeln, die Sie vorher noch nie gesehen haben?«

Norbert verstand nicht, weshalb sie auf einmal so verärgert war.

»Sie ist Zahnärztin und sucht einen Mann.«

»Das dürfen Sie auf gar keinen Fall zulassen!«, rief Dr. Zielke aufgebracht. »So was geht meistens schief. Ich weiß, wovon ich rede. Meine Mutter hat auch mal ... also ich rate jedenfalls dringend davon ab.« Sie sah nervös zur Uhr. »Unsere Zeit ist leider schon abgelaufen. Wenn Sie möchten, können Sie übrigens auch öfter kommen. Es haben gerade zwei Patienten abgesagt. Sagen wir: Montag um die gleiche Zeit?«

Das war bereits in fünf Tagen. Norbert wusste nicht, ob er so schnell schon wieder etwas zu sagen hatte. So viel gab es da ja auch nicht zu erzählen, jedenfalls nichts Grundlegendes. Und wenn er ehrlich war, war er auch ein bisschen besorgt über Dr. Zielkes Eifer. Es hatte fast den Anschein, als wäre sie auch persönlich an ihm interessiert. Andererseits kam er mal raus und konnte sich so für einige Stunden von Mutter erholen.

Er stimmte zu. Dr. Zielke nickte erleichtert.

Auf dem Weg zur Tür begegneten sie einer verwirrt wirkenden älteren Frau im Bademantel. Unter ihrem Arm klemmte ein brauner Stoffbär. Sein rechtes Auge baumelte an einem langen Faden.

Die Frau musterte Norbert böse. »Ist das auch so ein Bekloppter?«, fragte sie, zu Dr. Zielke gewandt.

»Mama! Ich habe dir doch gesagt, dass du nicht immer runterkommen sollst, wenn ich arbeite.«

»Das nennst du arbeiten. Pah!«

»Geh bitte wieder nach oben und gib Bärli was zu trinken.«

Die Frau schüttelte verzweifelt den Kopf. »Das ist ein Stoffbär, der braucht nichts zu trinken!« Sie atmete tief durch. »Ich glaub, außer mir sind hier alle verrückt.« Sie drehte sich um und ging langsam zur Treppe.

»Entschuldigen Sie bitte«, sagte Dr. Zielke bedrückt, als sie die Haustür öffnete, »aber meine Mutter hatte vor kurzem einen Schlaganfall. Ich kann sie ja nicht einfach in ein Heim geben.«

Norbert lächelte. Er verstand sie. Er verstand sie sogar gut.

14.

Zurück zu Hause erwartete ihn gleich die nächste Überraschung. Mutter saß mit ihrem alten Freund Schorschi auf dem Sofa und knabberte Kürbiskerne. Norbert hatte nichts gegen ihn, wollte aber zumindest vorher gefragt werden, wenn sie Gäste in seine Wohnung einlud. Im Grunde mochte er ihn ganz gerne, auch weil er Norbert ein wenig von Mutters Fürsorge entlastete. Ohne ihn wäre er Mutter vollständig ausgeliefert gewesen.

Eigentlich hieß er Georg von Krottendorf und entstammte einem alten bayerischen Adelsgeschlecht. Seine Familie hatte ihn verstoßen, als er eine Bürgerliche geheiratet hatte und mit ihr jahrelang im Wohnwagen durch Europa gereist war. Nach ihrem frühen Tod war er nach Berlin gezogen und hatte sich als Stadtführer, Chauffeur und schließlich Kellner in diversen Restaurants durchgeschlagen. In einem dieser Lokale war er Mutter aufgefallen. Sie hatte eine Nase für schwarze Schafe mit besonderen Lebensläufen. Aus zehn Leuten suchte sie zielsicher den mit der spannendsten Biografie heraus. Wie andere Briefmarken sammelte Mutter eben interessante Menschen. Dass sie einen Sohn hatte, dessen Biografie denkbar langweilig war, musste eine lebenslange Enttäuschung für sie gewesen sein.

Mutter konnte sehr großzügig sein, wenn sie jemand nicht langweilte, und leistete jede nur denkbare Unterstützung. Wahrscheinlich hatte sie Schorschi so vor einem Ende in Armut bewahrt. Allerdings erwartete sie im Gegenzug, dass man ihr praktisch rund um die Uhr zur Verfügung stand.

Es war nicht ganz klar, ob Schorschi mehr als nur Dankbarkeit für Mutter empfand oder ob er sie nur ertrug, weil er wusste, dass er ohne ihre Hilfe aufgeschmissen gewesen wäre. Vielleicht spielte er das Spiel nur so gut es eben ging mit.

»Es tut mir leid, dass ich hier einfach in Ihre Wohnung ...«

»Es braucht dir gar nichts leid zu tun«, wies Mutter Schorschi zurecht, »ich wohne ja schließlich auch hier!«

»Aber ...«

»Aber wenn mein Sohn es nicht für nötig hält, mir zu sagen, wo er hingeht, brauche ich ihm auch nicht zu sagen, wen ich einlade.«

Mutter blickte beleidigt zur Wand. Einen Moment war nur das Knacken der Kürbiskerne zu hören. Schorschi war von der Situation offensichtlich überfordert. Er schien langsam im Sofa zu versinken.

»Du hast noch geschlafen, hätte ich dich vielleicht wecken sollen?«, versuchte Norbert die Lage zu entspannen.

Doch Herta war noch nicht bereit, ihren Ärger zu vergessen. Im Gegenteil. Sie fand gerade erst Gefallen daran.

»Sag bitte meinem Sohn«, sagte sie zu dem stetig kleiner werdenden Schorschi gewandt, »dass er solche Termine auch am Abend vorher mit mir besprechen kann.«

Schorschi drehte sich vorsichtig um. »Ihre Mutter meint, dass Terminabsprachen auch am Vorabend denkbar seien.«

»Sagen Sie bitte meiner Mutter, dass wir am Vorabend aus gutem Grund kein Wort miteinander gesprochen haben.«

Schorschi nickte ernst und wandte sich zu Herta. »Dein Sohn gibt zu bedenken, dass Absprachen leider nicht möglich gewesen seien.«

»Sag ihm, dass er mir in Zukunft in solchen Fällen eine Notiz hinlegen soll.«

Schorschi wieder zu Norbert. »Ihre Mutter schlägt vor, Termine zukünftig schriftlich niederzulegen.«

»Ich werde in Zukunft gar nichts mehr tun!«

Schorschi stockte. Nach kurzem Nachdenken drehte er sich zu Mutter.

»Er möchte die Zukunft lieber langsam angehen.«

Herta sah streng zu Schorschi. »*Das* hat er aber nicht gesagt!«

»Ich meine es aber herausgehört zu haben.«

»Du brauchst meinen Sohn nicht zu interpretieren, das mache ich schon selbst.«

Schorschi verunsichert. »Soll ich das auch ...?«

»Sag ihm, dass er bald tot ist, wenn er die Zukunft noch langsamer angeht.«

Einen Moment herrschte allgemeines Schweigen. Mutter starrte zur Wand. Norbert hatte die Arme verschränkt und sah aus dem Fenster.

Schließlich wandte sich Schorschi an Norbert. »Es könnte knapp werden.«

Aber Norbert hörte schon gar nicht mehr hin. »Jedenfalls habe ich keine Lust, mein Leben nur wegen ihr zu ändern.«

»Er macht es doch nicht meinetwegen, ich weiß nicht, warum das so schwer zu begreifen ist«, sagte Mutter, weiter zur Wand starrend.

»Ich weiß nicht, warum sie nicht begreift, dass ich mein Leben so leben will, wie ich es für richtig halte.« Norbert sah fragend zu Schorschi, der jedoch vorsichtshalber nur die Schultern zuckte.

»Sagen Sie ihr, dass ich auf ihre Ratschläge gut verzichten kann.«

Schorschi blickte verzweifelt zu Mutter. »Er möchte wohl mehr selbst entscheiden.«

Daraufhin erhob sich Mutter, ohne die beiden auch nur eines Blickes zu würdigen.

»Wenn die Herren mich jetzt entschuldigen würden, ich gehe in mein Zimmer.«

Schorschi stand ebenfalls auf. »Ihre Mutter möchte jetzt ein wenig ruhen.«

»Ich geh schlafen. Punkt!«, donnerte sie und schritt zügig an ihnen vorbei ins Schlafzimmer.

Eine Weile standen die beiden Männer ratlos herum. Keiner getraute sich, etwas zu sagen, als befürchteten sie noch im Nachhall von Mutters Worten ihren Widerspruch. Man konnte eigentlich nie ganz sicher sein, dass sie nicht da war. Selbst wenn sie tausende Kilometer entfernt von Norbert Urlaub machte, war es nicht völlig ausgeschlossen, dass sie vorzeitig zurückkehrte und Norbert vor seiner Haustür abpasste.

Deshalb hoffte er auch, dass die Skeptiker am Ende recht behielten mit ihrer Behauptung, dass ein Leben nach dem Tod wissenschaftlicher Unsinn sei. Trotzdem war er sicherheitshalber bereits vor fünfundzwanzig Jahren aus der Kirche ausgetreten. Er wollte sich später nicht nachsagen lassen, er habe durch seine Zugehörigkeit zur Kirche Mutters Unsterblichkeit quasi heraufbeschworen.

»Ich weiß, manchmal ist es wirklich nicht leicht mit Ihrer Mutter.« Schorschi blickte ihn mitfühlend an.

»Manchmal?« Norbert lachte bitter auf.

»Sie weiß es ja selber, aber sie kann eben nicht aus ihrer Haut.«

»Sie weiß es selber?« Er war überrascht. Mit so viel Selbsterkenntnis hatte er bei Mutter eigentlich gar nicht gerechnet.

»Sie hat mir mal erzählt, dass sie in ihrem Leben einen großen Fehler gemacht hat.«

Norbert horchte auf. Es gab zwei Dinge auf der Welt, die Mutter niemals zugeben würde. Erstens, dass sie alt war, und zweitens, dass sie einen Fehler gemacht hatte.

Meinte er wirklich Mutter? Oder hatte sie ihn so im Griff, dass er Sachen erzählte, die jeder Grundlage entbehrten?

»Sie hat es nicht fertiggebracht, Sie loszulassen.« Schorschi machte ein betroffenes Gesicht, als wüsste er selbst nur zu gut, was das bedeutete: lebenslange Freiheitsstrafe ohne Bewährung.

Irgendwas ist faul, dachte Norbert. Irgendetwas stimmte hier nicht. Steckte am Ende Mutter dahinter?

»Sie könnte ihren Fehler ja jetzt korrigieren«, schlug er vor.

Schorschi atmete schwer durch. Wenn dies alles nur ein Spiel war, das Mutter angezettelt hatte, um Norberts Widerstand zu brechen, dann war Schorschi der perfekte Schauspieler. Er gab die Rolle des Zwischenhändlers so überzeugend, als hätte er nie etwas anderes gemacht.

»Wissen Sie, ihr geht es seit einigen Monaten nicht mehr so gut. Ich glaube, sie hat auch ein bisschen Angst.«

Norbert war fest entschlossen, sich durch solche Hintergrundinformationen nicht beeinflussen zu lassen. »Dafür wirkt sie aber ziemlich fit.«

»Sie zeigt es nicht. Ihre Mutter ist eine sehr starke Frau, sie hat eine Menge durchgemacht in ihrem Leben.«

Norbert nickte. Er wusste schon, was jetzt kam. »Mit neunzehn Mutter, Krieg, Mann in Gefangenschaft, alleinerziehend?«

»Ja, natürlich, das meine ich aber nicht.«

»Und was meinen Sie dann?«, fragte er erstaunt.

»Sie hat sich immer ein anderes Leben gewünscht, aber es war wohl nicht möglich.«

»Wie anders?« Norbert hatte plötzlich Angst, dass er in ihrem anderen Leben nicht mehr vorgekommen wäre. Dass nur er der Grund dafür war, weshalb sie nicht so leben konnte, wie sie es sich immer gewünscht hatte.

»Freier.«

»Wie frei denn genau?« Er wollte es jetzt wissen. Es war ihm egal, ob dabei seine Existenz auf dem Spiel stand.

»Sie hat sich nie dazu geäußert. Es fällt ihr schwer, über Gefühle zu sprechen. Ich glaube, das ärgert sie fast am meisten. Was vorbei ist, ist vorbei, sagt sie immer. Und morgen ist ein neuer Tag.«

Norbert erinnerte sich. Als er klein war, hatte ihm Mutter diesen Satz immer vor dem Einschlafen gesagt. Quasi zur Beruhigung, obwohl er eigentlich nie beunruhigt war, dass das Leben am nächsten Tag nicht weiterging. Der neue Tag war wie ein Versprechen, dass alles anders, besser, großartiger wurde als zuvor. Noch heute konnte er nicht glauben, dass es irgendwann einmal nicht mehr weiterging. Jedenfalls nicht für ihn. Und das war im Grunde das Schlimmste: dass es in Zukunft auch Tage ohne ihn geben würde.

Schorschi räusperte sich verlegen. Das Thema schien ihm auf einmal unangenehm zu sein.

»Ich wollte Ihnen eigentlich nur sagen, denken Sie bitte daran, sie ist eine alte Frau und sie hat nicht mehr lange zu leben.«

Norbert sah verunsichert auf den Tisch mit den selbstgebastelten Fernsehtürmen. Die Frage, die sich ihm unweigerlich aufdrängte, war: Wo befand sich Mutter, wenn es doch ein Leben nach dem Tod gab?

15.

Sollte es Hertas Ziel gewesen sein, ihn gefügig zu machen, hatte sie ihr Ziel erreicht. Norbert war zahm wie ein Lamm. Ein Fehler, den er allerdings schnell bereute. Wie so oft.

Mutter ließ ihm keine ruhige Minute mehr. Ihr Angriff auf sein beschauliches Rentnerleben war so durchgeplant wie eine militärische Operation. Zermürbt von zahllosen Attacken, würde er sich schließlich ergeben, um danach wieder der westlichen Wertegemeinschaft zugeführt zu werden, die aus Mutters Sicht in erster Linie aus Frauen zu bestehen schien.

Und die Umerziehung war bereits im vollen Gang. Sie gingen ihn neu einkleiden.

Mutter war der Überzeugung, dass es nur gut gekleidete Menschen im Leben zu etwas brachten. Und sei es nur zu einer weithin geachteten Persönlichkeit. Dass Norbert hier nicht allzu weit gekommen war, was er selbstverständlich völlig anders sah, lag offenbar nur an seiner, O-Ton Mutter, »verwahrlosten Erscheinung«.

Herta trug Ohrringe aus Habichtfedern, hautenge Jeans und eine Halskette aus glänzend roten Steinen, die aussahen wie riesige Lutschbonbons. Bewaffnet mit ihrem antiken Gehstock, schritt sie in gelben Turnschuhen und mit erhobenem Kopf die Straße entlang.

Norbert blieb wie üblich einen Meter hinter ihr. Es war ihm schon immer peinlich gewesen, wie Mutter allein durch ihr Äußeres das Interesse der Leute erregte. Das Tuscheln der Passanten begleitete sie wie ein natürliches Hintergrundgeräusch. Im Gegensatz zu Norbert genoss sie die Aufmerksamkeit. Die zumeist neugierigen, selten abschätzigen Blicke schienen sie für etwas zu entschädigen, von dem nur Mutter wusste, was es war. Vielleicht tröstete sie die Aufmerksamkeit auch über ihr Alter hinweg. Bis heute bekämpfte sie den Verfall ihres Körpers so entschlossen, als rechnete sie ernsthaft mit einem Sieg. Dabei gelang ihr das Kunststück, nie lächerlich auszusehen. Mutter hatte das bemerkenswerte Talent, sich selbst mit hautengen Jeans, Turbanen oder zeltartigen Gewändern sofort Respekt zu verschaffen.

In dieser Hinsicht, leider auch in den meisten anderen Hinsichten, war bei Norbert nicht das geringste Talent festzustellen. Sein letzter Versuch, etwas aus sich zu machen, lag fast dreißig Jahre zurück. Anlässlich des Firmenjubiläums von *C. Wagner*, zu dem sein Chef alle Mitarbeiter ausnahmsweise in ein »besonderes« Lokal geladen hatte, hatte sich Norbert vorher noch schnell in einem Kaufhaus neu eingekleidet. Da er nur zwei Jacketts besaß, bei denen selbst der Begriff »abgetragen« schon reichlich beschönigend klang, wollte er sich etwas Besonderes leisten. Das Ergebnis war ein blauer Zweireiher, in dem er aussah wie der Kapitän eines Ausflugsdampfers. Noch schlimmer war, als sich das »besondere« Lokal schließlich als »Erlebniskneipe Klo« herausstellte. Man trank aus Kloschlüsseln und verzehrte Gerichte, die Namen wie »Montezumas Rache« trugen. Natürlich war er der Einzige mit Anzug. Und er war der Einzige, über den seine Kollegen Witze rissen.

Im Grunde war er ganz froh, dass er inzwischen ein Alter erreicht hatte, wo er mit seinem Rentnerlook nicht mehr unangenehm auffiel. Bereits als junger Mann hatte er eine unerklärliche Vorliebe für großkarierte Hemden, beige Hosen und Komfortschuhe gehabt. Bequemlichkeit ging ihm über Schick. Vielleicht war es seine Art, gegen Mutter zu rebellieren. Wahrscheinlich gefiel es ihm aber auch nur. In Wahrheit hatte er die ersten fünfzig Jahre seines Lebens nur auf das Alter gewartet, das zu seinem Lebensstil passte. Dass er sich nicht mehr entschuldigen musste, wenn er sich benahm wie ein älterer Herr, der am liebsten Ratesendungen im Fernsehen sah und nur aß, was er aus seiner Kindheit kannte. Kurz, wenn er sich wie ein vernünftiger Mensch verhielt, dem die öffentliche Meinung relativ egal war.

Leider schien sich das Warten nicht gelohnt zu haben. Mutter war dabei, ihm seinen Spaß am Alter gründlich zu vermiesen.

Sie betraten das Geschäft eines teuren, italienischen Herrenausstatters. Mutters Vorliebe für Qualitätsprodukte hatte schon seinen Vater regelmäßig zur Weißglut getrieben. Sie werfe das Geld mit beiden Händen zum Fenster heraus, hatte er wütend gemeint, wenn Mutter wieder einmal mit Tüten voller Kleider nach Hause kam. Doch Herta war überzeugt, dass sie in Wirklichkeit spare, weil die teureren Kleider viel länger hielten und sie deshalb auch weniger einkaufen müsse. Das stimmte jedoch nur halb, denn Mutter vergaß ziemlich schnell, wann sie etwas gekauft hatte.

Wie immer, wenn sie einen Laden betrat, wollte sie sofort bedient werden. »Wird hier auch verkauft, oder ist das nur zur Dekoration?«, rief sie jedes Mal ungeduldig schon nach wenigen Sekunden. Sie hatte klare Vorstellungen, was sie wollte, und verlangte eine zügige Umsetzung ihrer Wünsche. Merkwürdigerweise ähnelte Norbert da seiner Mutter, auch wenn er nur selten etwas einkaufte, was nicht essbar war.

Der Verkäufer, ein junger Mann mit nach hinten gegeltem Haar und entsprechend forschem Auftreten, eilte auch gleich auf sie zu. Er ahnte noch nicht, dass er bei Mutter alles nur falsch machen konnte.

Norbert stand hilflos im Hintergrund und hätte den Laden am liebsten wieder verlassen. Es war alles ein entsetzliches Missverständnis.

»Er braucht einen Anzug, möglichst untailliert«, erklärte Mutter und deutete auf ihren Sohn.

Der Verkäufer schien Norbert erst jetzt zu bemerken.

Norbert lächelte verlegen. Er wollte auch etwas sagen, um nicht völlig unbeteiligt zu wirken, kam aber gar nicht erst zu Wort.

»Die Frauen kaufen ja immer für ihre Männer ein, da haben wir nichts zu melden«, meinte der Verkäufer kumpelhaft zu Norbert, als hätte er trotz seines Alters bereits jahrzehntelange Erfahrungen auf diesem Gebiet.

Das beruhigte Norbert allerdings nur kurz. Denn ohne ihn weiter zu beachten, wandte sich der Verkäufer wieder Mutter zu.

»Hat Ihr Gatte denn bestimmte Vorstellungen, ich meine Farbe, Schnitt. Soll es mehr sportlich-lässig sein oder etwas für den besonderen Anlass?«

Vor knapp fünfzehn Jahren hatte es urplötzlich angefangen, dass wildfremde Leute Mutter für seine Ehefrau hielten. Mutter und Norbert saßen in einem italienischen Feinkostladen und aßen Antipasti aus der Vitrine, als der italienische Kellner, der Herta schon beim Reinkommen aufdringlich angelächelt hatte, an ihren Tisch kam und fragte, ob es denn schmecke. Seltsamerweise fragten Kellner grundsätzlich immer dann nach dem Wohlergehen, wenn Norbert den Mund voll hatte und nicht oder nur würgend darauf antworten konnte. Inzwischen aß er nur noch dann, wenn gerade kein Kellner in der Nähe war, was allerdings dazu führte, dass er oft minutenlang überhaupt nicht essen konnte, was wiederum dazu führte, dass die Kellner nun erst recht kamen, um ihn zu fragen, ob an dem Essen irgendetwas nicht in Ordnung sei. Eigentlich war es ihm kaum noch möglich, entspannt irgendwo essen zu gehen. Jedenfalls wandte sich der Kellner zu Norbert, und dann kam es: »Ihre Frau hat wirklich eine besondere Gesmack.«

Norbert hätte sich beinahe an den Sardinen verschluckt. Anfangs glaubte er, der Kellner habe Mutter nur ein Kompliment machen wollen. Schließlich war er Italiener. Doch im Laufe der Jahre wurde es fast zur Regel, dass man Mutter als seine Frau betrachtete. Zuerst hatte er sich noch dagegen gewehrt und den Eindruck schnell korrigiert, was Herta zu der Frage veranlasste, ob er sich eigentlich für seine Mutter schäme. Dies traf zwar nicht ganz den Kern des Problems, bewirkte jedoch bei Norbert, dass er seine diesbezüglichen Versuche von da ab komplett einstellte.

»Das schließt sich ja nicht aus, oder?«, fragte Mutter schon leicht genervt vom Verkäufer, der daraufhin grinste, als hätte ihm jemand die Mundwinkel zurückgerissen.

»Kommt drauf an, aber wenn Sie mir einen kleinen Tipp geben, wäre es leichter für mich, etwas Passendes herauszusuchen.«

Norbert war froh, dass er zu einer Zeit Verkäufer war, als übertriebene Freundlichkeit noch nicht zum Standardprogramm in Geschäften zählte. Es deprimierte ihn immer, wenn man nicht ehrlich freundlich zu ihm war.

»Er geht jedenfalls nicht auf eine Beerdigung, wenn Sie das meinen.«

Der Verkäufer lachte, als wäre dieser Gedanke vollkommen abwegig. Er lachte ein bisschen zu auffällig darüber hinweg.

»Vielleicht in eine schöne Opernvorstellung?« Der Mann schien nicht zu bemerken, dass er gerade dabei war, sich um ein gutes Geschäft zu bringen.

Mutter rückte ihre Brille zurecht und atmete tief durch.

»Lieber Herr ...«, sie beugte sich leicht vor, um sein Namensschild zu entziffern.

»Sill«, ergänzte er.

»Lieber Herr Sill, wir sind nicht hier, um das Privatleben meines Sohnes zu besprechen. Zeigen Sie mir einfach, was Sie da haben.«

Norbert nickte. Er war auf einmal ganz auf Mutters Seite.

»Ach so!« Herr Sill wirkte überrascht. Es war nicht klar, ob er mehr über ihre Zurechtweisung staunte oder über die Tatsache, dass sie seine Mutter war.

Kurz darauf kehrte er mit zwei Anzügen zurück. Einer dunkelgrau, der andere hellgrau.

Mutter befühlte sachkundig den Stoff.

»Lassen Sie eigentlich auch in Bangladesh produzieren?«

Dem Verkäufer war die Frage offensichtlich unangenehm. »Unsere Hersteller ...«

»Ja, ja«, wehrte sie weitere Erläuterungen mit einer kurzen Handbewegung ab und wies Norbert an, die beiden Anzüge in der Kabine anzuprobieren.

Nur einmal in seinem Leben hatte er einen Anzug getragen. Als ihm Schuldirektor Bornemann vor der versammelten Schülerschaft in der Turnhalle sein Abiturzeugnis überreichte. Auf dem Erinnerungsfoto seiner Klasse konnte man schon damals erkennen, dass er für die klassischen Anzugträgerberufe nicht geeignet sein würde. Und während seine Mitschüler später Direktoren, Manager und Bankangestellte wurden, landete er fast zwangsläufig im Eisen- und Haushaltswarengeschäft, wo er mit seinen zu langen Armen und den kurzen, stämmigen Beinen nicht weiter auffiel.

Als sich Norbert im Spiegel betrachtete, war er entsetzt. Dort stand ein Mann, den der Anzug am liebsten sofort wieder losgeworden wäre. Er wirkte wie ein Versicherungsvertreter, dem man allerdings gleich anmerkte, dass er noch nicht mal in der Lage war, sich selbst zu vertreten.

»Sitzt wie angegossen«, meinte Herr Sill begeistert und zupfte aufgeregt an Norberts Schultern. »Nur im Schritt hängt es *vielleicht* ein klitzekleines bisschen.«

»Im Schritt hängt meistens was«, meinte Mutter trocken.

Der Verkäufer reagierte zum Glück nicht darauf. Er war viel zu sehr damit beschäftigt, seine Wahl als die einzig denkbare zu preisen. Damit biss er bei Mutter jedoch auf Granit.

»Wir nehmen den anderen«, erklärte sie dann auch prompt. »In dem hier sieht er ja auch aus wie ein Vertreter.«

Während Herr Sill Mutters Entscheidung noch verarbeitete, versuchte Norbert, ihre Entscheidung grundsätzlich in Frage zu stellen.

»Ist das nicht etwas übertrieben«, sagte er leise zu Mutter gewandt, »ich meine, ein flottes Jackett würde es doch auch tun.«

Mutter musterte ihn, als wäre er nicht ganz bei Trost.

»Bei Frauen kannst du gar nicht genug übertreiben. Oder glaubst du, sie wollen dich wirklich kennenlernen?«

Er war ein wenig irritiert. Eigentlich hatte er immer angenommen, dass Frauen eher auf innere Werte achteten.

»Und wenn sie merken, dass es gar nicht stimmt? Mit dem Anzug und so.«

»Das merken sie erst, wenn sie heiraten. Aber du willst sie ja nicht gleich heiraten, oder?« Sie sah aus wie eine erschrockene Eule.

»Nein, natürlich nicht«, sagte Norbert, der weder gleich noch später noch überhaupt ans Heiraten dachte.

»Na also!«

Inzwischen hatte sich Herr Sill wieder gefangen und war ins aktive Verkaufsgespräch zurückgekehrt. »Dazu würde eine violette Krawatte sehr gut passen.« Er zauberte ein schlankes Modell in Veilchenblau hinter seinem Rücken hervor und hielt es prüfend an Norberts Hals.

Zu seinem Entsetzen stimmte Mutter sofort zu. »Endlich mal eine überzeugende Wahl«, sagte sie mit einem knappen Nicken zu Herrn Sill, der regelrecht aufzublühen schien.

»Aber ich kann überhaupt keine Krawatte binden!«, rief Norbert mit letzter Verzweiflung.

Der Verkäufer blickte triumphierend zu Herta. »Ich binde ihm einen Knoten, den braucht er sich dann nur noch umzuhängen.«

16.

Norbert wollte die Sache jetzt schnell hinter sich bringen. Er wollte sich später nicht nachsagen lassen, er habe Mutter noch in ihren letzten Lebenstagen unglücklich gemacht, nur weil er sich weigerte, eine Frau zu treffen. Denn mehr als ein Treffen war es schließlich nicht. Ein lockeres Kennenlernen zwischen zwei Menschen unterschiedlichen Geschlechts. Daraus musste noch lange nichts entstehen, obwohl es natürlich nahelag. Wenn ein Mann eine Frau traf, hatte er relativ schnell das Gefühl, dass sich etwas entwickeln musste, das den Rahmen üblicher Gesprächskultur sprengte. Der Rahmen wurde nur dann nicht gesprengt, wenn die Frau klar zu erkennen gab, dass sie an ihrem männlichen Gesprächspartner kein weiterführendes Interesse hatte. Leider wusste Norbert nie ganz genau, wann die Frau was zu erkennen gab, so dass ein ungezwungenes Treffen praktisch unmöglich war. Im Grunde hätte hinter jeder Frau jemand stehen und Pappschilder mit Erläuterungen hochhalten müssen. Bedauerlicherweise waren solche Hilfen nicht vorgesehen. Vielleicht waren sie aus weiblicher Sicht auch gar nicht erwünscht.

Das Treffen fand in einem Kaffeehaus namens »Grosz« am Kurfürstendamm statt. Acht Meter hohe Decken, Jugendstilsäulen, Marmorfußböden und vergoldete Kapitelle. Norbert fühlte sich gleich unwohl, was jedoch auch an seinem neuen Anzug lag. Er wurde den Eindruck nicht los, sich verkleidet zu haben und als jemand aufzutreten, der er nicht war, um sich Zugang zu Kreisen zu verschaffen, die ihm sonst verschlossen geblieben wären. Das Ärgerliche daran war: Er hatte diesen Zugang gar nicht gesucht.

Das Lokal war bis auf den letzten Platz besetzt. Es war so laut, dass Norbert der Kopf schwirrte. Die Kellner balancierten in einem atemberaubenden Tempo Tabletts zwischen den Tischen hindurch. Schon ein zufällig ausgestrecktes Bein würde den Betrieb zum Erliegen bringen. Am besten, man blieb starr sitzen, um den reibungslosen Ablauf nicht zu gefährden. Kurz hoffte er, mangels Sitzgelegenheiten wieder umkehren zu müssen. Da er nicht mal wusste, wie die Dame aussah, schien es fast aussichtslos, hier überhaupt jemanden zu treffen. Doch als ihn ein Herr, der offensichtlich die Sitzplätze vergab, fragte, ob er reserviert habe, und Norbert ihm unvorsichtigerweise seinen Namen sagte, wurde er umgehend zu einem freien Tisch geleitet.

Mutter hatte wie üblich nichts dem Zufall überlassen. Wahrscheinlich hatte sie sogar genau diesen Platz reserviert. Eine gepolsterte Bank in einer Nische, davor ein Tisch von der Größe eines Bierdeckels. Es war ausgeschlossen, sich unter diesen beengten Bedingungen nicht näherzukommen.

Obwohl er pünktlich war, war von der Dame nichts zu sehen. Das war schon mal kein gutes Zeichen. Denn wenn er eines nicht leiden konnte, dann war es Unpünktlichkeit, übertroffen nur noch von kalkulierter Unpünktlichkeit, deren Nachweis allerdings fast unmöglich war. Es war schon bemerkenswert, was man im Leben so alles mitmachen musste. Man wurde geboren, wuchs auf, und irgendwann fing man an zu warten. Man wartete darauf, dass noch etwas Besonderes kam. Ein Höhepunkt, auf den alles zusteuerte. Ein Feuerwerk, das überraschend den eigenen Namen in den dunklen Himmel zauberte. Aber man wartete vergebens. Stattdessen saß man mit siebzig in einem Kaffeehaus und wartete auf eine russische Zahnärztin, die man eigentlich gar nicht treffen wollte.

»Sind Sie Herr Grützke?«

Norbert zuckte zusammen. Vor ihm stand eine elegante, dunkelhaarige Frau und blickte ihn hoffnungsvoll an. Er konnte kaum glauben, dass sie tatsächlich ihn meinte. Sie war stark geschminkt und trug eine extra breite Handtasche am Arm. Eine Sekunde überlegte er ernsthaft, die Frage zu verneinen, erkannte jedoch schnell, wie sinnlos es war.

»Mein Name ist Jekaterina Worobjow, ich freue mich, Sie zu treffen«, sagte die Frau in einem merkwürdigen Geschäftston, der ihre osteuropäische Herkunft nicht verleugnen konnte. Norbert wollte gerade aufstehen und ihr die Bank anbieten, doch da hatte sie sich schon ihm gegenüber auf den Stuhl gesetzt.

»Sie warten nicht schon lange, hoffe ich. Aber ich musste Bus von Arbeit nehmen und wie immer zu spät.« Sie hob empört ihre Hände. Es wurde zunächst nicht ganz klar, ob sie oder der Bus verspätet war.

»Bus mal kommt, Bus mal kommt nicht, man kann nie wissen. Soll ich mit Fahrrad fahren?« Sie wirkte derart verärgert, als wäre er für das Chaos im öffentlichen Nahverkehr mitverantwortlich. Und sie redete so laut, dass es alle an den umliegenden Tischen mitbekamen.

»Fahren Sie auch Bus?«

Norbert verneinte vorsichtshalber, es war besser, das Thema nicht weiter zu vertiefen.

Zum Glück kam in diesem Moment der Kellner an ihren Tisch.

»Ich nehme Wasser und eine Melange«, sagte Frau Worobjow, nachdem sie zwei Sekunden in der Karte geblättert hatte. Offenbar hatte sie es eilig, den Pflichtteil ihres Treffens rasch hinter sich zu bringen. Norbert schloss sich ihrer Bestellung an, was er jedoch sofort bereute. Sie könnte es für ein Zeichen seiner Zuneigung deuten. Dieser Eindruck durfte aber unter gar keinen Umständen entstehen.

Doch Frau Worobjow hatte für derlei Deutungen keine Zeit. Sie öffnete ihre Tasche und holte eine dicke Mappe heraus.

»Was soll ich sagen, Dokumente besser als Worte«, sagte sie ernst und überreichte ihm nacheinander ihr Staatsexamenszeugnis, die Doktorurkunde, den Reisepass und schließlich eine Auswahl von Schnappschüssen, auf denen freundlich lächelnde Menschen sowie mehrere Zimmer einer Wohnung zu sehen waren.

Norbert war sprachlos. Er hatte eigentlich nicht vor, sie einzustellen. Hatte sie etwas missverstanden?

Um sie nicht zu beleidigen, überflog er rasch die Dokumente. Nur beim Reisepass sah er etwas genauer hin. Geboren in Moskau am 8. Mai 1962. Demnach war sie achtzehn Jahre jünger als er. Und dass sie am Tag der deutschen Kapitulation Geburtstag hatte, war für eine partnerschaftliche Beziehung natürlich eher ungünstig. Norbert erinnerte sich wieder an Mutters Worte, er solle ihr bloß nichts von Vaters Russlandfeldzug erzählen.

»Ich sag schnell was zu Fotos«, sagte sie und rückte näher heran. In diesem Moment berührten sich ihre Knie unter dem Tisch. Da kaum Platz war, konnte Norbert sein Knie nicht einfach wegziehen. Stattdessen versuchte er, sich nichts anmerken zu lassen, und hielt sein Bein so still, dass sie glauben musste, es handelte sich um das Tischbein. Allerdings drückte sie so stark, dass er Mühe hatte dagegenzuhalten. Sollte sie feststellen, dass es sein Bein war, hatte er schlechte Karten.

»Hier ist Bruder, das ist Schwester, andere Schwester, jüngere Bruder und das ist Mamuschka«, erklärte sie auf die Fotos tippend. »Mamuschka ist gute Freundin von Ihre Mamuschka, wissen Sie?«

Norbert blickte besorgt auf die Großfamilie. Wenn es schlecht lief, würde er bald auch neben Mamuschka auf den Fotos auftauchen. Und Mamuschka sah aus, als würde sie schon dafür sorgen, dass er reichlich zu essen bekam.

»Und diese Zimmer hier?«, fragte Norbert, die Familie rasch beiseitelegend.

Jekaterina Worobjow strahlte ihn an. »Meine Wohnung Konstanzer Straße 45. Hier können Sie Stube sehen mit schöne Sofa, und hier ist Schlafzimmer. Bett habe ich neulich bei Hoffner gekauft. Sehr günstig, aber gut. Kennen Sie Hoffner?«

Natürlich kannte er *Möbel Höffner*. Er wäre nicht überrascht gewesen, wenn sie ihm gleich noch die Rechnung fürs Bett präsentierte. Wieso betonte sie überhaupt, dass sie das Bett gerade neu gekauft hatte? Und weshalb nannte sie ihre genaue Adresse? Dass sie in der Nummer 45 wohnte, dem Jahr des Kriegsendes, machte die Sache nicht besser.

Norbert konzentrierte sich auf das Knie. Er durfte jetzt auf keinen Fall Schwäche zeigen. Eine Kapitulation zu diesem Zeitpunkt würde ihn automatisch in die 45 führen.

Er musste das Thema wechseln. Weg von Abschlusszeugnissen, Familie und *Möbel Höffner*.

»Was heißt Worobjow eigentlich?« Er stützte sich mit einer Hand an der Bank ab. Lange würde er dem Druck sicher nicht mehr standhalten können.

»Was heißt? Aha!« Sie lachte und schlug die Hände vors Gesicht. »Ich dachte eben anderes ... Spatz.«

Norbert sah sie entsetzt an. Hatte er sich verhört? Hatte sie ihn eben Spatz genannt?

Er wurde rot.

»Wie Spatz?«, fragte er unsicher.

»Spatz, wie Vogel. Ist dick und grau, eher langweilig.«

Norbert nestelte verlegen an seinem Schlips. Irgendwie hatte er es geahnt, der Anzug machte ihn dick und grau.

»Finden Sie? Eigentlich trage ich so was ja gar nicht.«

»Worobjow gleich Spatz, klar?«

»Worobjow. Ach so!« Er lachte laut auf.

»Übrigens hübsche Schlips. Hat Mamuschka ausgesucht?«

Er ließ vom Schlips ab. In diesem Augenblick rutschte sein Knie zur Seite.

Norbert versuchte sachlich zu bleiben. Jetzt bloß nicht lächeln, dachte er. Sobald er lächelte, vielleicht sogar verlegen lächelte, würde er ihr zeigen, dass er ganz bewusst ihr Kniedrücken erwidert hatte. Und was dann passierte, wollte er sich lieber nicht ausmalen.

Frau Worobjow schien glücklicherweise jedoch eher die technische Seite daran zu interessieren. »Wenn Sie Beine breit machen, kann ich mit Knie dazwischen, ja?«

Sein Gesicht glühte. Er nahm einen großen Schluck Wasser. Neben sich bemerkte er eine alte Frau mit Hut. Sie musterte ihn streng, als wäre sie mit den Vorgängen am Nachbartisch überhaupt nicht einverstanden. Norbert hätte ihr gerne zu erkennen gegeben, dass er die Sache ganz ähnlich bewertete.

Er wusste nicht mehr, was er noch sagen sollte. Es war ihm schon immer schwergefallen, sich zu unterhalten. Während andere locker drauflos plauderten, stockte es bei Norbert meist nach wenigen Sekunden. Als rastete irgendeine automatische Sperre ein, die ein flüssiges Erzählen unmöglich machte. Als hätte er Angst, etwas zu sagen, was nicht zigfach abgesichert und überprüft war. Im Grunde stand er sich ein Leben lang selbst im Weg. Dabei hätte er nichts lieber getan, als sich in die Büsche zu schlagen und unerkannt zu fliehen.

»Es passt einfach alles nicht«, sagte er, erstaunt über seine plötzlichen Fluchtgedanken.

Sie sah ihn kopfschüttelnd an. »Nein, wirklich, ich meine ernst, Mamuschka hat gute Geschmack. Ich finde Schlips steht Ihnen gut, bringt Farbe ins Leben.«

Norbert machte ein besorgtes Gesicht. »Soll ich Ihnen was verraten?«

Jekaterina Worobjow lächelte hoffnungsvoll.

»Ich trage eigentlich gar keine Anzüge. Ich habe dieses Zeug noch nie getragen. Mamuschka meinte nur, dass so ein Anzug einen besseren Eindruck macht. Ich bin einfach kein Anzugtyp, verstehen Sie?«

Er war erleichtert. Er hatte es endlich gesagt. Und es war ihm völlig egal, ob er sich damit disqualifizierte.

Einen Moment schien sie zu überlegen, wie sie darauf reagieren sollte.

Norbert blickte zur alten Frau, die gerade versuchte, ein viel zu großes Stück Erdbeerkuchen in ihren Mund zu stopfen.

»Es kommt nicht auf Anzug an«, sagte Frau Worobjow nach einer Weile, »es kommt auf innere Werte an. Aber bessere Eindruck gelungen!«

Langsam reichte es ihm. Offenbar war sie gewillt, das Treffen zu einem Erfolg zu führen. Genauso gut hätte er in einem Pyjama erscheinen können.

Er musste die Reißleine ziehen, ehe ihm das Geschehen vollends entglitt. Aber war es ihm nicht längst schon entglitten?

Eine Trumpfkarte hatte er noch im Ärmel. Und die hatte es in sich, da war er sich ziemlich sicher. Diese Karte würde den guten Eindruck sofort zunichtemachen. Das Stichwort lautete: Unternehmen Barbarossa.

»Ist Ihre Familie eigentlich vor oder nach dem Krieg nach Deutschland gekommen?«, fragte er, als wäre dieses Thema nach der Kleiderfrage geradezu zwingend. »Mein Vater war im Russlandfeldzug. Es muss eine schwere Zeit für die Russen gewesen sein.«

Ihr Gesicht wurde sehr ernst. Offensichtlich hatte er ins Schwarze getroffen. Er blickte hoffnungsfroh zur Frau nebenan. Sie hatte den Mund voller Erdbeeren, es sah aus, als würde sie gleich ersticken.

»Ja, schwere Zeit für uns, aber Familie alle am Leben. Darf nie wieder passieren.« Sie sah ihm tief in die Augen. Anscheinend erwartete sie eine Bestätigung. Ein Zeichen der Solidarität. Aber Norbert hatte nicht vor, irgendetwas zu bestätigen, geschweige denn sich zu solidarisieren. Er saß einfach nur da und wartete, dass Vaters Russlandfeldzug seine volle Wirkung entfaltete.

Ihr Gesicht hellte sich plötzlich wieder auf. Sie wirkte wie befreit, was Norbert mit leichter Unruhe erfüllte.

»Wir sollten trinken auf deutsch-russische Freundschaft!«, rief sie und winkte dem Kellner.

Zu seinem Entsetzen bestellte sie zwei Gläser Champagner. Es war früher Nachmittag, außer einer Banane hatte Norbert noch nichts gegessen. Wenn er jetzt etwas trank, wäre seine bedingungslose Kapitulation nur noch eine Frage von Minuten.

Der Kellner servierte schwungvoll den Champagner. Die Aussicht auf ein höheres Trinkgeld löste erstmals ein schwaches Lächeln aus seinem Gesicht. Dass er nur Norbert anlächelte, verhieß für Norberts Geldbörse nichts Gutes. Dabei war die Frage, wer hier bezahlte, noch gar nicht geklärt. Allerdings befürchtete er, dass Frau Worobjow den Champagner auch als späte Wiedergutmachung betrachtete. Eine Art Reparationszahlung in Form von Alkohol.

Sie erhob ihr Glas.

»Ich weiß, eigentlich Sache von Mann, aber wir sollten duzen, ich heiße Jekaterina!«

Er zögerte einen Augenblick. »Norbert«, gab er sich schließlich geschlagen.

Als er zahlte, reichte er dem Kellner vorsichtshalber zehn Euro Trinkgeld. Er wollte sich nicht nachsagen lassen, er habe nicht gewusst, worauf er sich hier eingelassen hatte.

Draußen verabschiedeten sie sich. Jekaterina drückte ihm fest die Hand.

»Es war schöne Zeit, wir sehen uns wieder, ja?«

Es hörte sich nicht an, als hätte sie irgendeinen ernsthaften Zweifel daran.

Sie winkte und eilte zur Bushaltestelle.

Norbert blieb allein auf dem Bürgersteig zurück. In seinem Kopf lief ein Schwarzweißfilm aus dem Jahr 1945: Er zog in einer endlosen Kolonne geschlagener Soldaten ins Kriegsgefangenenlager. Dort angekommen erkannte er verblüfft, dass die Bewachung nur aus Frauen bestand, die alle aussahen wie Mutter und Jekaterina Worobjow.

17.

Eigentlich wäre das Thema für Norbert damit erledigt gewesen. Aber Mutter ließ nicht locker und drängte ihn, weitere Treffen mit ihr zu vereinbaren. Man müsse das Eisen schmieden, solange es heiß sei, erklärte Mutter bereits morgens am Frühstückstisch und wiederholte es im Zweistundenrhythmus, als hätte er ein gravierendes Verständnisproblem. Dass das Eisen in seinem Fall nicht mal lauwarm war, verschwieg er ihr allerdings.

Naiverweise hatte er angenommen, Mutter würde sich aus seinem Leben zurückziehen, sobald er seinen guten Willen gezeigt hatte. Das Gegenteil war der Fall. Sie fing an, sich Gedanken über eine neue Wohnungsgestaltung zu machen. Denn der aus ihrer Sicht »erbärmliche« Zustand seiner Behausung würde auf jede Frau dermaßen abschreckend wirken, dass er sie gar nicht erst zu sich einzuladen brauchte.

Das war Norbert aber auch ganz recht so. Im Laufe der Jahre hatte sich seine Wohnung in eine Art Außenstelle seiner inneren Befindlichkeit entwickelt. Alles, was ihn im Leben bewegte und bewegt hatte, befand sich in der einen oder anderen Form in den beiden Zimmern. Jeder Gegenstand stand für ein bestimmtes Interesse. Die Schildkröte auf dem Fensterbrett symbolisierte seine Überzeugung, dass man auch langsam ans Ziel kommen konnte. Und die Steinesammlung auf dem Bücherbord, die ihm Vater über die Jahre von seinen Reisen mitgebracht hatte, verband ihn mit der Welt, ohne dass er groß herumreisen musste. Es war schwer vorstellbar, dass er irgendetwas daran änderte, weil es auf Frauen abschreckend wirkte. Eine Frau, die ihn mochte, würde auch seine Schildkröte mögen.

Aber das wollte Mutter offenbar nicht begreifen.

Norbert war deshalb froh, als er zwei Tage später eine Verabredung mit seinen ehemaligen Arbeitskollegen hatte. Obwohl er Karten spielen eigentlich nicht mochte, war er fast erleichtert, einen Abend mal nur unter Männern verbringen zu dürfen. Von der ursprünglichen Idee eines wöchentlichen Skatclubs war allerdings nicht viel übrig geblieben. Sie trafen sich unregelmäßig, alle zwei oder drei Wochen, abwechselnd bei Klaus, Lutz oder Werner. Statt Skat spielten sie mittlerweile Canasta, da Norbert die Skatregeln auch nach einer mehrstündigen Unterweisung durch Klaus Hennmaier nicht verstanden hatte. Im Grunde konnte er die einzelnen Spielvarianten bis heute nicht auseinanderhalten. Ganz zu schweigen von Begriffen wie Kontra, Re und Hirsch, die er dauernd hätte dazwischenrufen müssen, und zwar mit einer Schnelligkeit, dass er schon vor Spielbeginn an nichts anderes mehr denken konnte, weil ihm nie klar geworden war, wann welcher Begriff zum Einsatz kam. Das heißt, wenn er es wusste, war es längst zu spät. Eigentlich lagen ihm Brettspiele sowieso viel mehr. Mühle, Mensch-ärgere-dich-nicht und Monopoly. Doch für Brettspiele waren Klaus, Lutz und Werner nicht zu haben. Dann könne man ja gleich die Frauen dazu holen, meinte Klaus. Schon Canasta war hart an der Grenze des Zumutbaren. Canasta klang nach Damenkränzchen, Schwarzwälder Kirschtorte und Eierlikör. Dass sie es trotzdem ihm zuliebe spielten, rechnete er ihnen hoch an.

Die Treffen liefen jedes Mal nach dem gleichen Ritual ab. Begrüßung durch den Hausherrn, ein Bier im Stehen, Austausch der wichtigsten Neuigkeiten, das rund zweistündige Spiel und hinterher Ausklingen des Abends vor dem Fernseher.

Lutz, der diesmalige Gastgeber, begrüßte Norbert, als wären sie immer noch Kollegen. Eine Zeitlang hatte er befürchtet, ihre Beziehung könnte sich nach seinem Ausscheiden bei *C. Wagner* abkühlen. Zwar waren sie nie eng befreundet gewesen, aber über die Jahre hatte sich eine Vertrautheit entwickelt, die er nicht gänzlich missen wollte. Dennoch merkte er bald, dass er bei vielen Gesprächen nicht mehr mitreden konnte. Ein knappes Jahr reichte offenbar aus, um sich dem Geschäft zu entfremden. Es war schneller gegangen als gedacht. Vierzig Jahre Arbeit schienen fast spurlos an ihm vorübergegangen zu sein. Keine zwei Monate nach seiner Pensionierung hatte er nicht mal mehr das Bedürfnis, am Laden vorbeizulaufen, um nachzusehen, wer gerade hinterm Verkaufstresen stand. Es interessierte ihn einfach nicht mehr. Stattdessen versenkte er sich ins Basteln und war zufrieden, wenn er die Vögel im Baum beobachten konnte.

Aber so etwas durfte man natürlich nicht laut sagen. Man durfte nicht zeigen, dass Arbeit nicht alles war und man ohne Arbeit sogar viel ausgeglichener war. Dass Arbeit so wenig nachhaltige Auswirkungen auf ihn gehabt hatte, war allerdings auch für Norbert überraschend.

Jedenfalls versuchte er vor seinen ehemaligen Arbeitskollegen, nicht allzu zufrieden zu wirken, wenn das Gespräch schließlich auf sein Privatleben kam. Er war immer am Schluss an der Reihe, als sparten sie sich den Höhepunkt ganz bewusst auf. Vielleicht erwarteten sie insgeheim Horrornachrichten aus dem Rentnerleben. Öde sich hinziehende Tage ohne Abwechslung. Zielloses Herumwandern in der Stadt und einsame Abende vor dem Fernseher. Dass ihn das alles keineswegs schreckte, brauchte er ihnen ja nicht unbedingt aufs Brot zu schmieren.

Auch dieses Mal blieb er wortkarg, als sie ihn fragten, was er denn so den ganzen Tag getrieben habe. Er war sogar wortkarger als sonst. Kein Wort zu Mutter. Er wollte den Abend nicht ruinieren und vermied es, von den Erlebnissen der letzten Tage zu berichten. Denn Mutter wäre ein gefundenes Fressen gewesen. Mutter hätte locker für mehrere Stunden Gesprächsstoff gereicht.

»Irgendwie bewundere ich dich, dass du das alles so hinbekommst«, meinte Klaus Hennmaier, nachdem Norbert wieder einmal keine besonderen Vorkommnisse zu vermelden hatte.

»Ja, nach so vielen Jahren. Ich könnte das nicht, plötzlich nichts mehr zu tun zu haben«, sagte Werner Köster erschrocken.

»Wenn ich das richtig sehe, wird es bei dir in zwei Jahren auch so weit sein«, bemerkte Lutz mit leichter Schadenfreude.

Werner sah ihn beleidigt an. »Erinnere mich ruhig immer wieder daran.«

»Sehr gerne«, entgegnete Lutz augenzwinkernd.

»Dann kannst du dich ja von Norbert beraten lassen, wie man sich so als Rentner durchs Leben schlägt«, schlug Klaus vor.

Werner trank einen großen Schluck Bier. Die Sache schien ihm nahezugehen. Offenbar hatte er Angst, in zwei Jahren vor dem Nichts zu stehen.

»Und, wie schlägt man sich so durchs Leben?« Er sah besorgt zu Norbert, der sich in diesem Moment fragte, warum es eigentlich keine vorbereitenden Rentnerkurse gab. Eine Art Schnupperwoche für angehende Pensionäre. Man begleitete altgediente Rentner einige Tage lang durch ihren Alltag und holte sich Anregungen. Es war seltsam, auf beinahe alles wurde man vorbereitet, nur nicht auf das Leben als Rentner. Dabei war es die größere Herausforderung, etwas zu tun, bei dem einem niemand mehr über die Schulter blickte und sagte, ob es richtig oder falsch war. Jedenfalls solange man keine Mutter mehr hatte. Im Grunde war es sogar das Allerschwierigste, jeden Tag aufs Neue quasi unverlangt weiterzuleben.

»Mach einfach, wozu du Lust hast«, sagte Norbert.

»Wozu ich Lust habe?« Werner starrte ihn an, als verlangte er etwas völlig Unmögliches.

»Ich meine, was du schon immer mal machen wolltest.«

Klaus lachte auf. »Daran kann er sich doch gar nicht mehr erinnern!«

»Ich wollte mal Liftboy werden«, sagte Lutz.

»Super, den ganzen Tag hoch- und runterfahren«, sagte Klaus.

»Natürlich nur wegen der Frauen. Du stehst nah dran und kannst ihnen auf die Brüste sehen.«

»Dafür brauchst du aber nicht Liftboy zu werden. Das kann ich auch so haben.« Klaus grinste breit.

»Klar, du hast ja auch im Laden keine Hemmungen. Wie war das doch neulich gleich mit Frau Mälzer?«

Klaus sah ihn erstaunt an. »Frau Mälzer hat sich auf die Theke gelehnt. Soll ich vielleicht die Augen schließen, wenn ich sie berate?«

»Also, ich finde das wirklich nicht komisch«, sagte Werner ernst. Er wandte sich wieder zu Norbert. »Wie läuft denn dein Tag so ab, normalerweise?«

Seine Kollegen warteten gebannt, was Norbert wohl darauf antworten würde. Allerdings wusste er es selbst nicht so genau. Er fühlte sich zunehmend wie ein Abenteurer, der von seinen Erlebnissen in der Wildnis berichten sollte.

»Na ja, ich stehe erst mal auf.«

Alle nickten interessiert.

Norbert überlegte, ob er ihnen wirklich jedes Detail erzählen sollte oder ob eine grobe Zusammenfassung reichte. Schließlich wollte er sie nicht beunruhigen. Er tat ja nichts anderes als die meisten anderen Menschen in ihrer Freizeit auch. Nur dass sich jetzt ein freier Tag an den nächsten reihte.

»Und dann«, drängte Werner.

Norbert zögerte. »Dann gehe ich ins Bad und wasche mich.«

Stumme Blicke wechselten zwischen den Männern.

»Bleibst du eigentlich auch mal länger im Bett liegen? Du hast ja jetzt Zeit«, fragte Lutz, den die Sache langsam ebenfalls zu interessieren schien.

Norbert schüttelte den Kopf. »Auf gar keinen Fall! Davon rate ich dringend ab. Wenn man erst damit anfängt, ist es aus.«

»Wie aus?«, fragte Klaus.

»Es ist aus, das ist doch eindeutig«, belehrte ihn Lutz.

»Du darfst dich nicht gehen lassen«, sagte Norbert.

»Also nicht liegen bleiben«, wiederholte Klaus sicherheitshalber.

»Im Prinzip ist es so«, versuchte Norbert den Fall zu erklären, »der Rahmen bleibt der alte, nur das Bild hat gewechselt.«

»Welches Bild?«, fragte Werner.

»Na, DAS Bild, du Hornochse«, sagte Klaus und dann neugierig zu Norbert: »Muss man das dann noch öfter wechseln?«

Die Frage war berechtigt, aber klar zu beantworten.

»Wenn du weißt, was du willst, nicht.«

Werner schien nicht zufrieden mit dieser Antwort, wagte aber nicht nachzufragen.

»Und was machst du dann, ich meine, wenn du dich gewaschen hast?«

Norbert war es langsam etwas peinlich, aber seine Kollegen schienen es wirklich ernst zu meinen.

»Ich frühstücke.«

»Ach was!«, machte Klaus.

»So wie immer?«, fuhr Werner unbeirrt fort.

»Das hat er doch eben gesagt«, sagte Lutz leicht genervt, »der Rahmen bleibt!«

»Schon gut«, sagte Werner pikiert, »ich habe ja bloß gefragt.«

»Was soll er denn sonst machen?«, stocherte Lutz weiter. »Klimmzüge?«

»Wie immer, Toast mit Marmelade«, sagte Norbert.

»Toast mit Marmelade«, repetierte Werner leise, als wäre das eine außerordentlich wichtige Information. »Muss das jeden Tag so sein?«, fragte er laut.

Norbert dachte kurz nach. »Nicht unbedingt, nur wenn es schmeckt. Man kann natürlich auch täglich wechseln, aber was soll das bringen?«

Werner zuckte die Schultern.

»Es schmeckt ihm halt«, sagte Lutz. »Das kann man doch jetzt einfach mal so stehen lassen.«

»Meine Frau macht mir jeden Morgen zwei Spiegeleier«, bemerkte Klaus.

»Schon mal was von Cholesterinwerten gehört?«, fragte Lutz.

»Jetzt versau mir bloß nicht mein Frühstück«, sagte Klaus mit gespielter Empörung.

»Was ist überhaupt mit den Frauen?«, sagte Werner auf einmal besorgt.

»Was soll schon sein mit ihnen?«, sagte Lutz.

»Ich meine, die sind dann ja auch immer noch da.«

Alle blickten sich fragend an. Darauf wusste selbst Klaus keine Antwort.

Norbert wurde unruhig. Der Abend war schon fortgeschritten, und er war immer noch beim Frühstück.

Er beschloss, den restlichen Tag stark zu raffen. Die Männer hörten die ganze Zeit aufmerksam zu. Er war überrascht von ihrem Interesse, fühlte sich aber auch ein bisschen geschmeichelt. Sein Leben war also doch nicht so langweilig, wie Mutter immer behauptete. Dabei hatte er den Höhepunkt noch gar nicht erzählt.

»Und abends setze ich mich mit einer großen Tüte Chips vor den Fernseher«, erklärte er abschließend und sah stolz in die Runde. Es war nämlich immer ein besonderes Erlebnis, die Füße auf den Tisch zu legen und mit seiner Chipstüte auf dem Schoß fernzusehen. Erst mit der Chipstüte auf dem Schoß und den Füßen auf dem Tisch war der Tag vollendet.

Keiner sagte etwas. Lutz atmete laut aus, als würde ihn das alles schwer mitnehmen. Werner starrte erschüttert ins Leere. Selbst Klaus, der sonst immer einen Kommentar parat hatte, war sprachlos. So hatte er sich das offensichtlich nicht vorgestellt.

Nur Norbert war bestens gelaunt. Endlich hatte er die Dinge

mal beim Namen genannt. Und er fühlte sich darin bestärkt, sein Leben so weiterzuführen wie bisher. Egal, was Mutter dazu sagte.

»Vielleicht sollten wir jetzt endlich Karten spielen«, rief er aufmunternd. Der Vorschlag wurde von allen erleichtert aufgenommen.

Während des gesamten Spiels sprachen sie kein Wort mehr darüber. Norbert war so in Fahrt, dass er die meisten Spiele gewann. Und er hatte zuvor noch nie ein einziges Spiel gewonnen.

Später saßen sie im Wohnzimmer und sahen Fußball. Es lief irgendein Spiel. Norbert kannte die Mannschaften nicht. Obwohl ihn Fußball prinzipiell interessierte, hatte er sich nie für eine Lieblingsmannschaft entscheiden können. Sobald er sich für einen Club zu erwärmen begann, stieg der in die zweite Bundesliga ab und verschwand aus der öffentlich-rechtlichen Berichterstattung.

Er verfolgte gerade konzentriert den Angriff der führenden Mannschaft aufs Tor, als sich Werner, der den ganzen Abend nicht recht bei der Sache gewesen war, plötzlich zu ihm wandte.

»Machst du denn jetzt, was du schon immer wolltest?«

Norbert sah ihn ratlos an. Er dachte nach. Er sah zum Fernseher und ließ seinen Gedanken freien Lauf. Er dachte noch nach, als der Stürmer den Ball mit einem Hechtsprung ins Tor geköpft hatte und alle laut anfingen zu jubeln. Er dachte nach, als der Torwart den Ball fast bis zum gegnerischen Tor schoss und es eine Sekunde so aussah, als würde der Ball ohne Gegenwehr einfach ins andere Tor rollen. Aber es wollte ihm einfach keine Antwort einfallen.

18.

»Wenn du glaubst, dass ich dich so davonkommen lasse, hast du dich geirrt!«

Norbert schreckte hoch. Mutters Eulengesicht hing drohend über ihm. Sie beäugte ihn scharf, als würde sie jeden Moment auf ihn hinabstoßen.

Wie gerädert lag er auf der Couch. Zum ersten Mal seit Tagen hatte er wieder zu Mittag geschlafen. Es war wie eine kurze Rückkehr in sein altes Leben, das ihm abhandengekommen war, seit Mutter alles durcheinandergebracht hatte. Die Reste seines gewohnten Alltags lagen wie ein Haufen Sperrmüll auf der Straße, und jeder, der etwas brauchte, konnte sich ungefragt bedienen.

Am besten wäre es, dachte Norbert, während er in Mutters Gesicht sah, ich bleibe hier so lange liegen, bis sie aufgibt. Er würde sich einfach weigern, das Sofa wieder zu verlassen. Wenn sie ihre Zelte nicht innerhalb von zwei Tagen abgebrochen hatte, würde er auch nichts mehr sagen. Er würde den Mund nur noch zur Nahrungsaufnahme öffnen und Mutter vollständig ignorieren. Und weil er wusste, dass es für Mutter kaum eine größere Strafe gab, als sie nicht zu beachten, wäre es nur noch eine Frage von Stunden, bis sie das Schlafzimmer räumte. Mutter löste sich gewissermaßen in der Nichtbeachtung von selber auf.

Der Gedanke belustigte ihn. Er hatte aber auch etwas Tröstliches, denn dabei würde ihr nichts zustoßen, sie würde einfach nur nicht mehr da sein. Und wenn das alles nichts half, würde er in einen unbefristeten Hungerstreik treten und sein Recht auf Selbstständigkeit erzwingen. In der Presse würde folgende

Schlagzeile stehen: *Rentner erpresst 89-jährige Mutter durch Nahrungsverweigerung – tot. Wie konnte es so weit kommen?*

Wie es so weit kommen konnte, hätte er der Öffentlichkeit dann allerdings nicht mehr mitteilen können. Der Hungerstreik wäre also nur das letzte Druckmittel gewesen.

Vor allem würde er aber nicht mehr ans Telefon gehen. Denn so viele Anrufe wie in den letzten Tagen hatte er in vierzig Jahren nicht bekommen. Norbert war plötzlich ein gefragter Mann. Aber er war auch ein Mann ohne die entsprechenden Antworten. Er hatte schon Sorge gehabt, die Telefongesellschaft würde auf ihn aufmerksam werden, weil er dauernd angerufen wurde. Ein Kunde, dessen Rechnung jahrzehntelang fast nur aus der Grundgebühr bestand, stand auf einmal im Mittelpunkt des lokalen Funkverkehrs. Um seinen Anschluss überhaupt zu rechtfertigen, hatte er regelmäßig gegen Ende des Monats wahllos irgendwo angerufen. Er rief Baumärkte, Reisebüros und Autohäuser an, aus Sorge, sein Anschluss könnte mangels Nachfrage gekappt und die Nummer neu vergeben werden. Innerhalb weniger Minuten hatte er so einen Umsatz gemacht, der ihn wieder einen Monat ruhig schlafen ließ.

Sein größter Fehler war, dass er grundsätzlich ranging, wenn es läutete. Er fühlte sich dem Telefon gegenüber irgendwie verpflichtet. Das Telefon hatte schließlich nichts anderes zu tun. Seine Aufgabe bestand nun mal ausschließlich darin zu läuten. Dafür musste er dann Anrufer ertragen, die alle etwas anderes von ihm wollten.

Obwohl er Jekaterina Worobjow seine Telefonnummer aus gutem Grund nicht gegeben hatte, rief sie ihn schon zwei Tage nach ihrem Treffen an, um sich mit ihm zu verabreden. Natürlich hatte er gleich Mutter im Verdacht. Da Norbert sich nicht dazu bewegen ließ, dass vermeintlich heiße Eisen zu schmieden, übertrug sie die Schmiedearbeit eben Jekaterina. Leider war Norbert ein vielbeschäftigter Mann und hatte für weitere Treffen gegenwärtig keine Zeit. Er traute sich nicht, ihr die Wahrheit zu sagen, und musste daher ständig neue Termine erfinden. So oft, wie er diverse Ärzte aufsuchte, musste sie annehmen, sie habe es mit einem schwerkranken Mann zu tun, der ohne medizinische Hilfe keine Woche überlebte. Das schien sie jedoch überhaupt nicht zu stören. Vielleicht hatte sie es sogar auf kranke, ältere Männer abgesehen, um schneller ans Erbe zu kommen. Gab es nicht überall junge Frauen, die sich an verschrumpelte, alte Männer heranmachten? Dass es bei ihm außer einer umfangreichen Sammlung Fernsehtürme nicht viel zu holen gab, konnte sie leider nicht wissen.

Wenn das Telefon erst mal klingelte, hörte es sobald nicht wieder damit auf. Es hatte sich gewissermaßen eingeklingelt. Denn schon bald rief auch Gerlinde Hagedorn an, die Norbert zu einer kulturellen Veranstaltung überreden wollte. Doch für Konzerte, Ausstellungen oder Besichtigungen historischer Denkmäler hatte er momentan keinen Kopf. Es reichte ihm vollkommen, wenn er jeden Tag besichtigen musste, was aus seinem Leben geworden war. Auch Werner überraschte ihn neuerdings mit Anrufen. Ob er ihn nicht probehalber mal einen Tag begleiten könne, um sich Anregungen für sein zukünftiges Rentnerleben zu holen. Norbert lehnte jedes Mal ab. Noch mehr Sozialleben und er würde wahnsinnig werden. Im Grunde rechnete er jeden Augenblick damit zu explodieren. Dass er es bis jetzt nicht getan hatte, lag vermutlich nur an seiner jahrzehntelang eingeübten Beherrschung.

»Ich verstehe nicht«, sagte Mutter, die sich mittlerweile auf einen Stuhl neben das Sofa gesetzt hatte, »dass du es mit Jekaterina nicht wenigstens mal versuchst. Das ist doch eine anständige Person.«

Norbert überlegte, wie er Mutter klarmachen sollte, dass ihm anständig sein für eine dauerhafte Beziehung nicht reichte.

»Es muss doch aber noch mehr geben als das«, sagte er leicht verärgert.

»Was willst du denn noch, die große Liebe?«

So wie sie es sagte, klang es fast abwegig, in seinem Alter noch die große Liebe zu erwarten. Vielleicht war er ein bisschen altmodisch, aber die Liebe gehörte für ihn nun mal dazu.

»Es wäre zumindest günstig, wenn man ein paar Gemeinsamkeiten hätte, über die man sich unterhalten könnte.«

»Du kannst dich nicht unterhalten?« Mutter wirkte entsetzt. »Aber irgendwas wirst du doch sagen können, Junge. Es gibt doch immer was zu erzählen! Muss ich jetzt auch noch dabei sitzen und euch Stichworte liefern?«

Norbert atmete tief durch. Das wäre so ziemlich das Letzte, was er sich wünschte. Eine Mutter, die Themen vorgab, die sie nach und nach abarbeiteten. So weit durfte es auf keinen Fall kommen!

»Also gut«, sagte Mutter nach einer kurzen Pause. »Wenn nicht mit ihr, dann eben mit einer anderen. Ich habe da noch jemanden auf Lager.«

Norbert wollte gerade empört aufspringen, als er merkte, dass seine Beine eingeschlafen waren. Selbst seine Beine standen auf Mutters Seite. Es war alles ein furchtbarer Alptraum.

19.

Einen Tag lang sah es so aus, als hätte sie ihren Plan wieder vergessen. Einen Tag lang schien es, als kehrte wieder ein bisschen Ordnung in Norberts Leben ein.

Sie frühstückten, diskutierten über astronomische Managergehälter samt irrwitzigen Abfindungen und die Krise Europas, wobei Mutter beunruhigend oft derselben Meinung war wie Norbert. Danach bastelte er an seinen Fernsehtürmen, während Mutter still auf dem Sofa lag und in dem Standardwerk »Big TV-Towers« las, und zwar so offensichtlich interessiert las, als erwärmte sie sich gerade ebenfalls für dieses Thema. Gegen Mittag kaufte er ein. Sie aßen Fertigpizza, was Mutter klaglos hinnahm. Nach dem Mittagsschlaf spielten sie Stadt-Land-Fluss. Obwohl er bei Spielen, wo es auf Schnelligkeit ankam, sonst meistens verlor, gewann er dieses Mal nach Punkten. Ob er tatsächlich schneller oder Mutter nur langsamer geworden war, konnte er jedoch nicht mit letzter Sicherheit sagen. Abends sahen sie gemeinsam fern. Zunächst eine Tierdokumentation und auf Wunsch von Mutter später noch eine politische Talkshow. Gegen halb elf verabschiedete sie sich und wünschte ihm angenehme Träume.

Es war fast zu schön, um wahr zu sein.

Sie führten das Leben eines alten Ehepaares, dessen Eigenheiten über die Jahre des Zusammenlebens so weit abgeschliffen waren, dass sie einen reibungslosen Tagesablauf ermöglichten.

Es konnte gar nicht wahr sein.

Am nächsten Tag schlug ihm Mutter aus heiterem Himmel vor, doch mal wieder ins Kino zu gehen. Am besten nachmittags. Sie sei nämlich durchaus lernfähig und habe eingesehen, dass ihm eine Auszeit von seiner Mutter guttäte. Hinterher würde sie ihm auch ein Essen in einem Restaurant seiner Wahl spendieren, und er könne sich ruhig Zeit lassen.

Norbert glaubte, seinen Ohren nicht zu trauen. So viele Freiheiten auf einmal hatte Mutter ihm noch nie zugestanden. Was ihn jedoch am meisten irritierte: Es hörte sich nicht so an, als hätte er eine Wahl.

Er war schon lange nicht mehr im Kino gewesen. Sicher dreißig Jahre oder mehr. Heinz Rühmann war der letzte Kinostar, an den er sich noch erinnerte. Den kannte er allerdings nur aus dem Fernsehen, weil ihm schon damals immer etwas mulmig zumute war, wenn er einen großen, dunklen Raum mit Hunderten Menschen betrat. Man konnte schließlich nie wissen, was diese Menschen im Einzelnen ins Kino getrieben hatte. Seit dem Vorfall in einem russischen Kino, wo alle Zuschauer von tschetschenischen Rebellen als Geiseln genommen wurden, fühlte sich Norbert in seiner Auffassung bestätigt, dunkle Räume mit mehr als drei Menschen zu meiden.

Er fuhr zum Potsdamer Platz und ging in ein sogenanntes Multiplexkino, das er allein schon wegen des Namens nicht mochte. Obwohl erst früher Nachmittag, herrschte in der Vorhalle bereits reger Betrieb. Es waren hauptsächlich jüngere Leute, Schüler, Studenten, halbe Kinder, die hier aufgeregt durcheinanderredeten und sich offensichtlich nichts Schöneres vorstellen konnten, als am helllichten Tag in dunklen Sälen zu sitzen. Norbert wunderte sich, dass immer wieder so viele junge Menschen nachwuchsen und alle nicht gemeinsam älter wurden. Seine eigene Jugend kam ihm mittlerweile so unwirklich vor, dass er sich fragte, ob es nicht auch von Natur aus alte Menschen gab.

Er reihte sich in die Schlange vor der Kasse ein. Da er keine Ahnung hatte, welchen Film man unbedingt gesehen haben musste, schloss er sich der Wahl des sympathisch wirkenden Paares vor ihm an: *Stirb langsam 4*.

Aus Sicherheitsgründen nahm er einen Platz am Rand, um den Saal notfalls schnell wieder verlassen zu können. Die meisten anderen Zuschauer saßen dichtgedrängt in der Mitte. Offensichtlich rechnete niemand mit einer Geiselnahme.

Bis kurz vor Beginn des Films blieb der Sitz neben ihm frei. Das Licht war das zweite Mal ausgegangen, als sich plötzlich eine dicke Frau mit unzähligen Tüten und Taschen direkt neben ihn setzte. Norbert konnte gerade noch seine Jacke vom Sitz reißen, ehe sie sich so heftig in den Stuhl fallen ließ, dass die ganze Sitzreihe erbebte. Links von ihm waren mindestens zehn weitere freie Plätze, doch der Frau war das anscheinend egal. Sie saß, mehr interessierte sie nicht.

Norbert war so schockiert, dass er am liebsten gegangen wäre. Einen Moment überlegte er, sich umzusetzen. Aber er mochte die Frau auch nicht beleidigen. Denn natürlich wäre ihr sofort klar gewesen, dass sie die alleinige Ursache seines plötzlichen Umzugs war. Trotz oder gerade wegen ihres Körperumfangs hatte sie nämlich eine feine Antenne für Diskriminierungen und würde kein Blatt vor den Mund nehmen, um ihre Empörung lautstark zu artikulieren. Vielleicht wollte sie eine Auseinandersetzung sogar provozieren. Vielleicht setzte sie sich in Kinosälen grundsätzlich immer dicht neben andere Zuschauer, weil sie sich etwas mehr Aufmerksamkeit erhoffte. Deshalb wählte sie extra die schlechter besuchten Nachmittagsvorstellungen, um ihrer Provokation die nötige Schärfe zu geben. In den gutgefüllten Abendvorstellungen wäre es niemandem aufgefallen.

Norbert blieb sitzen. Er hatte keine Lust, sich auf ihr Spiel einzulassen. An ein konzentriertes Filmerlebnis war unter diesen Umständen allerdings nicht zu denken. Sie stieß ihren Ellenbogen in seine Rippen und atmete so schwer, dass er Sorge hatte, sie könnte das Ende der Vorführung nicht mehr erleben. Da sie einen Teil der Tüten auf ihren Schoß gepackt hatte, was angesichts der vielen freien Plätze nicht recht nachzuvollziehen war, raschelte und knisterte es bei der kleinsten Bewegung. Und sie bewegte sich eigentlich ununterbrochen. Mal legte sie den rechten, mal den linken Arm auf die Tüten. Es dauerte Sekunden, bis der Arm seine endgültige Liegeposition erreicht hatte. Leicht machte sie es sich jedenfalls nicht. Und wenn er glaubte, jetzt ein wenig Ruhe vor neuen Umbettungen zu haben, riss sie mit einem Mal die Tüte auf und fing an, nach etwas zu suchen, gab aber wegen der Dunkelheit jedes Mal schnell wieder auf. In den wenigen Momenten, wo sie einfach nur dasaß, versuchte Norbert dem Film zu folgen. Meistens wurde geschossen, oder es gab wilde Verfolgungsjagden, deren Ausgang er allerdings selten mitbekam, weil seine Nachbarin wieder anfing zu rascheln oder ihre Sitzposition so veränderte, dass die Stuhlreihe wackelte.

Noch vor dem Ende des Films verließ Norbert den Saal. Er wollte diese Frau auf gar keinen Fall auch noch sehen.

Er hatte Hunger. Mutter hatte ihm hundert Euro zugesteckt, damit er sich endlich mal etwas gönnen und schick essen gehen konnte. »Im *Hyatt* haben sie exzellente Sushis!«, hatte sie ihm noch im Treppenhaus nachgerufen. Dabei hatte er gar keine Lust, sich etwas zu gönnen. Jedenfalls nicht, wenn Mutter ihm das vorschlug. Sobald sie auch nur die leiseste Andeutung in diese Richtung machte, war es aus. Und da sie es meist dann andeutete, wenn er selbst gerade vorhatte, sich etwas zu gönnen, war er leider nur selten in den Genuss gekommen.

Er ging zu McDonald's. Aus Trotz aß er das große Big-Mac-Menü und hinterher noch ein Milcheis mit Karamellsauce. Schräg gegenüber saß ein Mann in seinem Alter und verzehrte ebenfalls das große Big-Mac-Menü. Norbert fragte sich, ob bundesweit wohl noch mehr ältere Herren aus Trotz Hamburger aßen.

Draußen füllten sich die Straßen mit hektischen Späteinkäufern. Er war froh, dass das alles hinter ihm lag. Er brauchte nichts mehr. Der ganze Trödel, von pfiffigen Werbestrategen als lebensbereichernd dargestellt, war vollkommen überflüssig und bereicherte niemand anderes als die Konzerne selber. Sein Alterssozialismus erheiterte ihn, weil er zu einem Zeitpunkt auftauchte, da er mit einer so deutlichen politischen Einstellung nicht mehr gerechnet hatte.

Als er nach Hause kam, sah er überraschend Alina, Mutters polnische Zugehfrau, wie sie im Hinterhof gerade zwei große Müllsäcke in den Container warf.

Norbert hatte auf einmal einen schlimmen Verdacht, konnte sich aber nur schwer vorstellen, dass er sich wirklich bewahrheiten sollte.

Ehe ihn Alina bemerkte, verschwand er im Fahrstuhl.

Als er oben die Tür öffnete, hörte er Frauenstimmen, die aus dem Wohnzimmer drangen. Darunter auch die von Mutter.

Es roch nach Tabakqualm.

Ohne seine Jacke abzulegen, ging er langsam den Flur entlang. Da der Flur sehr kurz war, erreichte er schnell das Wohnzimmer. Was er dort sah, verschlug ihm die Sprache. Der Raum war von dichten Rauchschwaden erfüllt. Mutter saß wie eine afrikanische Stammesältere in ein weißes Gewand gehüllt auf dem Sofa und rauchte eine Zigarette. Neben ihr, ebenfalls rauchend, eine Frau mittleren Alters, die er noch nie gesehen hatte. Sie trug schulterlange Ohrringe, am rechten Handgelenk ein Dutzend silberne Armreifen, die bei der kleinsten Bewegung rasselten, und ein zotteliges Cape, das ihn an die peruanischen Musiker aus den Fußgängerzonen erinnerte. Jedes Mal, wenn sie einen Zug von der Zigarette nahm, warf sie ihren Kopf theatralisch zurück und blies den Rauch mit einem kurzen Stoß in die Luft. Auf dem Tisch stand eine halbleere Flasche Aperol.

Aber es kam noch schlimmer. Erst jetzt sah er, dass der Tisch mit seinen Fernsehturmmodellen komplett leergeräumt war. Und nicht nur das, auch die Fotos an der Wand waren verschwunden. Alina hatte ganze Arbeit geleistet.

Er brauchte eine Minute, bis er den Umfang dieser Säuberung

vollständig begriffen hatte. Und er brauchte eine weitere Minute, bis ihm klar wurde, was sich in den Müllsäcken befand.

Mutter hatte die Aktion von langer Hand geplant. Während er im Kino saß, hatte sie mit Alinas Unterstützung Tatsachen geschaffen. Alles, was nicht ihren Vorstellungen entsprach, war in den blauen Müllsäcken gelandet. Und das war offensichtlich das meiste.

Norbert reichte es. Mutter war jetzt eindeutig zu weit gegangen. Sie hatte einen nicht wiedergutzumachenden Fehler gemacht.

»Kannst du mir mal sagen, was das soll?«, rief er, wütend ins Wohnzimmer schreitend, und baute sich vor den beiden Frauen auf.

Mutter blickte ihn unbeeindruckt an.

»Ich möchte dir Frau Störzner vorstellen«, sagte sie ruhig und dann zu Frau Störzner gewandt, »Evelyn, das ist mein Sohn Norbert.«

Evelyn Störzner streckte die Hand aus und machte ein bedeutungsvolles Gesicht. »Ich habe schon viel von Ihnen gehört, Norbert.« Die Armreifen rasselten, als Norbert nach kurzem Zögern doch noch ihre Hand schüttelte. Dass sie ihn Norbert genannt hatte, obwohl sie sich erst seit wenigen Sekunden kannten, störte ihn. Nur weil sie schon viel von ihm gehört hatte, war das noch lange kein Grund, ihn mit seinem Vornamen anzureden. Er hatte auch schon viel von der Bundeskanzlerin gehört, dachte jedoch nicht im Traum daran, sie deshalb Angela zu nennen.

Während Mutter versuchte, seinen Ärger zu übersehen, war er nicht mehr bereit, sich einfach weiter übersehen zu lassen. Und dabei war es ihm vollkommen egal, was Frau Störzner über ihn dachte. Sie durfte ruhig mitbekommen, dass es im Hause Grützke nicht mit rechten Dingen zuging.

»Könntest du mir trotzdem erklären, warum du meine Fernsehtürme weggeworfen hast? Das kannst du doch nicht machen, ich gehe ja auch nicht in deine Wohnung und werfe alles weg, was mir nicht gefällt.«

»Evelyn ist extra wegen dir hierher gekommen, vielleicht könntest du etwas höflicher sein.«

»Ich kann überhaupt nichts mehr«, erwiderte Norbert, »ich habe die Nase gestrichen voll!«

Frau Störzner blickte erschrocken zu Mutter. »Also, wenn das stimmt, finde ich das eigentlich auch nicht in Ordnung.«

»Wenn du gesehen hättest, wie das vorher hier aussah«, sagte Mutter empört.

»Aber es sind doch *seine* Sachen, das muss *er* doch entscheiden.«

Mutter sah sich überraschend in die Ecke gedrängt. Mit einem Einspruch Evelyns hatte sie offenbar nicht gerechnet.

Sie atmete schwer aus. Immer, wenn sie schwer ausatmete und dabei starr einen Punkt fixierte, war das für Norbert ein Zeichen, dass sie sich innerlich wieder auf dem Rückzug befand.

»Also gut, wir holen die Türme nachher wieder hoch. Würdest du dich jetzt setzen, oder willst du da weiter rumstehen?«

Obwohl er Frau Störzner dankbar für ihre Unterstützung war, hatte er wenig Lust auf Konversation. Zumal ihm gerade klar wurde, dass Mutter Frau Störzner nur aus einem einzigen Grund hierher eingeladen hatte: Sie sollten sich unter Mutters Aufsicht kennenlernen. Mutter wollte dieses Mal anscheinend nichts dem Zufall überlassen. Wenn ihr Sohn es nicht alleine schaffte, eine Frau zu unterhalten, würde sie jetzt eben daneben sitzen und Anweisungen geben. Es war entwürdigend.

»Ich stehe weiter rum«, beharrte er. Es war ein bisschen lächerlich, aber er konnte nun mal nicht aus seiner Haut.

»Er ist manchmal etwas dickköpfig«, meinte Mutter zu Evelyn.

»Ach, das macht doch nichts«, sagte Frau Störzner, »mir sind Männer mit Ecken und Kanten sowieso die liebsten.« Sie zog an der Zigarette, während sie ihn intensiv musterte.

Norbert missfiel, wie hier über ihn geredet wurde, als wäre es nur noch Verhandlungssache, unter welchen Bedingungen die beiden zusammenkamen. Ihm missfiel auch der Qualm und das ständige Gerassel ihrer Armreifen. Mit so einer Frau würde er keine ruhige Minute haben.

»Aber du trinkst doch mit uns, oder?«, sagte Mutter und füllte, ohne seine Antwort abzuwarten, ein schon bereitstehendes drittes Glas mit Aperol. Sie hatte wirklich an alles gedacht.

»Evelyn ist übrigens Hellseherin«, erklärte Mutter, während sie ihm sein Glas reichte.

Norbert leerte das Glas. Er hatte nicht vor, eine Sekunde länger in diesem Qualm zu verbringen. Er hatte nicht vor, Mutter überhaupt noch länger zu ertragen. Er riss das Fenster auf und wollte das Wohnzimmer gerade verlassen, als sich Frau Störzner zu Norbert wandte.

»Und Sie waren mal bei *C. Wagner* angestellt?«

Er sah kurz zu Mutter, die ihn aufmunternd anlächelte.

»Vierzig Jahre«, sagte er knapp.

»Er wollte eigentlich früher gehen, aber sie haben keinen geeigneten Nachfolger gefunden«, sagte Mutter. Norbert war überrascht, dass sie sich noch daran erinnerte. Offenbar hatte sie ihm doch zugehört.

»Ich finde es toll, dass es solche Läden noch gibt«, sagte Frau Störzner. »Ich bin auch hin und wieder da gewesen. Man sollte das wirklich mehr unterstützen.«

»Vielleicht hat er dich sogar mal bedient«, sagte Mutter. Ihr Versuch, irgendwelche Gemeinsamkeiten zu finden, war allzu durchschaubar.

»Eigentlich erinnere ich mich an jeden Kunden.«

»Er hat ein phänomenales Gedächtnis!«, fuhr Mutter dazwischen.

»Ich habe mehr so Küchensachen gekauft, Töpfe und Pfannen.«

»Norbert hätte selbst Kühlschränke an Eskimos verkauft«, sagte Mutter ungewohnt enthusiastisch.

»Dann müssen Sie von Herrn Wegert bedient worden sein, meinem Chef«, klärte er Frau Störzner auf.

»Ach, das war ihr Chef?«

»Er könnte aber Kühlschränke verkaufen«, sagte Mutter.

»Ja, der Chef hat nur Haushaltswaren gemacht, mit Nägeln hat er sich nicht so ausgekannt.«

»Mit Töpfen aber auch nicht so richtig, hatte ich jedenfalls den Eindruck.«

Norbert nickte ernst. Sein Chef hatte im Grunde von kaum etwas wirklich Ahnung. Nach dem frühen Tod des alten Wegert hatte er das Geschäft eher widerwillig von seinem Vater übernommen. Eigentlich fühlte er sich zu Höherem berufen. Ein Job als Spitzenmanager in einem Weltkonzern. Jahrelang litt er daran, hinter dem Tresen zu stehen und Heimwerkerbedarf verkaufen zu müssen. Er war es, der das Angebot schließlich um Küchenutensilien erweiterte. Dabei war die Konkurrenz in diesem Bereich viel zu groß und oft auch viel besser.

»Hat er Sie denn falsch beraten?«

Frau Störzner warf ihren Kopf zurück, zog an der Zigarette und stieß den Rauch in die Luft.

»Offenbar. Wissen Sie, für einen Induktionsherd braucht man bestimmte Töpfe, sonst funktioniert es nicht.«

»Und er hat Ihnen den falschen Topf empfohlen?«

»Vielleicht ist der Herd ja auch irgendwie kaputt, oder ich stelle mich zu blöd an. Eigentlich koche ich ja auch gar nicht so oft.«

»Besuch Sie doch mal«, drängte Mutter, »und sieh dir die Sache an. Du kennst dich da doch aus.«

Norbert verdrehte genervt die Augen.

»Mit solchen Sachen kenne ich mich eben nicht aus«, sagte er.

»Das ist doch egal«, beharrte sie, »ihr habt den Topf schließlich verkauft. Da muss es doch eine Garantie geben. Sonst musst du den Topf eben zurücknehmen. Was ist denn das für ein Service?«

Inzwischen war Mutter aufgestanden. Anscheinend war sie der Meinung, dass die Unterhaltung den nötigen Schwung hatte und auf ihre Anwesenheit gut verzichtet werden konnte.

»Aber ich arbeite überhaupt nicht mehr dort. Ich kann gar nichts zurücknehmen!«

»Norbert«, sie blickte ihn streng an, »Frau Störzner erwartet eine Wiedergutmachung. Regel das bitte.«

Frau Störzner schien das alles unangenehm zu sein. »Ach, das ist nicht so wichtig, ist ja auch schon einige Jährchen her.«

Mutter schüttelte ungehalten den Kopf. »Evelyn, so was würde ich mir nicht gefallen lassen. Schlechter Service verjährt nicht.« Sie rammte nachdrücklich ihren Stock auf den Boden. »Ich gehe jetzt in mein Zimmer. Ihr habt Zeit, das alles untereinander zu besprechen. Gute Nacht.«

Mit hochgerecktem Kopf stolzierte sie aus dem Wohnzimmer und ließ die beiden alleine zurück.

Einen Moment herrschte betretenes Schweigen. Norbert stand immer noch in der Jacke vor dem Sofa. Es sah ein bisschen so aus, als wäre er bei Frau Störzner zu Besuch. Er überlegte, ob er die Jacke ausziehen und stehenbleiben oder sich hinsetzen und die Jacke anbehalten sollte. Wenn er sie auszog und sich hinsetzte, würde Frau Störzner womöglich einen falschen Eindruck bekommen. Auf gar keinen Fall durfte sie glauben, dass jetzt der gemütliche Teil des Abends kam. Sonderlich gemütlich war ihm ohnehin nicht zumute. Schon gar nicht in Anbetracht seines kahlen Wohnzimmers. Eigentlich war es auch nicht mehr sein Wohnzimmer, sondern Mutters Interpretation eines Wohnzimmers, in dem Frauen sich ihrer Ansicht nach wohlfühlten. Die Lage war so verfahren, dass er sich für keine Variante entscheiden konnte.

»Vergessen Sie einfach den Topf«, sagte Evelyn Störzner auf einmal. »Ich sehe das nicht so streng wie Ihre Mutter.«

Norbert sah sie erstaunt an.

»Ich verrate Ihnen jetzt ein Geheimnis: Ich habe schon lange keinen Induktionsherd mehr.« Sie grinste, als freute sie sich diebisch über diesen Clou. »Aber sagen Sie bloß nichts Herta, sonst kriege ich wieder eins auf den Deckel.«

Dass sie von Mutter schon öfters eins auf den Deckel bekommen hatte, machte sie etwas sympathischer. Allerdings fragte er sich, wieso sich die Leute immer alles von ihr gefallen ließen. Mutter schien etwas an sich zu haben, dass man ihr beinahe jedes Verhalten nachsah.

Norbert hatte plötzlich eine Idee. Warum war er nicht früher darauf gekommen? Er zog die Jacke aus und setzte sich auf die Couch.

»Sie sind doch Hellseherin.« Er hatte Mühe, seine Aufregung zu verbergen.

Frau Störzner nickte. Sie zog langsam an der Zigarette und blies den Rauch direkt in Norberts Gesicht. Er hustete und wedelte hektisch mit beiden Händen.

»Dann können Sie doch im Prinzip auch in die Zukunft sehen, oder?«

Sie schmunzelte. »Im Prinzip schon, was wollen Sie denn wissen?«

Norbert knibbelte nervös an den Fingern. Das war auch Frau Störzner nicht entgangen.

»Rauchen Sie eine mit?« Sie hielt ihm die Schachtel hin. Obwohl er nie geraucht hatte, erschien es ihm sinnvoll, Frau Störzners Bitte nicht abzuschlagen.

Schon nach dem ersten Zug musste er so stark husten, dass ihm die Tränen kamen. Als er wieder klar sehen konnte, saß Frau Störzner auf einmal dicht vor ihm. Fast wäre ihm die Zigarette aus der Hand gefallen.

»Na ja.« Er zögerte. Sollte er ihr die Wahrheit sagen?

Sie sah ihm tief in die Augen. Womöglich erkannte sie bereits irgendetwas. Er traute sich nicht, seinen Blick abzuwenden, um die Zukunftsaussichten nicht zu gefährden. Da er nicht wusste, wie lange sie brauchte, hielt er seinen Kopf gerade und die Augen dabei weit geöffnet. Beim Augenarzt bekam er vorher immer Tropfen in die Augen, um seine Pupillen zu weiten. Dass sie ganz ohne Hilfsmittel auskam, überraschte ihn ein wenig.

»Brauchen Sie eigentlich keine Karten oder eine Glaskugel oder so etwas?«

Frau Störzner blickte ihn nachsichtig an. »Ich sehe alles, was ich will. Dafür brauche ich nichts außer meinem Gefühl.«

Das mit dem Gefühl war ihm neu. Aber er kannte sich mit Hellsehen auch nicht sonderlich gut aus. Es war ihm ohnehin ein Rätsel, wie man etwas sehen konnte, was weit in der Zukunft lag. Er wusste morgens noch nicht mal, was er zu Mittag essen sollte.

»Ich kenne mich da eben nicht so aus«, entschuldigte er sich.

»Das merke ich«, sagte sie und blies wieder Rauch in sein Gesicht. »Was wollen Sie denn von mir hören?«

»Hören? Also, ich würde ganz gerne wissen, ob ...«

»Ja?«

» – also wie lange es noch geht mit meiner Mutter.«

Ihre Gesichtszüge verhärteten sich auf einmal, als hätte er eine ungehörige Frage gestellt. Norbert war die Frage auch etwas peinlich. Aber schließlich hatte er nicht jeden Tag eine Hellseherin im Haus.

Frau Störzner warf den Kopf zurück, zog unter lautem Gerassel der Armreifen heftig an der Zigarette und stieß den Rauch in die Luft.

»Sie wollen also konkret wissen, wie lange Herta noch lebt, ja?« Sie wirkte ein bisschen enttäuscht.

Norbert lächelte verlegen. »Nur wenn das keine größeren Umstände macht.«

Sie drückte die Zigarette auf einer Untertasse aus und blickte lange gegen die kahle Wand.

»Ich kann Sie beruhigen«, sagte sie schließlich wieder zu Norbert gewandt. »Ihre Mutter ist eine zähe Frau.«

Norbert war jedoch keineswegs beruhigt. Im Gegenteil. Er war so beunruhigt wie lange nicht mehr.

»Soll das heißen, sie lebt noch lange?«

Frau Störzner schloss kurz die Augen und holte tief Luft. »Machen Sie sich keine Sorgen, in naher Zukunft sehe ich keine Veränderungen.«

Wie paralysiert saß Norbert auf dem Sofa und starrte aus dem Fenster. Er merkte nicht mal, dass Frau Störzner aufgestanden war und die Wohnung verlassen hatte. Die Vorstellung, weiter mit Mutter zusammenleben zu müssen, machte ihn unfähig, auch nur den kleinen Finger zu bewegen. Minutenlang wartete er darauf, dass auch sein Herz zum Stillstand kam. Einen Moment glaubte er wirklich, dass es aufgehört hatte zu schlagen. Er legte seine Hand auf die Brust, es war auch nichts mehr zu spüren. Hatte er es geschafft? Er überlegte, ob er trotz Herzstillstands weiter den Baum vor dem Fenster sehen konnte. Vielleicht starben seine Sinne ja erst mit leichter Verzögerung. Wie bei einem Huhn, das kopflos noch einige Meter rannte, ehe es verendete. Er zählte bis zwanzig. Als er den Baum immer noch sah, stellte er fest, dass er die Hand auf die falsche Brustseite gelegt hatte. Nicht links, sondern rechts.

Er wusste nicht mehr, was er noch tun sollte. Irgendetwas musste passieren. So konnte es jedenfalls nicht mehr weitergehen.

In diesem Augenblick erinnerte er sich an Walter Schönlein. Hatte er ihm damals im Krankenhaus nicht angeboten, seine Mutter entführen zu lassen?

Die Idee war so ungeheuerlich, dass er sie sofort wieder verwarf.

Aber so sehr er auch nach anderen Auswegen suchte, sie schien die einzig denkbare Lösung für all seine Probleme zu sein. Und sie war frappierend einfach. Man könnte es als längeren Ausflug inszenieren, dachte Norbert nervös aufspringend. Ein Ausflug unter ständiger Begleitung zweier freundlicher, aber durchsetzungsfähiger Herren. Während sie Mutter für zwei, drei Tage festhielten, würde er seine wichtigsten Sachen zusammenpacken und zunächst in ein Hotel ziehen. Dann könnte er sich in Ruhe nach einer neuen Wohnung umsehen. Sie müsste unter dem Dach liegen, und es dürfte auf gar keinen Fall einen Fahrstuhl geben.

Alles stand glasklar vor seinen Augen.

Norbert holte den Zettel mit Walters Telefonnummer aus seiner Brieftasche. Zum Glück hatte er ihn noch nicht weggeworfen, als hätte er geahnt, dass ihm die Nummer irgendwann einmal nützlich sein konnte.

Er schloss leise die Wohnzimmertür, nahm das Telefon und ging zum Fenster. Dann drückte er die acht Ziffern und hielt den Hörer zitternd ans Ohr.

Als er Walters Stimme hörte, schlug sein Herz bis zum Hals.

»Hallo, hier ist Norbert. Hoffentlich erinnerst du dich noch an mich. Ich hätte mal eine Frage.«

20.

Norbert fühlte sich nicht wohl an diesem Morgen. Er hatte schlecht geschlafen, er war schon um fünf Uhr früh auf den Beinen und hatte sich einen Kaffee gemacht, obwohl er morgens eigentlich keinen Kaffee vertrug, schon gar nicht um diese Zeit. Auf leeren Magen einen starken Kaffee zu trinken war nicht gut, weil die Säure die Magenwände angriff. Er musste also erst etwas essen. Doch so früh zu essen war für Norbert unmöglich. Es war schon zu normalen Zeiten schwierig genug. Einerseits hatte er Hunger, andererseits gab es kaum etwas Langweiligeres als die Nahrungsaufnahme, jedenfalls wenn man die meiste Zeit seines Lebens alleine aß. Deshalb ernährte er sich hauptsächlich aus Dosen. Er machte sich nicht mal die Mühe, vom Teller zu essen, sondern verschlang gleich alles direkt aus der Dose. Im Grunde war dieses freudlose Herunterschlingen eine Art Selbstbestrafung. Er bestrafte sich dafür, dass er eigentlich nicht gerne alleine aß. Bis vor kurzem wäre er nie darauf gekommen, dass er sich seit vierzig Jahren dreimal täglich bestrafte. Denn seit Mutter da war, ging eine merkwürdige Veränderung in ihm vor: Norbert freute sich auf ihre gemeinsamen Essen. Ja, er machte sich zum ersten Mal sogar Gedanken übers Kochen. Auch wenn sich die Zubereitung bislang auf das Erwärmen von Pizzas oder das Aufkochen von Fertiggerichten beschränkte, verspürte er den Wunsch nach gezielter Nahrungsmittelverarbeitung inzwischen so deutlich wie nie zuvor.

Mutter sagte er natürlich kein Wort davon. Dass ihr Umzug bereits erste Erfolge zeitigte, durfte sie auf keinen Fall erfahren.

Vielleicht fühlte er sich an diesem Morgen auch deshalb nicht wohl. Weil er insgeheim nämlich Angst davor hatte, dass sich in seinem Leben noch mehr verändern könnte, wenn Mutter weiter bei ihm wohnen blieb. Weil er Sorge hatte, mit einem Mal könnte alles unter ihm zusammenstürzen, was er sich über all die Jahre mühsam aufgebaut hatte. Aus diesem Grund hatte er Walter Schönlein um Hilfe gebeten. Es war der Tag von Mutters Entführung. Es sollte der Tag seiner Befreiung sein. Aber Norbert war auf dem besten Wege, krank zu werden.

Dabei hatten sie alles bis ins kleinste Detail geplant. Einmal die Woche ging Mutter in ihre alte Wohnung, um nach der Post zu sehen, die Alina täglich auf dem Stubentisch für sie gesammelt hatte. Gegen elf verließ sie das Haus und kehrte pünktlich zum Mittagessen wieder zurück. Doch dieses Mal würden sie zwei Männer unten vor der Haustür abfangen und zu einem bereitstehenden Auto geleiten. Er müsse sich überhaupt keine Sorgen machen, beruhigte ihn Walter, die Männer seien ehemalige Leibwächter libanesischer Herkunft, sie hätten Erfahrung im Umgang mit komplizierten Persönlichkeiten. Früher hätten sie unter anderem Bruce Willis und Sylvester Stallone bewacht, seine Mutter sei bei ihnen also in besten Händen.

Da war sich Norbert inzwischen aber gar nicht mehr so sicher. Denn Mutter hatte hohe Ansprüche an ihre Unterkünfte. Wenn ihr irgendetwas nicht passte, wurde sie unausstehlich. In einem Pariser Luxushotel hatte sie das halbe Hotelpersonal mehrere Stunden damit beschäftigt, ein besseres Zimmer für sie zu finden. Sie sehe nicht ein, für diesen Preis in einen dunklen Hinterhof zu starren. Ein Schweizer Berghotel verließ sie umgehend wieder, als ihr gesagt wurde, dass die Sicht auf die Berge wegen tief hängender Wolken für einen oder zwei Tage nicht möglich sei. Dann könne sie ihren Urlaub ja auch gleich auf Amrum verbringen, erklärte Mutter dem verdutzten Hotelangestellten.

Da es jedoch relativ unwahrscheinlich war, dass sie die drei Tage in einem Fünf-Sterne-Wellnesshotel untergebracht wurde, war der Ärger schon jetzt vorprogrammiert. Im Grunde war Mutter die denkbar schlechteste Wahl für eine Entführung. Norbert hatte einen Fehler gemacht. Eigentlich war er die klassische Geisel: Er wehrte sich nicht und tat alles, was man von ihm verlangte.

Die Entführung drohte jedoch noch aus einem anderen Grund zu scheitern. Mittlerweile war ihm nämlich so übel, dass Mutter, als sie sah, wie er leichenblass über einem unangetasteten Marmeladenbrot gebeugt saß, kurz davor stand, den Notarzt zu rufen. Auch als er ihr versicherte, dass es sich lediglich um eine vorübergehende Erschöpfung wegen Schlafmangels handelte, ließ sie sich von ihrem Vorhaben nur schwer abbringen. Er bewege sich kaum, er esse schlecht und sei damit der ideale Kandidat für einen Herzinfarkt, erklärte Mutter streng.

Obwohl er in seinem ganzen Leben nie ernsthaft krank gewesen war, war Mutter in dauernder Sorge um seine Gesundheit. Als Junge musste er noch im Frühsommer eine Mütze tragen, damit er sich nicht den Kopf verkühlte. Nachts lagen mindestens zwei weitere Decken über seiner normalen Bettdecke, selbst wenn es draußen nicht mehr kälter als zehn Grad wurde. Mutter rechnete ständig damit, dass er erfror. Wenn es nach ihr gegangen wäre, hätte sie ihn als Baby in einen luftdichten Raumanzug mit künstlicher Sauerstoffversorgung gesteckt und erst fünfzig Jahre später wieder herausgeholt. Dass Norbert heutzutage in der Lage war, selbstständig zu entscheiden, wann er sich eine Mütze aufsetzte, wertete er als beachtlichen Erfolg.

Normalerweise verließ Mutter gegen elf die Wohnung. Es war jetzt Viertel vor elf, und Norbert lag mit Wadenwickeln und einem feuchten Tuch auf der Stirn in seinem Bett, während Mutter besorgt zwischen Küche und Schlafzimmer pendelte und ihn mit Kräutertee versorgte.

»Du musst jetzt viel trinken«, sagte sie jedes Mal, wenn sie mit einer Kanne frisch gebrühtem Tee ins Schlafzimmer kam. Das sagte sie allerdings auch dann, wenn er nicht krank war. Für Mutter machte es keinen Unterschied, ob er krank war oder nicht. Sie behandelte ihn grundsätzlich immer wie jemanden, der ohne ihre Hilfe nicht überlebensfähig war. Mutter selbst trank praktisch ununterbrochen Wasser. In ihrer Wohnung stand an jeder zweiten Ecke eine Wasserflasche, als befürchtete sie, auf dem Weg von der Küche ins Wohnzimmer zu verdursten. Draußen hatte sie immer einen mit Wasser gefüllten Flachmann dabei, was mitunter zu irritierten Blicken einiger Mitbürger führte, die Mutter aber nicht weiter beachtete. Sollte sie doch einmal sterben, dann mit Sicherheit an einem Wasserbauch. Und weil sie so viel trank, musste sie jede Stunde mindestens einmal auf die Toilette. Ein normaler Einkaufsbummel war unter diesen Umständen kaum möglich. Ein Ausflug in die Natur völlig undenkbar. Aus diesem Grund hatte sich Vater irgendwann von gemeinsamen Ausflügen ins Umland verabschiedet, weil es für Mutter nicht genügend Rückzugsmöglichkeiten gab.

Unterdessen wurde es langsam brenzlig. Walter Schönlein hatte von einem Zeitfenster von zwei Stunden gesprochen. So lange würden die Männer auf Mutter warten. Aber dieses Zeitfenster wurde von Minute zu Minute kleiner. Norbert wusste nicht, was passierte, wenn die Entführung nicht zustande kam. Zwar hatte er sich vertraglich zu nichts verpflichtet, doch die Männer würden auf die zweite Hälfte ihres Honorars sicherlich nicht so einfach verzichten. In ihren Kreisen zählte das Wort mehr als jede Unterschrift. Und sie würden schon einen Weg finden, um an ihr Geld zu kommen. Notfalls mit Gewalt.

Er musste irgendetwas unternehmen.

Während Mutter in der Küche neuen Tee aufbrühte, schleppte er sich ins Wohnzimmer und öffnete das Fenster. Unten auf der Straße war niemand zu sehen. Keine verdächtig wirkenden Männer mit vollgepumpten Oberkörpern. Allerdings auch keine unverdächtigen Männer. Es waren überhaupt keine Männer zu sehen. Nur Frau Riedel vom Kiosk an der Ecke, die mit ihrem wie üblich kläffenden Rehpinscher eine Runde um den Block drehte.

Sofort kam ihm der Verdacht, dass sich die Männer mit der einen Hälfte des Geldes aus dem Staub gemacht hatten. Vielleicht saßen sie längst zusammen mit anderen Clanmitgliedern in einem Neuköllner Hinterhof und lachten über diesen merkwürdigen Deutschen, der seine Mutter verschwinden lassen wollte. Und vielleicht hatten sie sogar recht. Es war zum Lachen. Es war nämlich völlig ausgeschlossen, dass eine Mutter je aus dem Leben eines Kindes verschwand.

Auch wenn das Geld jetzt als verloren betrachtet werden musste, war Norbert erleichtert. Was hatte er sich nur dabei gedacht? Es musste noch einen anderen Weg geben. Einen vernünftigen Kompromiss, den auch Mutter bereit war mitzutragen.

»Mach sofort das Fenster zu, du holst dir ja noch den Tod!«, rief Mutter plötzlich hinter ihm. Sie stand mit der Teekanne im Türrahmen und sah ihn entsetzt an. Draußen waren mindestens fünfundzwanzig Grad. In der Wohnung herrschte ein subtropisches Klima. Eher würde er einen Hitzschlag bekommen, als sich zu erkälten.

»Mir geht es schon wieder viel besser«, sagte Norbert, schloss aber trotzdem das Fenster, weil er keine Lust auf lange Diskussionen hatte.

»Selbst wenn«, erklärte sie, »musst du dich erst ganz auskurieren, sonst bleibt was zurück. Du kennst doch Walter Dierbach, der ist auch viel zu früh wieder zur Arbeit gegangen. Und was ist passiert?«

Natürlich kannte er Walter Dierbach. Er war ein Arbeitskollege seines Vaters. Nach einer nicht vollständig auskurierten Grippe hatte er eine Herzmuskelentzündung bekommen und war einige Wochen später gestorben. Seitdem gehörte der Fall Dierbach zu Mutters Schatz schlechter Beispiele, den sie bei jeder passenden Gelegenheit aus ihrem offenbar riesigen Schatzkästlein zog.

»Das ist doch was völlig anderes«, wies Norbert den Vergleich empört zurück.

»Das ist überhaupt nichts anderes, Junge. Leg dich jetzt bitte wieder ins Bett. Ich möchte nicht, dass du vor mir stirbst.«

»Ich brauche nur ein bisschen Schlaf«, sagte er, wieder im Bett. »Du kannst ruhig deine Post holen gehen.«

Mutter blickte ihn einen Moment skeptisch an.

»Na gut, aber versprich mir, dass du das Bett nicht verlässt.«

»Ich schlafe ja«, sagte er und schloss zur Verdeutlichung seines Vorhabens die Augen.

»Und trink was, hörst du! Du musst viel trinken.«

Aber Norbert hörte schon nicht mehr hin.

Er wartete, bis Mutter die Wohnungstür geschlossen hatte. Als nach einigen Minuten klar war, dass sie nicht mehr zurückkam, stand er auf und öffnete wieder das Wohnzimmerfenster.

In diesem Augenblick sah er, wie unten zwei Männer aus einem blauen Lieferwagen sprangen. Mutter hatte das Haus gerade verlassen und wollte die Straße überqueren, als sie von einem der beiden angesprochen wurde. Sie antwortete irgendetwas, was sofort dazu führte, dass sie von den Männern an den Armen gepackt wurde. Als sie sich wehrte und nach ihnen schlug, nahmen sie sie kurzerhand unter den Achseln und verfrachteten sie in den Lieferwagen. Kurz darauf fuhr der Lieferwagen mit aufheulendem Motorengeräusch davon.

Das Ganze hatte nicht länger als eine Minute gedauert.

Norbert stand zitternd am Fenster und starrte auf die Stelle, wo eben noch der Lieferwagen geparkt hatte. Er konnte es einfach nicht glauben. Mutter war weg. Einfach verschwunden.

Es war ein Irrtum. Ein riesiges Missverständnis. Die Sache war ihm irgendwie entglitten. Er hatte das alles gar nicht gewollt. Mutter war doch immer für ihn da gewesen. Sie hatte sich um ihn gesorgt, sie hatte sich praktisch für ihn aufgeopfert. Und das war nun sein Dank. Ihre jahrzehntelange Fürsorge endete in einem von libanesischen Kleinkriminellen gesteuerten blauen Lieferwagen.

Norbert sank kraftlos auf den Sessel. Im Baum vor dem Fenster zwitscherten die Vögel. Es interessierte ihn nicht mehr. Wahrscheinlich konnte er sich nie mehr für irgendetwas interessieren. Er dachte nur noch an Mutter. Wie sie hilflos auf dem Boden des Lieferwagens kauerte. Sie hatte ein schwaches Herz. Womöglich würde sie bereits die Fahrt nicht überleben.

Plötzlich hatte er Angst. Er hatte Angst, dass Mutter nicht mehr zurückkehrte. Für immer verschluckt von einem blauen Lieferwagen. Denn wer sagte ihm in Zukunft, dass er seinen Regenschirm mitnehmen sollte, wenn es draußen in Strömen schüttete?

21.

»Walter? Du musst sie sofort anrufen und ihnen sagen, dass sie meine Mutter wieder zurückbringen sollen!«

Seine Stimme überschlug sich. Norbert saß auf Mutters Bett, das heißt, eigentlich saß er auf seinem Bett, und hielt den Telefonhörer ans Ohr gepresst. Er war auch bereit, mehr zu zahlen, wenn die Entführer Mutter umgehend wieder zu Hause ablieferten. Sein gesamtes Erspartes würde er notfalls für Mutter opfern. Hauptsache, es passierte ihr nichts.

»Das geht nicht«, sagte Walter Schönlein ruhig.

»Wie, das geht nicht? Ich bezahle sie doch!«

»Es sind Libanesen.«

»Es sind Angestellte, ich habe sie gebucht. Da muss man sie auch wieder entlassen können. Die sind doch nicht in einer Gewerkschaft organisiert. Oder soll ich sie vorher erst dreimal abmahnen?«

Eine Sekunde blieb es still am anderen Ende der Leitung.

»Du verstehst es nicht. Libanesen denken anders als wir. Wenn du sie jetzt rauswirfst, glauben sie, dass sie ihre Sache nicht gut gemacht haben. Araber sind da ziemlich empfindlich.«

»Aber sie haben ihre Sache doch gut gemacht. Du kannst ihnen gerne sagen, dass ich mit ihrer Leistung vollkommen zufrieden bin. Ich würde sie jederzeit wieder ... also weiterempfehlen. Aber ich möchte die Sache jetzt eben aus persönlichen Gründen abbrechen, das hat überhaupt nichts mit ihrer Arbeit zu tun.«

Er hörte ein schweres Ausatmen. »Norbert, du hast die Geschichte angeleiert, jetzt musst du sie auch zu Ende bringen. Ich weiß gar nicht, warum du auf einmal einen Rückzieher machst.

Du wolltest deine Mutter doch loswerden, oder habe ich das falsch verstanden?«

»Aber nicht in so einem Lieferwagen. Das hat Mutter nicht verdient.«

»Dass du sie entführen lässt aber schon?«

Norbert schluckte. »Es war halt nur so eine Idee.«

»Vielleicht solltest du dir deine Ideen das nächste Mal lieber vorher überlegen.«

»Also rufst du sie jetzt an, oder nicht?«

»Ich kann es nicht, bitte versteh das. Es sind ja nur drei Tage. Genieß doch einfach die Zeit und betrachte das als Urlaub von deiner Mutter.«

»Ich habe aber noch nie Urlaub gemacht!«, rief Norbert beleidigt und legte prompt auf.

Während er auf dem Bett saß, bemerkte er das Buch »Big TV-Towers« auf dem Nachttisch. Auf der Hälfte steckte ein Lesezeichen, als hätte Mutter auch vor dem Einschlafen noch darin gelesen. Er hatte ihr unrecht getan. Vielleicht hatte er Mutter ein Leben lang Unrecht getan.

Was sollte er jetzt machen?

In ein Hotel zu ziehen, wie er es ursprünglich mal vorgehabt hatte, kam für ihn nicht mehr in Frage. Eigentlich hätte er jetzt tun und lassen können, was er wollte. Zum Beispiel hätte er sich wieder seinen Fernsehturmmodellen zuwenden können, die nach ihrer vorübergehenden Entsorgung immer noch ziemlich lädiert aussahen. Oder er hätte sich auf seinen Sessel setzen und die Vögel im Baum beobachten können.

Aber Norbert hatte keine Lust mehr. Auf einmal erschien ihm alles sinnlos. Er vermisste Mutter. Es war, als wäre er nach siebzig Jahren Haft endlich in die Freiheit entlassen worden und könnte jetzt nichts mehr damit anfangen.

Er beschloss, spazieren zu gehen.

Draußen war alles wie immer. Menschen gingen ihren Geschäften nach, Vögel zwitscherten, Autos hupten, und die Sonne wärmte. Es war so schamlos alltäglich, dass es nur schwer zu verkraften war.

Er ging die Grolmanstraße hoch, überquerte den Savignyplatz, lief den schmalen Gang an der S-Bahn entlang und bog in die Bleibtreustraße. Erst, als er vor Mutters Haustür stehenblieb, erkannte er, dass es derselbe Weg war, den er seit vielen Jahren fast täglich gelaufen war.

Plötzlich ärgerte er sich. Egal, was er machte, sein Weg führte ihn stets zuverlässig zu Mutters Wohnung.

Obwohl er einen Zweitschlüssel besaß, war er noch nie alleine in ihrer Wohnung gewesen. Wenn Mutter verreist war, kümmerte sich Alina um Post und Blumen. Er hatte immer geglaubt, Mutter wollte ihm nur nicht zusätzliche Arbeit aufbürden. Doch auf einmal kam es ihm so vor, als traute sie ihm in Wahrheit nicht zu, dass er die Blumen goss, die Wohnung lüftete und die Post aus dem Briefkasten nahm.

Offenbar hielt sie ihren Sohn für unfähig, die leichtesten Aufgaben zu bewältigen.

Enttäuscht lief er weiter Richtung Kurfürstendamm. An der Scheibe eines Restaurants bemerkte er ein Plakat. *1. Deutscher Karaoke-Wettbewerb, Convention Center, Hotel Estrel am 31. Juli. Jeder kann teilnehmen. Anmeldung erforderlich! Anmeldeschluss: 15. Juli. Der Gewinner reist zum internationalen Karaoke-Wettbewerb nach Tokio, Japan.* Darunter eine Telefon-Hotline für nähere Informationen.

Norbert las mehrmals den Text, um ganz sicher zu sein, dass er nicht irgendetwas falsch verstanden hatte. Vor allem den Satz *Jeder kann teilnehmen*, las er mindestens zehnmal, damit nichts schiefging.

Aber es gab keinen Zweifel: Jeder konnte teilnehmen!

Er war so aufgeregt, als hätte er jahrzehntelang nur auf dieses Plakat gewartet. Natürlich war es völliger Wahnsinn. Wieso glaubte er, er könnte einfach an einem Karaoke-Wettbewerb teilnehmen? Seit seiner Jugend, als er den Traum vom Chorsänger endgültig begraben hatte, hatte er nicht mehr ernsthaft ans Singen gedacht. Hin und wieder hatte er ein bisschen vor sich hin gesummt, leise, nur für sich, die alten Lieder angestimmt, außer die Arie des Papageno, die ihm Mutter für alle Zeit vergällt hatte. Aber er hatte sich nicht mehr getraut, laut zu singen, schon wegen der Nachbarn. Die Wände waren so dünn, dass man jedes Geräusch unmittelbar hören konnte. Wenn Frau Heinze unter ihm nieste, hörte es sich an, als würde sie in seinem Schlafzimmer sitzen. Zum Glück nieste Frau Heinze relativ selten, und auch sonst war sie so ruhig, dass Norbert manchmal genau hinhören musste, um festzustellen, ob sie noch lebte. Denn Frau Heinze war zweiundachtzig, sie hatte ein schwaches Herz und allerlei andere Schwachstellen, die sie mit zahllosen Tabletten zu bekämpfen versuchte. Aber wenn sie mal nieste, dann zuckte Norbert auch nach Jahren jedes Mal wieder zusammen. Aus diesem Grund vollzog er sein Leben zu Hause in völliger Stille. Niemand sollte erfahren, was er den Tag über so trieb. Selbst unter die Stuhlbeine hatte er kleine Filzstücke geklebt, damit Frau Heinze nicht hörte, dass er täglich zwischen zehn und zwölf am Esstisch saß. Wenn sie denn überhaupt noch etwas mitbekam. Aber das konnte man bei alten Leuten ja nie so genau wissen.

Der Anmeldeschluss war in drei Tagen. Es war also noch etwas Zeit, sich alles durch den Kopf gehen zu lassen. Er durfte nichts überstürzen, was in Norberts Fall allerdings auch ziemlich unwahrscheinlich war. Meist zerdachte er jede Idee so lange, bis nichts mehr von ihr übrig war.

Er hatte noch nie vor einem größeren Publikum gesungen. Und wenn er ehrlich war, hatte er außer vor Mutter überhaupt noch nie vor jemandem gesungen. Und vielleicht war es ja wirklich Unsinn. Vielleicht hatte Mutter recht, und er konnte wirklich nicht singen. Am Ende blamierte er sich und würde von der

Bühne gebuht. Die Vorstellung trieb ihm schon jetzt die Schamesröte ins Gesicht. Norbert könnte sich nicht mehr auf der Straße blicken lassen und würde seine Spaziergänge in Zukunft nur noch nachts absolvieren. Jeder Einkauf würde zu einem Spießrutenlauf werden. Schließlich müsste er, zermürbt von Hohn und Spott, seine Stadt verlassen und unter anderem Namen ein neues Leben beginnen.

Es war verrückt. Es war so verrückt, dass er eigentlich keinen weiteren Gedanken darauf verschwenden durfte.

Zu Hause stand er lange vor der Wand und betrachtete nachdenklich das eingerissene Foto vom SkyTree. Und je länger er das Foto ansah, desto mehr drängte sich ihm die Frage auf, weshalb er etwas sammelte, was ihm im Grunde unheimlich war. Wieso beschäftigte er sich ausgerechnet mit Fernsehtürmen, wo ihm doch schon beim Blick aus dem vierten Stock schwindelig wurde? Wünschte er sich insgeheim, seine Höhenangst endlich zu überwinden und wie jeder normale Mensch auf einen Fernsehturm fahren zu können? Womöglich würde sein Interesse an Fernsehtürmen daraufhin schlagartig verschwinden.

In diesem Moment fiel ihm die Nummer der Info-Hotline wieder ein. Sonst konnte er sich gerade mal drei Ziffern hintereinander merken, und selbst diese Ziffern brachte er meist durcheinander, dass es im Grunde sinnlos war, sich überhaupt etwas zu merken. Obwohl er eigentlich nicht an Zeichen glaubte, jedenfalls bis vor einigen Tagen, erschien ihm die Tatsache, dass er sich acht Ziffern gemerkt hatte, jetzt wie ein klares Zeichen. Nur was wollte ihm dieses Zeichen damit sagen? Dass seine Zahlenschwäche auf einmal verschwunden war? Mit siebzig war er endlich so weit, dass er selbst leichteste Rechenaufgaben nicht mehr für völlig unlösbar hielt. Aber das wäre weniger ein Zeichen denn ein Wunder gewesen, und an so ein Wunder konnte er nicht nur nicht glauben, er wollte auch nicht daran glauben. Denn die Zahlenschwäche gehörte zu ihm wie seine Blinddarmnarbe. Nach all den Jahren hätte er auch nicht gewusst, warum er jetzt noch gut rechnen sollte.

Offenbar wollten ihm diese acht Ziffern mitteilen, dass es an der Zeit war, sich seinen alten Jugendtraum doch noch zu erfüllen.

Eigentlich war es schockierend. Man sollte im Alter weder zu weit zurück, noch zu weit nach vorne schauen, sonst bekam man nur schlechte Laune. Am besten, man wusste morgens halbwegs, was es am Mittag zu essen gab. Mehr Zukunft war gar nicht nötig.

Er erinnerte sich an den Moment vor fast 55 Jahren, als er Mutter die Papageno-Arie vorgesungen hatte und sie mit einer kurzen Bemerkung alle seine Hoffnungen zerstörte. Norbert war zwar kein nachtragender Mensch, schon aus Faulheit hatte er wenig Lust, allen möglichen Leuten jahrelang irgendwelche Beleidigungen nachzutragen, doch bei Mutter lag der Fall etwas anders. Ihre zutiefst verletzende Bemerkung über seinen Vortrag würde er nie vergessen und ihr noch bis ins Grab und darüber hinaus, also quasi bis in alle Ewigkeit beziehungsweise bis zum Jüngsten Gericht nachtragen. Dort würde er ihr dann Folgendes mitteilen: dass er nämlich keine Kritik, sondern Anerkennung für seine Leistung erwartet hätte. Selbst wenn seine Leistung zu wünschen übrig ließ, hätte sie sehen müssen, wie wichtig es ihm gewesen war. Dass es ihre mütterliche Pflicht sei, ihn immer und jederzeit ernst zu nehmen, egal, wie lächerlich es war. Ja, gerade dann!

Norbert griff zum Telefon und wählte die Nummer. Als er eine Frauenstimme hörte, zitterte er so, dass er einige Sekunden brauchte, bis er etwas sagen konnte. Ja, er sei richtig hier, der Wettbewerb finde am 31. statt. Er solle ein Lichtbild und die Kopie seines Ausweises ins Büro schicken, er könne die Unterlagen natürlich auch persönlich vorbeibringen. Sie nannte eine Adresse, die nur wenige Gehminuten von ihm entfernt lag. Und er solle eine Kurzbiographie schreiben, die dürfe auch gerne lustig sein.

Als er aufgelegt hatte, musste er grinsen. Er wusste nicht, ob er einen Fehler machte, aber da er in seinem Leben nur selten Fehler gemacht hatte, würde es seine Bilanz immerhin nicht völlig ruinieren. Vielleicht war sein größter Fehler gewesen, dass er immer versucht hatte, alle Fehler zu vermeiden.

Noch am selben Nachmittag setzte er sich an den Computer und tippte seine Kurzbiographie. Er brauchte sich gar nicht groß anzustrengen, denn sie war tatsächlich so kurz, dass der Text nicht mal eine halbe Seite füllte. Norberts gesamtes Leben passte praktisch in zehn Zeilen. Ob das irgendjemand lustig fand, konnte er nicht beurteilen.

22.

Es war später Abend. Norbert stand vor dem Spiegel im Badezimmer und überlegte ernsthaft, das Zähneputzen heute einmal ausfallen zu lassen, als es an der Tür klingelte. Es klingelte nicht einfach, es läutete Sturm. Entweder, dachte Norbert, jemand hat sich in der Tür geirrt, oder es handelt sich um einen Notfall. Beides war jedoch wenig wahrscheinlich. In all den Jahren, die er nun schon hier wohnte, hatte noch nie jemand versehentlich bei ihm geklingelt, was ihm eigentlich erst jetzt richtig klarwurde, und bei einem Notfall würde man zuletzt auf Norbert kommen, da seine Weigerung, sich in die Hausgemeinschaft einzubringen, und sei es mit ein paar freundlichen Worten extra, inzwischen hinlänglich bekannt war. Allerdings bedeutete das nicht, dass er im Notfall niemandem helfen würde. Er hätte es schon gerne einmal erlebt, dass sich ein Notleidender in seiner Not an Norbert wandte, um seine Hilfe in Anspruch zu nehmen. Leider wandten sich zumeist Touristen an ihn, die nach irgendeiner Sehenswürdigkeit fragten.

Da das Läuten nicht aufhören wollte und Norbert mittlerweile Sorge hatte, dass der Lärm seine Nachbarn hellhörig machte und sie sich womöglich veranlasst sahen, nachzuschauen, wer dort um diese Uhrzeit so hemmungslos klingelte, ging er zur Tür und drückte den Summer.

Eine Weile blieb es ruhig. Vielleicht hat ja jemand nur seinen Schlüssel vergessen, dachte Norbert, der wieder ins Bad zurückgekehrt war und jetzt allen Ernstes darüber nachdachte, die Zahnbürste lediglich nass zu machen, wie er es als Kind manchmal getan hatte, damit Mutter glaubte, er habe sich die Zähne geputzt. Der Aufwand, Mutter glauben zu lassen, er habe alles artig erledigt, war jedoch oft kaum weniger zeitraubend als die Handlungen an sich, so dass er sich genauso gut hätte die Zähne putzen können, was aber in seiner frühen Trotzphase nicht so ohne weiteres möglich war.

Er hatte den Gedanken noch nicht ganz zu Ende gedacht, als es erneut klingelte, diesmal verbunden mit einem heftigen Klopfen an der Tür.

Norbert lief über den Flur und sah durch den Spion. Er erkannte zwei Männer offensichtlich südländischer Herkunft, die ihn direkt anzusehen schienen. Er riss den Kopf zurück und hielt den Atem an. Jetzt bloß nichts Unüberlegtes tun, dachte er und sah sich im Flur um, ob da irgendein schwerer, langer Gegenstand war, den er notfalls zur Selbstverteidigung nutzen konnte. Jetzt wäre ein Baseballschläger ideal, dachte er und ärgerte sich, dass er nie Baseball gespielt hatte, was, ganz abgesehen von seiner eigenen Abneigung gegen Sport, in diesen Breitengraden aber auch ziemlich unwahrscheinlich gewesen wäre. Ein Sportgerät, das zugleich auch als Kampfmittel geeignet war, war wohl nur in den USA denkbar. Stattdessen entdeckte er einen alten Regenschirm, der jedoch schon bei der leichtesten Windböe umklappte, als Waffe also völlig ungeeignet war.

Am besten, man reagierte gar nicht darauf. Man tat, als wäre man nicht da. Zwei südländisch aussehende Männer vor der Wohnungstür verhießen schon mal grundsätzlich nichts Gutes, erst recht nicht um diese Uhrzeit. Ihm fiel eine Reihe von Fällen ein, wo sich als Stromableser getarnte Verbrecher Zugang zu den Wohnungen argloser Rentner verschafft hatten. Während der eine den Strom ablas, durchwühlte sein Komplize die Schubladen im Schlafzimmer. Auf diese Masche würde er selbstverständlich nicht reinfallen.

Norbert überlegte, ob er den Männern durch die Tür zurufen sollte, dass er für Stromablesen derzeit keinen Bedarf hätte, um ihnen klarzumachen, dass er sie längst durchschaut hatte, als er zu seinem Schrecken sah, dass er vergessen hatte, das Vorhängeschloss einzurasten. Es wäre ein Leichtes, die Tür aufzubrechen und in die Wohnung einzudringen.

Was sollte er tun? Wenn er sich weiter ruhig verhielt, würden die Gangster annehmen, er wäre nicht zu Hause, und könnten so in aller Ruhe die Wohnung ausräumen. Vielleicht war es gut, den Fernseher einzuschalten und dabei laut zu reden, als hätte er Gäste. Natürlich müsste er mit mehreren Stimmen reden, am besten gleich mit drei oder vier, so dass die Verbrecher die Sinnlosigkeit eines Überfalls erkannten. Zwei gegen vier, das lassen wir wohl besser. Leider fielen Norbert so schnell nicht drei oder vier Leute ein, deren Stimmen er hätte imitieren können. Je älter er wurde, desto mehr zeigte sich, wofür ein großer Freundeskreis nützlich war.

Er blickte noch einmal durch den Spion. Doch dieses Mal traf es ihn wie ein Schlag. Er sah in zwei weit aufgerissene Augen, die ihn durch eine eulenhafte Brille anstarrten.

Mutter!

»Er muss da sein, er ist immer da, probieren Sie es noch einmal«, hörte er ihre verärgerte Stimme.

Norbert war so perplex, dass seine Hand automatisch zur Klinke griff und die Tür öffnete.

Mutter blickte ihn knapp an, schüttelte ihren Kopf und schritt an Norbert vorbei in den Flur.

»Würdest du den Herren noch ihr Geld geben, sie haben es immerhin versucht«, sagte sie, ehe sie sich umdrehte und im Schlafzimmer verschwand.

Offenbar handelte es sich um die beiden libanesischen Entführer vom Vormittag. Sie sahen aus wie zwei verschreckte Schuljungen, die auf frischer Tat ertappt worden waren.

»Du bist Norbert?«, fragte einer von ihnen, als Norbert ihnen den Umschlag mit dem restlichen Geld überreichte.

Als er nickte, machten beide beeindruckte Gesichter.

»Mehr war echt nicht drin, Kumpel. Aber wenn du uns wieder brauchst, ruf an, klar?«

»Klar«, sagte Norbert, »ich melde mich.«

Wenig später kam Mutter zurück. Sie hatte sich umgezogen und trug ein luftiges, violettes Kleid, das über den Boden schleifte. Sie wirkte entspannt, fast zufrieden über den Verlauf des Tages. Wie eine Königin schritt sie im Wohnzimmer auf und ab und tat, als wäre ihr Sohn gar nicht vorhanden.

Norbert saß mit einer Flasche Bier am Esstisch und tat ebenfalls, als wäre er nicht vorhanden. Die ganze Geschichte war ihm so peinlich, dass er sich kaum getraute, sie anzusehen.

Er wartete auf ein Donnerwetter. Er wartete, dass Mutter ihm in aller Schärfe mitteilte, was sie von der ganzen Aktion hielt.

Doch sie sagte nichts. Sie lief weiter auf und ab, ihr Kleid mit den Händen leicht gerafft, und behandelte Norbert wie Luft. Mutter hatte sich eine besondere Strafe für ihn ausgedacht: Sie ignorierte ihn. Es war die denkbar härteste aller Bestrafungen. Denn wenn Mutter erst jemanden ignorierte, hörte sie so bald auch nicht wieder damit auf. Eine frühere Nachbarin, mit der sie lange ein freundschaftliches Verhältnis gepflegt hatte, hatte sie nach einem Vorfall, über den sie sich nie genauer äußerte, komplett ignoriert. Die Frau war nach knapp zwei Jahren schließlich nervlich zerrüttet ausgezogen, weil sie Mutters Ignoranz nicht mehr ertragen hatte.

Norbert rechnete also mit dem Schlimmsten. Es war nicht auszuschließen, dass sie die nächsten Jahre kein Wort mehr miteinander sprachen. Selbst wenn er sich entschuldigte, wenn er sich zu Boden warf und alle Schuld auf sich nahm, wäre das für Mutter noch lange kein Grund, einen Millimeter von ihrer Position abzurücken. Herta hatte die besseren Karten, und es war sonnenklar, dass sie ihr Blatt irgendwann ausspielte, und zwar zu einem Zeitpunkt, den allein sie bestimmte.

Schon jetzt war Norbert allerdings derart weichgekocht, dass er alles tun würde, um die Situation schnell zu beenden. Und als hätte Mutter nur auf diesen Moment gewartet, blieb sie plötzlich stehen, rückte ihre Brille grade und wandte sich ernst zu Norbert.

»Ich muss sagen, das waren wirklich zwei flotte Jungs. Wenn ich jünger gewesen wäre, hätte ich mir da einiges vorstellen können.«

Norbert blickte sie unsicher an. Stand sie unter Drogeneinfluss? Hatte man ihr irgendetwas verabreicht? Oder hatte sie am Ende selbst etwas genommen?

»Wusstest du, dass das Brüder sind?« Sie sah ihn erstaunt an, als könnte sie es noch immer nicht richtig glauben.

Er hatte keine Ahnung, wie er reagieren sollte. Wenn sie tatsächlich Drogen genommen hatte, war es zunächst besser, ihr in allem grundsätzlich zuzustimmen.

Er nickte.

»Ach, es ist ein Jammer.« Sie schlug mit beiden Händen gegen ihre Wangen. »Alleine mit zwei strammen Kerlen in einer Wohnung – früher wäre das ein Fest gewesen!«

Mutters Libido war noch mit knapp neunzig in einem besseren Zustand als Norberts Libido mit zwanzig. Und sie hatte sich nie dafür geschämt. Selbst in Gegenwart ihres Mannes hatte sie manchmal hemmungslos mit Freunden geflirtet, was Norbert regelmäßig zur Weißglut trieb, Vater aber jedes Mal weise übersah. Heute wusste er, dass Vater instinktiv richtig gehandelt hatte. Monogamie war für Mutter die Erfindung einiger gestörter Christen. Ihre Hochzeit musste wie der Beginn einer jahrzehntelangen Katastrophe gewesen sein, die erst mit Vaters Tod ihr Ende gefunden hatte. Dass sie zwischenzeitlich mehrere Affären gehabt hatte, war ein offenes Geheimnis, von dem nur Vater nichts gewusst zu haben schien.

Im Grunde hatte es Norbert nie wirklich akzeptiert, dass Herta nach seiner Geburt weiterhin eine Frau geblieben war.

»Dabei habe ich es ihnen ja angeboten«, fuhr sie kopfschüttelnd fort.

»Du hast was?«

»Na ja, ich habe gesagt, ehe wir hier nur fernsehen, können wir doch auch ein bisschen Spaß zusammen haben.«

Norbert stellte sich die Gesichter der beiden Brüder vor, nachdem ihnen Mutter ohne Umschweife klargemacht hatte, dass sie ihnen auch sonst zur Verfügung stand.

»Und was haben sie geantwortet?« Er sah nervös zu Mutter.

»Sie haben gelacht. Ich glaube, sie wussten gar nicht, was ich meinte.«

Er atmete erleichtert aus. Man durfte Mutter einfach nicht mit Männern alleine lassen.

»Was hast du mit denen eigentlich gemacht, ich meine, weil sie dich früher ...«

»Kein Mensch kann von mir verlangen, dass ich tagelang in so einem Drecksloch hause.« Sie machte ein Gesicht, als wäre sie jetzt noch empört über den Zustand ihres Aufenthaltsortes. »Du kannst dir das überhaupt nicht vorstellen. Die Wohnung sah aus wie ein Schweinestall. Na ja, ich habe erstmal ein bisschen aufgeräumt. Vor allem die Waschräume – gr-au-en-haft! Wenn Sie nicht wollen, dass ich anfange zu schreien, habe ich gesagt, bitte ich um Reinigung des Klos. Ich setze mich doch nicht auf so eine Bazillenschüssel. Ich hab ihnen Eimer und Lappen in die Hand gedrückt und erklärt, dass sie vor Beendigung ihrer Arbeit gar nicht zurückzukommen brauchen.«

Sie grinste, als freute sie sich noch immer über den Coup.

»Und das haben sie wirklich gemacht?«

Ihr Gesicht wurde wieder ernst. »Natürlich, was denkst du denn? Eigentlich waren das ja zwei nette Jungs, die nur ein bisschen auf die schiefe Bahn geraten sind. Mit etwas Erziehung könnte man da sicher noch was machen. Die brauchen einfach mal eine strenge Hand, dann kommen sie auch auf andere Gedanken.«

Anscheinend glaubte sie wirklich, dass man Kriminelle durch ein paar Putzaufgaben wieder zu anständigen Mitbürgern machen konnte. Manchmal fragte er sich, ob alle Mütter so waren wie Mutter. Beziehungsweise, ob Mutter erst seit ihrer Mutterschaft so geworden war. Offenbar blieb es nicht ohne Folgen fürs eigene Weltbild, wenn man neun Monate ein Lebewesen in seinem Bauch trug, das später völlig überraschend zu selbstständigem Denken neigte.

»Aber der Höhepunkt kommt ja noch«, fuhr Mutter fort und schloss tief durchatmend die Augen, als hätte sie Mühe, ihren Ärger zu unterdrücken. »Es gab praktisch nichts zu essen. Einige Kekse, das war's. Ob sie schon mal was von der Haager Menschenrechtskonvention gehört hätten, habe ich sie gefragt. Die haben mich angeglotzt, als hätte ich sie nicht mehr alle. Da steht schwarz auf weiß, dass jeder Gefangene das Recht auf eine angemessene Verpflegung hat. Ob sie Kekse für eine angemessene Verpflegung hielten, habe ich gefragt. Das konnten sie mir natürlich nicht beantworten. Wenn ihr das in Zukunft nicht professioneller aufzieht, habe ich gesagt, landet ihr irgendwann vor dem Europäischen Gerichtshof.«

»Das steht da wirklich drin?«

Mutter lachte. »Keine Ahnung. Jedenfalls sind wir dann essen gegangen. Ehe ihr mir hier noch Döner auftischt, habe ich gesagt, lade ich euch lieber ein. Wir sind ins Ritz-Carlton gefahren und haben französisch gespeist, mit allem Komfort, versteht sich. Danach sind wir noch in eine Bar und haben auf die deutsch-libanesische Freundschaft angestoßen. Lange keinen so schönen Abend mehr gehabt.«

Sie machte eine lange Pause, als rekapitulierte sie noch einmal die letzten Stunden. Dann sah sie plötzlich streng zu Norbert.

»Ich soll also aus deinem Leben verschwinden, ja?«

Norbert war so überrascht, dass er zunächst kein Wort herausbrachte.

»Du willst, dass ich gehe – sehe ich das richtig?« Mutters Blick durchbohrte ihn förmlich.

»So kann man das jetzt auch nicht ...«

»Rede keinen Quatsch, Junge. Ich bin deine Mutter, ich weiß, was du denkst.«

Norbert starrte sie fassungslos an. Er versuchte an nichts zu denken, aber es war zu spät.

»Du glaubst wohl, dass ich das nicht gemerkt habe. Ich bin alt, aber nicht blöd. Ich weiß ganz genau, dass ich dir manchmal auf die Nerven gehe. Nein, halt, dass ich dir sogar sehr oft auf die Nerven gehe. Stimmt's?«

Er nickte schwach.

»Aber weißt du was?« Herta sah abrupt zur Decke. Sie presste die Lippen zusammen und schluckte mehrmals nacheinander.

Dann blickte sie wieder zu ihm. »Du bist nun mal mein Sohn.«

Sie schien den Tränen nahe.

Norbert wusste nicht, was er tun sollte. Die Situation war ziemlich unübersichtlich. Es war ihm peinlich, Mutter so zu sehen. Wie sie dastand, ein Häuflein Elend in Violett. Er hätte sie in den Arm nehmen und trösten können. Aber er hatte Mutter noch nie in den Arm genommen und getröstet. Ein derartiger Gefühls-GAU war in ihrer Beziehung einfach nicht vorgesehen. Mutter brauchte keinen Trost, schließlich war sie seine Mutter. Hilflos sah er zu, wie Mutters emotionale Kernschmelze ihren Lauf nahm. Es war nicht klar, was als Nächstes passierte. Sie kämpfte mit den Tränen. Dabei hielt sie ihre Arme dramatisch verschränkt, als spielte sie die Schlussszene einer griechischen Tragödie. Und wirklich erinnerte es ihn auf einmal an ein Theaterstück. Mutter verkörperte eine leidende Mutter, die auf eine mitfühlende Geste ihres Sohnes wartete. Doch ihr Sohn reagierte nicht. Er saß wie immer im Zuschauerraum und fühlte sich für den Fortgang der Handlung nicht zuständig.

Das merkte jetzt wohl auch Mutter. Sie räusperte sich und wischte beiläufig eine Träne von ihrer Wange.

»Gut, ich werde gehen. Aber unter einer Bedingung.«

Norbert hielt die Luft an. Mutter ließ sich jedoch Zeit. Sollte sie innerhalb der nächsten zwei Sekunden nichts sagen, würde er ohnmächtig werden.

»Wenn du mir eine Frau präsentierst, mit der du gerne dein Leben teilen möchtest.«

Er schnappte nach Luft. Die Sachlage war eigentlich schnell zu begreifen. Mutter war bereit zu gehen, wenn er ihr eine geeignete Frau vorstellte.

»Und es gibt keine Einschränkungen?«, hakte er vorsichtshalber nach.

Mutter atmete tief durch. »Nein.«

»Es kann wirklich jede Frau sein?«

Sie schloss kurz die Augen und schluckte schwer. »Ja.«

»Wir müssen auch nicht zusammenziehen?«

Sie schüttelte den Kopf.

»Du akzeptierst sie so, wie sie ist?«

Mutter blickte ihn an. Sie blickte ihn eine Sekunde zu lange an. »Ja.«

Norbert lächelte schwach. Er konnte es fast nicht glauben. Zum ersten Mal sah er Licht am Ende des Tunnels. Er brauchte lediglich eine Frau. Irgendeine. Am besten sofort. Gerlinde Hagedorn schied wegen Mutters Abneigung (»Kulturschnepfe«) allerdings schon mal aus. Frau Wilke aus dem Supermarkt war vermutlich längst verheiratet, und bei Frau Grundmann vom Hochparterre hatte er die begründete Sorge, dass sie ihn in Zukunft täglich mit Diabetikerkuchen versorgte. Es sah beinahe so aus, als hätte er sich zu früh gefreut.

Später – Norbert hatte sich gerade mit seiner Bettdecke erschöpft aufs Sofa gelegt – kam Mutter mit einer Zahnbürste aus dem Badezimmer und baute sich vor ihm auf.

»Du hast dir nicht die Zähne geputzt, Junge. Deine Zahnbürste ist ja noch ganz trocken.«

Aber Junge antwortete nicht. Junge hatte die Augen fest geschlossen und tat, als würde er bereits tief schlafen.

23.

Wieso war sie ihm bloß nicht früher eingefallen?

Dr. Gertrud Zielke war seine letzte Hoffnung. Sie war die Letzte, die ihm zum Thema »Frauenpräsentation« überhaupt noch eingefallen war. Seit Mutters Ankündigung, ihn zu verlassen, wenn er eine geeignete Frau gefunden hatte, waren bereits wertvolle Tage verstrichen. Tage, an denen er nicht jünger geworden war.

Ihm war nicht entgangen, dass Dr. Zielke ein Auge auf ihn geworfen hatte, was sie aus berufsethischen Gründen allerdings nicht weiter vorantreiben konnte. Und dass ihre Mutter bei ihr wohnte, machte sie aus taktischer Sicht zur idealen Kandidatin. Schon aus diesem Grund würde Herta von seiner Wahl vollständig überzeugt sein.

Norbert zog ausnahmsweise den neuen Anzug mit Schlips an und besprühte sich großzügig mit seinem Toilettenwasser, das er durch kleine Spritzer von Mutters Parfüm ein wenig aufpeppte. Als diplomierter Psychologin wäre ihr natürlich sofort klar, dass an diesem Nachmittag noch mehr zur Verhandlung stand als die Probleme mit Mutter.

Bereits in der U-Bahn flogen ihm neugierige Blicke zu, was Norbert als positives Zeichen wertete, auch wenn nicht ganz eindeutig war, woher das plötzliche Interesse völlig fremder Menschen kam.

Dr. Zielke empfing ihn in einem sehr luftigen, zitronengelben Kleid. Erst jetzt wurde ihm klar, dass er für einen Sommertag eigentlich viel zu warm angezogen war. Er schwitzte wie ein Schwein. Jetzt wusste er auch, warum ihn die Leute vorhin so seltsam angesehen hatten. Wenn Norbert doch einmal auffiel, dann hatte es eben zumeist gute Gründe.

Zeig einer Frau nie, welche Absichten du hast, sonst macht sie sofort dicht, hatte Mutter ihm schon als Fünfundzwanzigjährigem mit auf den Weg gegeben. Aus Dr. Zielkes Sicht schien das jedoch glücklicherweise nicht zu gelten. Ihre Absichten waren so durchsichtig, dass praktisch nicht mehr viel schiefgehen konnte.

»Meinetwegen können Sie sich ruhig ausziehen«, sagte Dr. Zielke, nachdem sie im Arbeitszimmer Platz genommen hatten.

Norbert sah sie erschrocken an.

»Falls Ihnen zu warm ist, meine ich«, merkte sie grinsend an und faltete erwartungsvoll ihre Hände über dem Notizblock.

Er verneinte freundlich. Sonst hätte er sich ja gar nicht die Mühe machen müssen und den Anzug gleich zu Hause lassen können.

»Na, dann erzählen Sie doch mal, wie weit Sie mit Ihrer Mutter sind.« Es klang, als wäre sie an dem Thema gar nicht mehr sonderlich interessiert und fragte nur noch der Ordnung halber nach.

Während er überlegte, wie er die Entführungsgeschichte elegant umschiffen konnte, fiel ihm auf, dass ein Buch hinter ihr im Regal fehlte. Und zwar ausgerechnet ihr eigenes Werk über die sexuelle Gewalt durch Frauen. War das Zufall, oder wollte sie ihn nur nicht beunruhigen und hatte das Buch vorsichtshalber entfernt?

Norbert war aber schon jetzt so beunruhigt, dass er sich kaum noch konzentrieren konnte.

»Was ist los mit Ihnen?«, fragte sie nun ihrerseits beunruhigt. »Haben Sie ihr die Zeichnung erklärt?«

»Die Zeichnung?« Die Zeichnung hatte er völlig vergessen.

»Ja, haben Sie ihr endlich gesagt, was Sie wollen?«

»Nicht direkt gesagt«, sagte er ausweichend.

Sie hielt ihre Nase in die Luft, als hätte sie etwas gerochen.

»Kann es sein, dass Sie Chanel No. 5 benutzen?«

»Wie bitte?«

»Das Parfüm von Chanel, eigentlich ein klassischer Frauenduft.«

Er zuckte ratlos die Schultern.

»Mir war eben so, aber vielleicht habe ich mich auch getäuscht.« Sie lehnte sich zurück und musterte ihn. Dabei zupfte sie unentwegt an ihrem Kleid, wohl auch um sich Kühlung zu verschaffen.

Norbert nahm das Stofftuch aus seiner Brusttasche und wischte sich den Schweiß von Stirn und Hals. Wenn der Hals trocken war, lief es bereits wieder auf der Stirn. Offensichtlich hatte er die gleiche Drüsenschwäche wie Mutter. Je älter er wurde, desto deutlicher kristallisierte sich heraus, was er alles von ihr geerbt hatte. Leider war es noch mehr, als er erwartet hatte.

»Wissen Sie, ich glaube, Sie wollen es gar nicht wissen.«

»Was?« Norbert blickte erschrocken hinter dem Tuch hervor.

»Sie wollen eigentlich selbst nicht wissen, was Sie wollen. Wir nennen das Entwertung der eigenen Persönlichkeit. Sie identifizieren sich so mit Ihrer Mutter, dass Sie Ihre eigenen Wünsche verleugnen.«

»Aber ich verleugne doch gar nichts. Ich will eigentlich nur ...«

Dr. Zielke schnellte vor und schüttelte ihre Löwenmähne.

»Ja, sagen Sie es mir.«

Norbert war zu heiß. Die ganze Sache war ihm auf einmal zu heiß. Er wusste nicht, was er wollte. Er wusste nicht mal mehr, was er nicht wollte. Warum musste man überhaupt immer irgendetwas wollen? Vielleicht war es grundsätzlich sowieso viel gesünder, nichts zu wollen. Kriege wären nie ausgebrochen, wenn niemand vom anderen etwas gewollt hätte. Andererseits wäre Norbert so auch nie an seine Königsberger Klopse gekommen.

»Trauen Sie sich ruhig, Norbert. Sie können mir wirklich alles sagen. Alles, verstehen Sie?«

Er lächelte. Am liebsten wäre er ganz hinter dem Tuch verschwunden.

»Was wollen Sie wirklich, Norbert?« Dr. Zielke machte nicht den Eindruck, als würde sie eine Ausrede jetzt noch akzeptieren.

Derweil waren sämtliche Schleusen geöffnet. Der Schweiß rann ihm aus allen Poren. Selbst seine Unterhose war nass. Das nächste Mal musste er eine Tasche mit Wechselsachen mitnehmen, um für alle Eventualitäten gewappnet zu sein. In Zukunft würde er seine Wohnung nur noch mit Handgepäck verlassen. Ein seriöser Abgang war unter diesen Umständen jedenfalls undenkbar.

Norbert atmete tief durch und gab sich einen Ruck.

»Singen.«

»Singen?«

Dr. Zielke wirkte ein wenig enttäuscht.

»Ja, singen. Ich wollte schon immer im Chor singen.«

»Nur singen, ja? Sie wollen nichts anderes als singen, verstehe ich das richtig?«

Er wischte sich den Schweiß von der Stirn. »Mutter hat gesagt, dass ich kein Talent hätte, und da hab ich's eben gelassen.«

Sie starrte einen Augenblick auf die Tischplatte, als hätte sie den Faden verloren, fing sich dann aber wieder.

»Und da waren Sie wie alt?«

»Achtzehn oder neunzehn, es muss kurz vor meinem Abitur gewesen sein. Ich habe Mutter die Arie des Papageno vorgesungen, sie hat gemeint, dass das nicht mal für einen Laienchor reiche.«

»Sie haben Ihrer Mutter mit neunzehn eine Arie vorgesungen?«

»Kennen Sie die Arie des Papageno?«

Dr. Zielke verneinte knapp und warf einen Blick auf die Uhr.

»Warum haben Sie es nicht trotzdem versucht?«

Er wusste keine Antwort darauf. Norbert saß eingesunken auf seinem Stuhl, ein schweißnasses Tuch in der Hand, und fragte sich, ob er einen riesigen Fehler gemacht hatte. Nur weil sie seine Mutter war, hieß das noch lange nicht, dass sie auch kompetent genug war, seine gesanglichen Fähigkeiten zu beurteilen. Vielleicht beruhte sein gesamtes Leben auf einem Missverständnis. Er hatte immer geglaubt, Mutter wollte nur das Beste für ihn, dabei wollte sie möglicherweise nur das Beste für sich.

»Wahrscheinlich habe ich einfach Angst gehabt zu scheitern.«

»Sie haben zugelassen, dass Sie von jemand anderem bestimmt werden. Eigentlich ist es erstaunlich, dass man das so lange durchhält.«

Dr. Zielke sah nachdenklich aus dem Fenster. Seit sie aufgehört hatte, das Kleid zu lüften, klebten große Teile davon am Körper.

»Wie meinen Sie das?«

Sie schien seine Frage zunächst nicht gehört zu haben. Offenbar wurde ihr gerade selber so einiges klar.

»Was haben Sie eben gesagt?«, fragte sie dann mit einer abrupten Kopfdrehung.

»Ich wollte fragen, gibt es auch Kinder, die sich von ihren Eltern befreit haben?«

Sie sah ihn lange an. Ihr Gesicht verhärtete sich von Minute zu Minute.

»Aber wir sind doch erwachsen!«, entfuhr es ihr plötzlich. »Also, ich meine, Sie sind doch siebzig, irgendwann muss doch mal Schluss sein mit dieser Fremdbestimmung.«

Norbert traute sich nichts zu sagen. Es schien ihm ratsam, die Stimmung nicht weiter anzuheizen.

»Vielleicht hat Ihre Mutter ja ein Problem«, sagte Dr. Zielke ungewöhnlich scharf.

So hatte das Norbert noch gar nicht gesehen. Er war wie selbstverständlich davon ausgegangen, dass alle Mütter von persönlichen Problemen automatisch befreit waren. Es war ein bisschen schockierend zu hören, dass die Sachlage offenbar eine ganz andere war.

»Wollen Sie sagen, dass eigentlich meine Mutter hierher gehört?«

»Weiß Gott nicht nur *Ihre* Mutter!« Sie holte ein Taschentuch aus der Schublade und wischte sich ungezwungen Ausschnitt und Achselhöhlen.

Norbert hatte eine Idee.

»Wir könnten uns doch alle mal treffen. Also Sie, meine Mutter und ich.«

Dr. Zielke war gerade damit beschäftigt, zerknüllte Taschentücher an alle in Frage kommenden Stellen zu stopfen. Ihre Brüste hatten mittlerweile etwa den doppelten Umfang.

»Wir wollen uns treffen?« Sie sah ihn kurz an, konzentrierte sich dann aber weiter auf die Eindämmung des Schweißflusses.

»Bei mir zu Hause, ganz gemütlich. Vielleicht am Wochenende, ich backe auch Kuchen.«

Sie stoppte überrascht. »Sie können auch backen?«

»Eine Fertigmischung kriege ich schon noch hin.«

Daraufhin lachten beide.

»Also eigentlich mache ich so was ja nicht. Aber ich könnte das ja gewissermaßen als Außendienst betrachten.«

Er gab ihr seine Adresse. Dann begleitete sie ihn zur Tür.

»Stimmt's?«, rief sie ihm nach, als er schon auf dem Weg zum Gartentor war. »Den Anzug hat Ihre Mutter ausgesucht?«

Er drehte sich um. In ihrem ausgestopften Kleid sah sie aus wie ein Michelin-Männchen in Gelb.

Norbert hob kurz die Augenbrauen, als wäre eine Antwort darauf überflüssig.

24.

Mehr denn je war Norbert inzwischen davon überzeugt, dass er am Karaoke-Wettbewerb teilnehmen musste.

Obwohl bis zum Anmeldeschluss noch Zeit war, beschloss er, gleich am nächsten Tag ins Büro der Eventfirma *Stardom* zu gehen. Wenn dir etwas wichtig ist, geh selber hin, damit sich die Leute an dich erinnern, hatte Mutter behauptet. Auch wenn es ihm nicht recht einleuchtete, weshalb er beispielsweise sein Geld statt am Automaten am Bankschalter abheben sollte, hatte er ihren Rat jahrzehntelang gewissenhaft befolgt. Als er später mal einen Kredit benötigte, konnte sich jedoch merkwürdigerweise niemand mehr an ihn erinnern.

Mutter sagte er nichts. Er wollte nicht noch einmal denselben Fehler machen wie damals. Er gehe nur etwas spazieren.

Auf dem Weg zum Savignyplatz hatte er sofort ein schlechtes Gewissen. Zwar hatte er sie nicht angelogen, aber er hatte ihr auch nicht die ganze Wahrheit gesagt. Einen Moment überlegte er, noch einmal zurückzugehen, entschied sich dann aber dagegen. Denn es ging nicht nur um die Befreiung von Mutters Liebe, wie Dr. Zielke gesagt hatte, es ging auch um die Befreiung von seinem schlechten Gewissen. Und damit konnte er gleich heute anfangen.

Das Büro befand sich im zweiten Stock eines grauen Eckgebäudes aus der Nachkriegszeit. Neben *Stardom* gab es Anwaltskanzleien und eine Import-Export Firma namens *Dolgan Limited.* Das Ganze wirkte auf den ersten Blick ziemlich unglamourös.

Norbert stieg die Treppe hoch. Es gab nirgends Hinweise, als wäre Besucherverkehr hier eher unüblich. Vom Flur gingen mehrere Türen ab. Obwohl einige von ihnen geöffnet waren, war es erstaunlich ruhig. Auf dem Flur wandte er sich nach links. Einige Meter vor ihm bemerkte er eine Frau. Sie trug ein langes, weißes Kleid, das wie ein Kaftan aussah, und dicke grüne Ohrringe. Da sie die Einzige hier war, fragte er sie nach der Firma.

Sie sah ihn mit zusammengekniffenen Augen an.

»Ach, die suche ich auch gerade. Ich habe leider meine Brille vergessen. Gibt's denn hier keine Schilder?« Sie wirkte ungehalten, als wäre sie schon länger auf der Suche.

Norbert blickte sich um und zuckte die Schultern.

»Wollen Sie sich bei diesem Wettbewerb anmelden?«

»Karaoke? Ja, hatte ich eigentlich vor. Aber offenbar ist das hier schlecht organisiert. Ich dachte, wenn man selbst vorbeikommt, wäre das besser. Pustekuchen!«

Er lächelte.

»Sie denn auch?«

»Was?«

»Na, wollen Sie sich auch anmelden?«

Es war Norbert etwas unangenehm, bereits bei der Anmeldung auf eine Konkurrentin zu treffen. Doch er konnte ihr schlecht sagen, dass er nur etwas abholen wollte.

»Schon.«

»Schon ja oder schon vielleicht?«

Er war irritiert über ihre direkte Art. Aber irgendwie gefiel es ihm auch. Sie erinnerte Norbert an jemanden, er konnte allerdings nicht sagen an wen.

»Schon ja.«

Sie nickte zufrieden. »Ich heiße übrigens Angelika Berger.« Sie streckte ihm die Hand entgegen, die er reflexartig ergriff.

»Norbert Grützke.«

»Gut, dann machen wir uns jetzt mal gemeinsam auf die Suche nach dieser obskuren Firma. Sie nehmen die rechte Seite, ich die linke. Und da vorne vereinen wir uns wieder, okay?«

Während Frau Berger sofort losging, blieb Norbert verblüfft stehen. Obwohl sie sich gerade zum ersten Mal begegnet waren, hatte er das merkwürdige Gefühl, sie schon lange zu kennen. Es war wie bei manchen Orten, an denen man sich gleich wohlfühlte, ohne genau zu wissen, warum.

»Ich glaube, ich hab's!«, rief sie an der letzten möglichen Tür und winkte ihm aufgeregt zu. »Nun kommen Sie schon«, drängte sie, als er langsam den Flur hochging und sich fragte, wie viele Frauen er in seinem Leben kennengelernt hatte, auf die das mit den Orten zutraf. Antwort: Keine einzige.

»Sie wollen doch jetzt nicht kneifen, oder?«

Norbert verneinte energisch.

Im Büro herrschte ein Chaos aus Kartons, Stapeln von Broschüren und Flyern, die alle verschiedene Events ankündigten. Es sah aus, als wäre man erst vor kurzem hier eingezogen.

Die junge Frau hinter dem Schreibtisch schien überrascht, sie zu sehen.

»Wir würden uns gerne anmelden«, sagte Angelika Berger, die Führung übernehmend. Wahrscheinlich war ihr Norbert einfach zu langsam, und insgeheim genoss er es, wenn jemand, ohne zu zögern, tat, was getan werden musste. Dass es in diesem Fall eine Frau war, machte die Sache für Norbert sogar erst interessant.

»Aha«, sagte die junge Frau. Sie wirkte etwas verwirrt, als hätte sie die Lage nicht vollkommen im Griff. »Darf ich fragen wofür? Wir haben nämlich noch andere Events.«

»Wir hätten vielleicht doch lieber schriftlich ...«, wandte sich Norbert flüsternd zu Frau Berger, die sich jedoch nicht verunsichern ließ.

»Beim Karaoke-Wettbewerb! Den veranstalten Sie doch, oder?«

Norbert stand einen Schritt hinter ihr. Es sah fast so aus, als hätte er persönlich gar kein Interesse an einer Anmeldung.

»Ach so, natürlich, ich war gerade nur etwas ...«

»Macht ja nichts«, fuhr Angelika Berger dazwischen. »Wo sollen wir uns eintragen?« Sie holte eine Mappe mit Papieren aus ihrer grünen Jutetasche – *Ich bin eine Jute*, stand darauf, wie Norbert bemerkte, und legte sie auf den Schreibtisch.

»Da müsste eigentlich alles drin sein.«

Die junge Frau überflog die Papiere und nickte.

Als sie sich an Norbert wandte, zuckte er kurz zusammen, besann sich aber schnell wieder und holte relativ zügig seine Klarsichtfolie aus der Tüte.

Beim Sortieren der Unterlagen fiel ihm auf, dass sein Foto bereits über zehn Jahre alt war. Er hatte volleres Haar und war deutlich schlanker im Gesicht. Merkwürdigerweise alterte er immer nur auf Fotos, in Wirklichkeit aber fast gar nicht. Und bis heute wusste er nicht, was der Wahrheit näher kam.

»Es gibt eine Vorrunde und eine Hauptrunde«, erklärte die Frau, nachdem sie alle Unterlagen in einem Ordner abgeheftet hatte. »Wenn Sie die Vorrunde überstehen, kommen Sie in die Hauptrunde. Und mailen Sie uns bitte vorab Ihre Liedauswahl. Noch Fragen?«

Norbert überlegte, was er noch fragen könnte. Es sollte nicht der Eindruck entstehen, als wäre er nicht aktiv am Anmeldeprozess beteiligt.

Doch noch ehe er auch nur eine einzige, halbwegs vernünftige Frage formulieren konnte, hatte sich Angelika Berger schon bedankt und strebte nach draußen.

»Wollen wir noch etwas essen gehen? Ich habe ziemlichen Hunger. Dort drüben gibt's einen netten Spanier«, sagte sie unten auf der Straße.

Es war zwar noch nicht ganz eins, aber so ein Angebot konnte Norbert nur schwer ablehnen. Er hätte es auch nicht abgelehnt, wenn sie ihn gebeten hätte, in einem Taxi mit nach Kopenhagen zu fahren.

Er wusste nicht, was es war. Aber es war ganz anders als mit den Frauen vor ihr. Jedenfalls wäre er mit keiner dieser Frauen so ohne weiteres mit dem Taxi nach Kopenhagen gereist.

Sie setzten sich auf die Terrasse. Weinlaub beschattete den Tisch. Neben ihnen plätscherte ein Brunnen. Vögel zwitscherten. Wieso gefiel ihm das alles hier plötzlich so selbstverständlich, als hätte er es schon immer gemocht?

Während sie die Speisekarte studierten, sah Norbert immer wieder kurz zu Angelika Berger. Sie hatte einen hellwachen Blick und Krähenfüße an den Augenwinkeln. Ihr leicht verwehtes, blondes Haar zeigte bereits Anflüge von Grau. Er schätzte sie auf Mitte fünfzig, plus minus zwei Jahre. Wenn man rechnete, dass Norbert zehn Jahre jünger aussah, trennten sie höchstens noch fünf Jahre.

Aber was spielte das für eine Rolle? Und warum machte er sich überhaupt solche Gedanken? Nur weil sie mit ihm zu Mittag aß, hieß das noch lange nicht, dass sie noch mehr von ihm wollte. Sie speiste eben lieber in Gesellschaft, mehr gab es dazu nicht zu sagen.

Norbert überließ ihr die Bestellung. Er wollte sich nicht mit der falschen Aussprache der Gerichte blamieren.

Schließlich standen nicht weniger als zehn Tapas-Schälchen auf dem Tisch.

Angelika Berger schien wirklich großen Hunger zu haben und lud sich ständig nach. Hackfleischbällchen, eingelegte Sardinen und frittierte Kartoffelecken. Norbert hatte Mühe mitzuhalten, wobei er eigentlich kaum Appetit verspürte. Er aß nur der Stimmung wegen mit, und weil er ihr zeigen wollte, wie gut es ihm gefiel, mit ihr hier zu sitzen und Tapas zu essen.

Ohne einen einzigen Ton gesungen zu haben, konnte der Wettbewerb schon jetzt als Erfolg verbucht werden.

»Singen Sie eigentlich schon lange?«, fragte Frau Berger und steckte sich eine Olive in den Mund.

Norbert hielt sich an die Hackfleischbällchen. Der Aufwand,

mit dem man eine Olive vom Kern befreien musste, stand in keinem Verhältnis zum geschmacklichen Erlebnis.

»Schon immer. Früher wollte ich mal im Chor singen.«

»Und?« Sie blickte ihn neugierig an.

»Es ist dann nichts draus geworden.«

»Schade«, meinte sie mit ehrlichem Bedauern, »vielleicht sollte man doch mehr versuchen, seine Träume zu verwirklichen.«

»Und Sie?«

»Ob ich schon lange singe?« Sie lachte kurz auf. Ihre Krähenfüße reichten fast bis zur Schläfe.

»Nein, nein, es ist nur Spaß, ich will halt alles mal ausprobieren. Ich weiß nicht mal, ob ich überhaupt singen kann.«

Sie steckte sich eine weitere Olive in den Mund. Es war beeindruckend, mit welcher Schnelligkeit sie den Kern wieder ausspuckte. Offenbar gab es eine heimliche Verbindung zwischen der Fähigkeit, das Olivenfruchtfleisch zügig vom Kern zu befreien, und einer lockeren Lebensauffassung. Schon deshalb hatte er Oliven vielleicht immer gemieden.

»Wissen Sie«, sagte sie wieder nachdenklicher, »auf all meinen Reisen habe ich eins gelernt: Man muss für alles offen sein. Sonst braucht man ja gar nicht aus dem Haus zu gehen. Erst wenn man etwas macht, weiß man doch, ob es einem gefällt. Und dann ist es völlig egal, ob man es kann oder nicht. Verstehen Sie, ich erwarte keinen Preis oder so was. Ich will es nur ausprobieren.«

Inzwischen hatte sich Norbert auch eine Olive in den Mund gesteckt. Mit dem Ergebnis, dass ihm die Olive ständig von den Zähnen rutschte.

»Sie reisen viel?«, fragte er, bemüht, seine Probleme in der Mundhöhle nicht allzu deutlich werden zu lassen.

»Ich bin Reisejournalistin. Ich habe mein Hobby quasi zum Beruf gemacht. Ist das nicht irre?«

Sie sah ihn mit einer Begeisterung an, als könnte sie es selbst immer noch nicht glauben.

Auch Norbert konnte es beinahe nicht glauben. Genau das zu tun, was man wollte, erschien ihm märchenhaft. Ein Märchen aus der Zeit, als man noch an den Weihnachtsmann glaubte. Leider hatte Norbert viel zu schnell erkannt, dass der Weihnachtsmann eigentlich Günter Krampe hieß, ein Stockwerk unter ihnen wohnte und im *Autohaus Winter* Volkswagen verkaufte.

»Sie müssen die Olive übrigens auf den Backenzahn legen und dann genau in der Mitte durchbeißen.«

Er wurde rot. Aber es funktionierte.

»Und was machen Sie so, wenn Sie nicht gerade auf Wettbewerben singen?«

Diese Frage hatte er befürchtet.

»Ich bin, also ich arbeite gewissermaßen für mich, zu Hause, privat.«

»Privatier? Toll!« Sie schlug die Hände zusammen, als hätte er ihr gerade mitgeteilt, dass er sich zweimal am Tag von Hochhäusern stürzte.

»Hätte ich echt nicht gedacht. Und dann nehmen Sie gleich an so einem Wettbewerb teil.«

»Na ja, gleich ...« Er lächelte verlegen.

»Und vorher? Was haben Sie vorher gemacht?« Sie nippte an ihrem Wein und ließ ihn dabei keine Sekunde aus den Augen. Er hatte das Gefühl, dass sie es wirklich interessierte. Es war ihm etwas unangenehm, dass er ihr so wenig zu bieten hatte.

»Verkäufer. Eisen- und Haushaltswaren *C. Wagner*. Vierzig Jahre.«

»Vierzig Jahre?« Sie schien sprachlos.

Vielleicht hätte er doch nicht gleich mit der ganzen Wahrheit herausrücken sollen. Irgendetwas musste man immer in petto haben, obwohl das in seinem Fall nicht sehr viel war. Eigentlich sogar fast nichts. Vierzig Jahre hatte er nichts anderes getan, als Dübel und Nägel zu verkaufen. Und was war davon geblieben?

»In Japan habe ich mal einen alten Mann kennengelernt. Der hat über sechzig Jahre ausschließlich Vasen und Dosen lackiert. Lackarbeiten gelten dort als hohe Kunst. Sein Ziel war es, immer besser zu werden und seinen Strich zu vervollkommnen. Wahnsinn, oder? Er hat zusammen mit seiner Frau in einer winzigen Wohnung gelebt und in einer Ecke praktisch sechzig Jahre lang nur lackiert. Solche Leute finde ich total beeindruckend. Sich so lange nur auf eine Sache zu konzentrieren – ich könnte das nicht. Falls Sie es interessiert, ich habe eine Reportage darüber geschrieben, können Sie gerne auf meiner Website nachlesen.«

Norbert versuchte sich vorzustellen, wie es wäre, sechzig Jahre nur Vasen zu lackieren. Aber er konnte sich nicht mal vorstellen, sechzig Jahre mit ein und derselben Frau zusammenzuleben.

»Sie waren in Japan?«

»Bisher leider nur in Tokio. Ich würde gerne mal länger durch Japan reisen. Vor einigen Monaten habe ich was über diesen neuen Riesenfernsehturm geschrieben.«

»Den Skytree?«

Sie nickte. »Kennen Sie den etwa?«

Norbert räusperte sich. »Ich interessiere mich ein bisschen für Fernsehtürme, also ganz nebenbei.«

»Nebenbei? Was machen Sie denn sonst noch alles?« Sie trank einen großen Schluck, als könnte sie es kaum erwarten, mehr über ihn zu erfahren.

Bedauerlicherweise war das aber fast schon alles, was es über ihn zu berichten gab.

Es war seltsam, dass sich plötzlich jemand für sein Leben interessierte. Für die meisten war er immer nur der Stichwortgeber, den sie brauchten, um ihr eigenes Leben ins rechte Licht zu rücken. Irgendwann hatte er sich so daran gewöhnt, dass er stillschweigend davon ausgegangen war, nichts Eigenes von Belang beitragen zu können. Ein bisschen wunderte er sich manchmal, denn seine Bekannten erlebten im Grunde auch nicht viel mehr als er selbst. Allerdings inszenierten sie das Wenige so gekonnt, dass sich Norbert daneben blass und langweilig vorkam.

»Ich pflege noch meine Mutter«, sagte er schließlich, nur um sie nicht zu enttäuschen. Dass es in Wirklichkeit anders herum war, brauchte sie ja nicht unbedingt zu wissen.

Angelika Berger machte ein Gesicht, das er zunächst nicht einschätzen konnte.

»Wissen Sie«, sagte sie ernst, »ich wollte immer frei sein. Ich habe keine Kinder, und auch mit Männern war es nie leicht. Aber hin und wieder denke ich, dass es nicht gut ist, immer nur frei zu sein. Man braucht doch auch jemanden, für den man da sein kann.«

Sie hielt einen Moment inne und sah betroffen zu den Tapas-Schälchen.

»Ist sie denn geistig noch aktiv?«, fragte sie wieder aufblickend.

»Ich muss damit rechnen«, sagte Norbert.

»Vielleicht überfordern uns die vielen Wahlmöglichkeiten, vielleicht verliert man dadurch das Wesentliche aus dem Blick. Ich konnte mich nie für irgendetwas entscheiden, wahrscheinlich weil ich einfach nicht begabt genug war.«

»Aber Sie können doch schreiben.«

Sie warf lachend den Kopf in den Nacken. »Schreiben kann doch jeder, aber Sie können Menschen glücklich machen.«

Norbert überlegte, ob sie recht damit hatte. War es denkbar, dass er seine Kunden jahrzehntelang glücklich gemacht hatte, ohne irgendetwas davon zu merken? Er hatte seinen Kunden immer gerne zugehört, wenn sie aus ihrem Leben erzählten. Reichte Zuhören am Ende schon aus? Menschen das Gefühl zu vermitteln, für sie da zu sein?

»Seien Sie froh, dass Sie jemanden haben, der Sie braucht«, sagte sie und hob ihr Glas. »Auch wenn ich hier nicht die Ältere bin, ich heiße Angelika.«

»Auf den Wettbewerb«, sagte Norbert und stieß mit ihr an.

»Wäre schön, wenn wir in Kontakt blieben.« Angelika reichte ihm ihre Visitenkarte. Darauf standen lediglich Name und Website. »Ich bin leider viel unterwegs. Übermorgen fliege ich nach New York zu einer Auktion, irgendein Reicher lässt da sein gesamtes Hausinventar versteigern. Mal sehen, ob was für mich dabei ist.« Sie grinste, als meinte sie es nicht ernst.

»Mutter war auch mal auf so einer Auktion in New York. Sie hat den Koffer von Greta Garbo ersteigert.«

»Deine Mutter scheint ja viel rumgekommen zu sein. Komm doch einfach mit nach New York, sind auch nur zwei Tage.«

Auch wenn Norbert mit ihr, ohne zu zögern, in einem Taxi nach Kopenhagen fahren würde, hatte seine Reiselust doch seine Grenzen. Und zwar die der Europäischen Union.

»Dafür bin ich zu alt.«

»Zu alt?« Angelika schien ihm nicht zu glauben. »Du bist doch überhaupt nicht alt.«

»Doch.«

»Und wann ist man bitte schön zu alt?«

Er dachte nach.

»Wenn man Angst hat, die nächste Reisepassverlängerung nicht mehr zu erleben.«

»Aber dann bist du doch endlich frei und musst nie mehr zu so einem blöden Amt!«

Er sah sie fassungslos an. Und dann lachten beide gleichzeitig los, als wäre eigentlich alles nur halb so schlimm.

25.

Es war kurz vor Mittag. Norbert kam vom Einkaufen zurück, es sollte Bratwurst und Kartoffeln geben, dazu einen süßen Gurkensalat. Als er die Wohnungstür öffnete, sah er auf dem Boden zwei nackte Beine, die vom Wohnzimmer in den Flur ragten.

Mutter atmete schwach, aber sie atmete. Ihre Augen waren geschlossen, als würde sie fest schlafen. Sie schien unverletzt. Weder am Kopf noch an den Beinen konnte er irgendeine Wunde feststellen.

Er hatte Mutter noch nie so hilflos gesehen. Es passte nicht zu ihr. Überhaupt hatte ihn niemand darauf vorbereitet, dass er einmal in die Lage kommen würde, Mutter zu helfen. Jahrzehntelang waren seine Eltern für ihn dagewesen, hatten ihn gepflegt, wenn er krank war, sich um ihn gekümmert, wenn er Probleme hatte. Seine Eltern wussten immer, wie es weiterging, wenn ihn die Pubertät wieder einmal in eine seelische Sackgasse geschickt hatte. Auch wenn er es nur ungern zugab: Seine Eltern waren ihm um etliche Jahre Lebenserfahrung voraus. Norbert hatte einfach nicht damit gerechnet, dass er ihnen irgendwann auf Augenhöhe begegnen würde, und seine Eltern, insbesondere Mutter, vermutlich genauso wenig. Er konnte es nicht anders ausdrücken: Er fühlte sich regelrecht getäuscht.

Was sollte er jetzt tun? Mutter dort liegen zu lassen und abzuwarten, was passierte, war zweifellos die schlechteste Variante. Womöglich hatte sie einen Herzinfarkt und brauchte dringend ärztliche Hilfe. Vielleicht war sie aufgrund der Hitze kollabiert, weil sie zu wenig getrunken hatte. Oder sie war gestolpert und unglücklich gefallen.

Sie trug ihren weiten orientalischen Morgenmantel und darunter, wenn er richtig sah, nichts. Das ist schon mal ziemlich schlecht, dachte Norbert, der sich gerade an die Nummer der Feuerwehr zu erinnern versuchte. 110 oder 112? Seit Jahren verwechselte er zuverlässig die Nummern von Polizei und Feuerwehr. Dauernd hoffte er, dass er nie in die Situation kommen würde, sich für eine der beiden Nummern entscheiden zu müssen. Am liebsten wäre ihm ein Überfall mit Verletzten, da konnte er eigentlich nichts falsch machen.

Oder sollte er erst runter zur alten Frau Heinze gehen und sie fragen, ob sie selbst schon vergleichbare Erfahrungen gemacht hatte? Vielleicht konnte sie ihm ja ein paar Tipps geben, wie man sich in so einem Fall am besten verhielt. Unter Umständen reichten schon Wadenwickel oder eine Prise Niessalz.

Auch Gerlinde kam in Frage, schließlich hatte sie selber eine Mutter, die allerdings schon jahrelang dement in einem Altersheim lebte. In letzter Zeit hatte er Gerlinde sträflich vernachlässigt. Ihre regelmäßigen Kulturtreffen lagen auf Eis, da er keinen Kopf für Bruckner-Sinfonien hatte, während Mutter zu Hause seinen Alltag umkrempelte.

Es war Zeit zu handeln. Und weil Norbert sich nicht entscheiden konnte, beschloss er, Mutter zunächst aufs Sofa zu legen.

Da sie auf dem Bauch lag, musste er sie zunächst umdrehen. Das war jedoch leichter gesagt als getan. Denn wo sollte er sie anfassen, ohne irgendetwas an ihr zu zerbrechen? Ihr Körper war so dünn, dass er sich fragte, woher sie all ihre Energie nahm. Je älter sie wurde, desto mehr entwickelte sie sich zu einem greisen Kind.

Er nahm vorsichtig ihren rechten Arm und drehte sie langsam herum. Sie war noch viel leichter, als er vermutet hatte. Als sie auf den Rücken gerollt war, erschrak er. Der Morgenmantel bedeckte nur knapp ihren Körper. Obwohl er versuchte, nicht direkt hinzusehen, konnte er nicht verhindern, über ihrem Brustbein ein fingernagelgroßes Muttermal zu bemerken. Es befand sich an genau der gleichen Stelle wie Norberts eigenes Muttermal. Ein wenig war ihm, als entdeckte er in diesem Moment, dass Mutter seine leibliche Mutter war. Er hatte zwar nie ernsthaft daran gezweifelt, aber so deutlich wie jetzt war es dennoch eine Überraschung.

Norbert beugte sich runter, um sie hochzuheben, als er plötzlich einen Stich in der Seite spürte. Stöhnend richtete er sich wieder auf. Einen Augenblick musste er sich an der Wand abstützen, da ihm schwarz vor Augen wurde.

So ging es jedenfalls schon mal nicht.

Nachdem er durchgeatmet hatte, stellte er sich ans Kopfende, ging langsam auf die Knie und nahm Mutters Hände. Während er Stück für Stück rückwärts rutschte, schleifte er Mutter über den Boden. Zu seinem Entsetzen begann sich jedoch gleichzeitig der Gürtel am Morgenmantel zu lösen.

Er stoppte, ohne ihre Hände loszulassen, und überlegte krampfhaft, wie er Mutter auf möglichst seriöse Weise aufs Sofa schaffen konnte. Die Lage schien aussichtslos. Denn obwohl das Sofa nur noch einen halben Meter entfernt war, würde der Gürtel bis dahin mit großer Wahrscheinlichkeit nicht mehr durchhalten. Schon jetzt drohte die Freilegung ihrer rechten Brust. Und auch weiter unten sah er schwarz. Sollte Mutter vorzeitig erwachen, gäbe es erheblichen Klärungsbedarf.

In diesem Moment fiel ihm wieder der Erste-Hilfe-Kurs ein, den er vor Jahren mal im Fernsehen gesehen hatte. Um einen Bewusstlosen fachgerecht zu halten und dabei gleichzeitig den eigenen Rücken zu schonen, musste man ihn von hinten unter die Achseln greifen und seine Arme knapp unterhalb des Brustkorbes kreuzen.

Immerhin wusste er jetzt, weshalb er so häufig Sendungen sah, die ihn eigentlich nicht interessierten.

Er packte Mutter unter den Achseln und kreuzte seine Arme unter dem Brustkorb. Dann zog er sie dicht an sich und wollte wieder aufstehen, merkte jedoch, dass er keinen Zentimeter von der Stelle kam. Jetzt rächt sich, dachte Norbert schweißgebadet nach dem dritten Versuch, dass ich früher nie Sport gemacht habe. Jetzt rächte sich aber auch, dass er nicht auf Mutter gehört hatte. Erst vor wenigen Wochen hatte sie ihn ermahnt, sich mehr und vor allem regelmäßig zu bewegen, sonst kriege er es noch mit dem Rücken. Mutter hatte es wieder einmal kommen sehen. Es war sogar nicht ganz ausgeschlossen, dass sie ihm gerade auf drastische Weise seine Versäumnisse in Sachen Sport vor Augen führen wollte. War Mutter am Ende gar nicht ohnmächtig?

Sie atmete immer noch schwach. Ihr Kopf war nach vorne gekippt, im Körper war nicht die geringste Spannung zu spüren.

Vielleicht war es keine bewusste Inszenierung.

Norbert hatte ihr kürzlich von der Frau erzählt, die er zu Kaffee und Kuchen eingeladen hatte. Hatte sie insgeheim gehofft, dass er ihren Wunsch nicht erfüllte, um weiter bei ihm wohnen bleiben zu können? Hatte sie die ganze Frauengeschichte nur vorgeschoben, da sie nicht mehr allein sein wollte und die Nähe ihres Sohnes suchte? War sie ohnmächtig geworden, weil sie befürchtete, wieder ausziehen zu müssen?

Wenn das stimmte, hatte er in Zukunft ein Problem. Denn ganz egal, was er machte, Mutter würden im Zweifel immer die Sinne schwinden.

Mit dieser neuen Eskalationsstufe hatte er nicht gerechnet. Einmal mehr zeigte sich, dass Mutter immer für eine Überraschung gut war.

Damit sich etwas bewegte, musste Norbert seine Position verändern. Er ging in die Hocke, griff Mutter unter die Arme und zog sie langsam rückwärtsgehend zum Sofa.

Dann passierte es. Ihr Körper rutschte mit einem Mal nach unten weg. Blitzschnell schlang er seine Arme um ihre Brust und ließ sich rücklings aufs Sofa fallen.

Mutter lag jetzt direkt auf ihm. Erschöpft schloss er einige Sekunden die Augen und versuchte, wieder zu Atem zu kommen, während er sie immer noch fest umklammert hielt.

Auf einmal glaubte er, etwas Warmes in seinen Händen zu spüren. Es fühlte sich weich und schlaff an, wie zwei Luftballons, aus denen der Großteil der Luft entwichen war.

Norbert riss die Augen auf und starrte gegen die Decke. Er atmete fast nicht mehr. Jetzt bloß nicht bewegen, dachte er. Ruhe bewahren. Sein Speichel sammelte sich in der Mundhöhle. Als er merkte, dass er einen Hustenanfall bekam, verkrampften sich seine Hände.

»Junge?«

Norberts Gesicht glühte plötzlich wie eine Herdplatte.

Mutter stöhnte und rollte langsam ihren Kopf hin und her.

»Junge, bist du da?« Ihre Stimme klang schwach. Offenbar war sie noch nicht wieder ganz bei Bewusstsein.

»Was ist denn hier los?«

Norbert räusperte sich. »Nichts, Mama, es ist alles ... wir liegen hier nur auf dem Sofa.«

»Ruf sofort den Notarzt«, befahl sie, »112«, fügte sie sicherheitshalber noch hinzu, als hätte sie Sorge, dass er versehentlich die falsche Nummer wählte.

»Ist das denn noch nötig? Ich meine ...«

»Nun mach schon, mir ist schlecht. Oder soll ich hier auf dir krepieren?«

Das war zweifellos auch keine Lösung.

So diskret wie es unter diesen Umständen überhaupt möglich war, zog sich Norbert unter ihr heraus und ging zum Telefon.

Während sie auf den Notarzt warteten, lag Mutter ruhig atmend auf dem Sofa. Sie vermieden es, einander anzusehen, als wüssten sie, dass beide es wussten. Keiner sagte etwas. Jedes Wort wäre wie der Versuch empfunden worden, die peinliche Situation zu entkrampfen, und hätte dadurch nur noch deutlicher auf die Sache verwiesen.

Als die zwei weiß gekleideten Männer mit ihrer Trage ins Wohnzimmer kamen, schien Mutter einer neuerlichen Ohnmacht nahe zu sein.

»Können Sie mich hören?«, rief der eine, etwas Ältere über Mutter gebeugt, während der andere bereits die Gurte an der Trage löste.

Mutter hatte die Augen halb geschlossen und gab nur stöhnende Laute von sich.

»Anzeichen auf Schlaganfall«, meinte der Ältere und bereitete eine Spritze aus seinem Notfallkoffer vor.

Norbert stand hinter dem Sofa und verfolgte das Geschehen. Er war sich nicht sicher, was er davon halten sollte. Wenn Mutter es spielte, spielte sie es jedenfalls perfekt. Aber vielleicht wusste sie es auch selbst nicht mehr so genau. All die Jahre hatte sie darum gerungen, etwas darzustellen, von dem sie überzeugt war, dass es ihr Leben war. Doch auf einmal wirkte sie von sich selber erschöpft.

Nachdem sie die Spritze bekommen hatte, legten die Männer sie auf die Trage und schnallten sie fest.

»Kommen Sie mit ins Krankenhaus?«, fragte der Jüngere.

Norbert zögerte. Er sah zu Mutter. Plötzlich öffnete sie die Augen und sah ihn streng an.

»Ich komme mit«, sagte Norbert.

Als er hinter ihnen her aus der Wohnung ging, entdeckte er auf dem Boden vor dem Badezimmer Mutters Brille. Das rechte Glas hatte einen leichten Sprung. Er steckte sie in seine Brusttasche und zog rasch die Tür hinter sich zu.

26.

»Sie können jetzt zu Ihrer Frau reingehen.«

Die Krankenschwester fasste ihn sanft an der Schulter und lächelte freundlich.

Norbert erwachte nur langsam. Er wusste nicht, wie lange er hier gesessen hatte. Stunden? Tage? Sein Rücken schmerzte von den harten Schalensitzen. Als er ein großes Kreuz an der Wand gegenüber sah, erschrak er kurz. Doch er befand sich immer noch im Aufenthaltsraum der Abteilung Innere Medizin.

Um ihn herum herrschte reger Betrieb. Ärzte eilten zu ihren Stationen, Besucher gingen mit betroffenen Blicken an ihm vorbei, Pfleger schoben leere Betten in den Fahrstuhl. Man hatte ihm gesagt, dass er nicht warten und nach Hause gehen solle. Aber Norbert war geblieben. Er hatte sich eine Zeitung gekauft, und irgendwann musste er darüber eingeschlafen sein.

»Ihrer Frau geht es den Umständen entsprechend gut«, sagte die Krankenschwester. Norbert folgte ihr über einen langen Gang. Inzwischen war es ihm egal, dass man Mutter für seine Frau hielt. Hatte die Schwester im Grunde nicht sogar ein bisschen recht? Mit einem, allerdings gravierenden Unterschied: Er konnte sich nicht von ihr scheiden lassen. So seltsam es klang, das Verhältnis zu Mutter war die einzige monogame Beziehung, die wirklich funktionierte.

Herta hatte die Augen geöffnet. Sie sah winzig aus in dem großen Bett. Ihr Kopf schien im Kissen zu verschwinden. Neben ihr stand ein Galgen, an dem ein Beutel mit klarer Flüssigkeit hing. Im Sekundentakt lösten sich Tropfen, die über einen Katheter in Mutters Armvenen geleitet wurden.

Sie war allein im Zimmer, das hinaus auf einen großen Park mit alten Bäumen ging. Als sie Norbert bemerkte, lächelte sie kurz.

»Sie haben mich in so eine Röhre geschoben und trotzdem nichts gefunden«, sagte sie entrüstet, als wäre sie ein bisschen enttäuscht, dass der ganze Aufwand umsonst gewesen war. »Kannst du dir das vorstellen? Nichts! Nicht mal eine Arterienverkalkung. Das gibt's doch gar nicht. In meinem Alter. Da muss man doch was finden.«

Norbert setzte sich neben sie auf einen Stuhl. »Sei doch froh. Ich habe dir übrigens deine Brille mitgebracht. Rechts hat sie einen kleinen Sprung.«

»Macht nichts, ich hab das Ding eigentlich sowieso nie gebraucht«, sagte Mutter und legte sie auf den Beistelltisch. »Das bisschen Weitsichtigkeit. Sah eben nur hübsch aus.« Sie wollte ihren Kopf etwas höher legen, war offensichtlich aber zu schwach, worauf sie die Bemühungen schnell wieder einstellte, als wollte sie ihre Schwäche nicht zugeben.

Norbert nahm ein Kissen und stopfte es wortlos unter ihren Kopf.

»Das hast du dir sicher auch mal anders vorgestellt, oder?«

Sie musterte ihn, als versuchte sie herauszufinden, was er dachte.

»Was jetzt?« Er wusste es wirklich nicht.

Mutter atmete schwer aus und sah aus dem Fenster.

Nach einer Weile sagte sie nachdenklich: »Ich habe mir das alles auch anders vorgestellt.«

Er sagte nichts und wartete ab. Sobald Mutter schwer ausatmete und lange irgendwo ins Weite sah, bereitete sie sich auf eine längere Rede vor. Norberts Hauptaufgabe dabei war es, sie ununterbrochen anzusehen. Wenn er seinen Blick auch nur eine Sekunde abwendete, brach Mutter sofort beleidigt ab. Eine Wiederaufnahme ihrer Rede war nur nach längerem Zureden möglich, was Norbert im Laufe der Jahre aber immer seltener fertigbrachte, weil ihm irgendwann einfach die Argumente für eine Fortsetzung fehlten. Anders ausgedrückt: Eigentlich wollte er so schnell wie möglich nach Hause.

»Weißt du, früher wollte ich mal Künstlerin werden und wilde expressionistische Bilder malen. Ich wollte in Paris leben und in den Cafés sitzen und mit Leuten diskutieren. Vielleicht sogar mit Sartre und Simone de Beauvoir im *Café de Flore*. Tagsüber malen und nachts durch die Lokale ziehen. Ich wollte einfach alles ausprobieren, was man ausprobieren kann. Ich wollte das Leben an mich reißen, verstehst du?«

Von Sartre hatte er schon mal gehört. War das nicht der Mann mit dem schiefen Blick, der Mitglieder der RAF im Stuttgarter Gefängnis besucht hatte? Dass Mutter mit einem RAF-Sympathisanten diskutieren wollte, machte ihn sprachlos.

»Aber dann bist du ja gekommen. Mit einem Baby in Cafés sitzen – unmöglich!«

Norbert war ganz froh, dass ihm dieser Sympathisant auf diese Weise erspart geblieben war.

»Keine durchzechten Nächte, kein Paris – Wilmersdorf, dritter Stock, Seitenflügel.«

Langsam begann er Mutter zu verstehen. Ihr Aufblühen, nachdem Vater gestorben war. Die vielen Künstlertypen, die sie zu sich in die Wohnung eingeladen hatte. Die Reisen, die Art, sich zu kleiden. Sie versuchte das nachzuholen, was sie getan hätte, wenn Norbert ihr nicht einen Strich durch die Rechnung gemacht hätte.

Er fühlte sich plötzlich schuldig. Mehr noch: Er hatte das sehr grundsätzliche Gefühl, fehl am Platze zu sein.

Warum hatte sie ihm das bloß nie erzählt?

»Aber das Dickste kommt jetzt.«

Norbert war so nervös, dass er wieder anfing, an seinen Fingern zu knibbeln. Er befürchtete, dass ihm die nächste Offenbarung den Boden komplett unter den Füßen wegziehen würde.

»Ich kann überhaupt nicht malen.«

Sie machte eine Pause, um sicher zu sein, dass die Aussage ihre Wirkung entfaltete. Doch bei Norbert entfalteten derlei Aussagen meist erst Stunden später ihre volle Wirkung, ein Grund, weshalb Mutter immer ein wenig unzufrieden über den Gesprächsausgang war.

Sie fuhr fort.

»Ich bin eine totale Niete. Nach zwei Bildern habe ich gemerkt, es geht nicht. Ich habe kein Thema, und selbst wenn ich eins gehabt hätte, hätte ich's nicht malen können. Jeder Affe kann besser malen als ich!« Sie lachte bitter. »Ganz davon abgesehen haben die Farben abscheulich gestunken.«

Sie schloss die Augen. Draußen schrie jemand nach Keksen.

»Du warst wahrscheinlich meine Rettung«, sagte sie leise.

»Aber du hättest doch weitermalen können, nur für dich, als Hobby.«

Sie öffnete die Augen und sah ihn entsetzt an.

»Als Hobby? Ich kann malende Hausfrauen nicht ausstehen. Es gibt nichts Schlimmeres, als vor sich hin zu stümpern und das dann als Kunst zu verkaufen. Man hat doch noch seine Würde. Wenn ich mich selbst verwirklichen will, mach ich ein Passfoto.«

Sie leckte mehrmals mit der Zunge über ihre trockenen Lippen.

»Soll ich dir was zu trinken holen?«, fragte Norbert und sprang auf.

»Was ist denn los mit dir?« Sie schien besorgt über seine plötzliche Fürsorglichkeit. Er konnte es selbst kaum begreifen. Jahrelang war er davon ausgegangen, dass Mutter seine Hilfe nicht nötig hatte. Sie hatte ihm stets zu verstehen gegeben, dass sie auch sehr gut alleine zurechtkomme. Ihre jetzige Hilflosigkeit wirkte auf beiden Seiten wie eine Befreiung.

Mutter blickte ihn an, als hätte sie einen Wunsch, den sie sich aber nicht zu sagen getraute.

»Spuck's schon aus«, sagte Norbert.

Mutter zierte sich noch.

»Ich sag es auch nicht weiter.«

»Holst du mir was Süßes unten aus dem Shop?« Sie lächelte verlegen.

»Was Süßes? Du hast doch nie Süßes gegessen.«

»Man kann sich doch auch mal ändern«, sagte sie und blickte beleidigt aus dem Fenster.

Norbert fuhr runter in den kleinen Shop nahe dem Haupteingang. Vor der Tür standen mehrere Patienten in weißer Krankenhauskleidung und rauchten. Offenbar versuchten sie, auf diese Weise einen Teil ihres alten Lebens vor der Erkrankung zu bewahren.

Er stellte eine kleine Auswahl von Süßigkeiten zusammen. Schokolade in verschiedenen Geschmacksrichtungen und eine Packung Karamellbonbons.

Als er zahlen wollte, entdeckte er neben der Kasse einen Eimer mit Blumensträußen. Er nahm den bunten Strauß Sommerblumen und fuhr wieder hoch.

Mutter schien zu schlafen. Er stellte die Blumen in eine Vase und platzierte sie so, dass ihr Blick sofort auf sie fallen musste. Die Süßigkeiten legte er neben sie auf den Beistelltisch.

Norbert wollte gerade leise rausgehen, als ihm noch etwas einfiel. Er drehte sich um und ging zurück zu Mutters Bett. Ihr Gesicht war ganz friedlich. So hatte er es noch nie gesehen. Vielleicht lag es daran, dass sie keine Brille trug. Die Brille hatte ihr Gesicht jahrzehntelang wie eine Maske verdeckt. Vielleicht war Mutter aber auch nur dankbar, weil sie endlich etwas losgeworden war, was ihr schon lange auf der Seele gelastet hatte.

Norbert neigte sich langsam nach vorne. Er wollte sie auf die Stirn küssen. In diesem Moment schlug sie die Augen auf.

»Sind die da etwa für mich?«

Er riss sich hoch und sah zu den Blumen. »Ja, also, ich dachte, vielleicht ...«

Er wurde rot.

Mutter lächelte. »Anscheinend habe ich ja doch was richtig gemacht.« Sie unterdrückte ihre Rührung mit einem lauten Räuspern.

»Was ist eigentlich mit dieser Frau, die du mir zeigen wolltest?«

Norbert hatte die Einladung von Dr. Zielke schon fast wieder vergessen. Im Grunde war es jetzt auch gar nicht mehr notwendig. Denn er hatte längst beschlossen, Mutter nach ihrer Entlassung wieder bei sich aufzunehmen. Sie konnte so lange bei ihm wohnen bleiben, wie sie wollte.

»Es muss ja auch nicht unbedingt sein«, versuchte er sich herauszureden.

»Es muss«, erklärte Mutter streng. »Ich liege hier ja sowieso nur rum und langweile mich zu Tode. Wahrscheinlich muss ich noch einige Tage dableiben, bis die Weißkittel was gefunden habe. Und dann sterbe ich sicher daran.«

»Mutter!« Er sah sie vorwurfsvoll an.

»Machen wir uns nichts vor. Die suchen so lange, bis ich todkrank bin.«

»Also gut«, lenkte er ein. Sie durfte sich in ihrem Zustand auf keinen Fall unnötig aufregen. Ein wenig ärgerte er sich trotzdem, dass er wieder nachgegeben hatte.

»Wir kommen vorbei. Aber nur ganz kurz.«

Sie nickte zufrieden.

Dann verabschiedete er sich.

»Ach so«, rief Mutter ihm nach, er war schon fast auf dem Flur, »und das mit dem Busen vergessen wir schnell wieder, ja?«

27.

Nervös wie lange nicht mehr setzte sich Norbert am Abend an den Esstisch und fuhr den Computer hoch. Er wollte Angelika eine Nachricht senden, damit sie ihn bis zum Wettbewerb nicht vergaß. Leider hatte er keine Ahnung, wie man einer Frau, die man erst einmal gesehen hatte, auf möglichst dezente Art mitteilte, dass man sie mochte. Im Grunde wusste er überhaupt nicht, was man einer Frau schreiben sollte. In seiner Jugend hatte er den ersten und bislang letzten Versuch einer schriftlichen Annäherung unternommen. Sibylle war ein Jahr älter gewesen und ging in die Parallelklasse. Sie trug kurze Röcke, hatte Beine bis zum Bauchnabel und den Hintern eines Zugpferdes, und sie wusste es. Wieso er sich ausgerechnet in ein Mädchen verliebte, das den Geschmack der halben Schule traf, war ihm ein Rätsel. Norbert hätte sich eine Menge Ärger erspart, wenn er kleine, knollennasige Mädchen mit dicken Schenkeln und O-Beinen bevorzugt hätte. Stattdessen Sibylle. Das Mädchen, das verantwortlich dafür war, dass sich Dutzende von Jungs nach der Schule sofort in ihre Zimmer begaben und unter der Bettdecke heftig frohlockten.

Nur weil Mutter mal in einem Nebensatz erwähnt hatte, dass Frauen es durchaus zu schätzen wussten, wenn Männer deutlich zeigten, was sie wollten, war Norbert überhaupt erst auf die Idee gekommen, es trotz erheblicher und größtenteils sogar einschüchternder Konkurrenz bei Sibylle zu versuchen. Was er jedoch nicht bedacht hatte, war, dass man Frauen und Mädchen trotz einiger sichtbarer Übereinstimmungen nicht gleichsetzen konnte. Ja, nicht gleichsetzen durfte! Denn was vierzigjährige Frauen schon aus Altersgründen guthießen, wirkte auf sechzehnjährige Mädchen eher abschreckend. Mädchen waren Frauen mit viel Zeit. Das konnte Norbert damals natürlich noch nicht wissen. Und so ging er geradezu halsbrecherisch in die Offensive und steckte Sibylle auf dem Pausenhof einen Zettel zu. Darauf stand:

Ich möchte mit dir gehen

O *Ja*

O *Nein*

O *Ich weiß noch nicht*

O *Keine Zeit*

Bitte nur einmal ankreuzen. Danke, Norbert G.

Dass Sibylle es nicht einmal für nötig hielt, ihm den Zettel zurückzugeben, war ein Tiefschlag, von dem er sich lange nicht erholt hatte.

Während der Computer hochfuhr, überlegte Norbert, wie er Angelika auf unaufdringliche Weise sein Interesse bekunden konnte, ohne sie gleich in Zugzwang zu bringen. Da sein Computer mittlerweile das biblische Alter von sieben Jahren erreicht hatte und von Jahr zu Jahr langsamer wurde, hatte er genügend Zeit nachzudenken.

Seit ihn Gerlinde – nicht ohne Hintergedanken – zur Anschaffung eines Computers gedrängt hatte, war der Apparat sein Fernrohr zur Welt. Er konnte überall hinreisen, brauchte sich dafür aber keinen Zentimeter von der Stelle zu bewegen. In der ersten Zeit bekam er regelmäßig elektronische Post von Gerlinde, in der sie ihm ausführlich mitteilte, was sie so über den Tag verteilt erlebt und vor allem gedacht hatte. Nun mochte er Gerlinde eigentlich ganz gerne, wollte aber auf gar keinen Fall dauernd etwas über die Entwicklung ihrer Schuppenflechte erfahren. Auch ihre Bedürfnisse als Frau perlten an Norbert kommentarlos ab. Nicht, dass ihn weibliche Bedürfnisse nicht interessierten, nur merkte er relativ schnell, wohin die Reise in diesem Fall ging. Gerlinde versuchte ihn quasi über die Schuppenflechte in den Hafen der Ehe zu locken. Doch als Beiboot vom Mutterschiff Herta war

Norbert bereits vollständig ausgelastet und für weitere nautische Aufgaben nicht mehr zu haben.

Als er die Website von Angelika öffnete, war er ein bisschen enttäuscht. Er hatte auf ein Foto von ihr spekuliert. Stattdessen gab es nur einen kurzen Lebensabriss, Referenzen sowie Links zu Artikeln, die sie geschrieben hatte. Wie er richtig vermutet hatte, war sie 57. Sie stammte aus dem Sauerland, war aber bereits mit acht Jahren mit ihren Eltern nach Köln gezogen, wo sie ihr Abitur machte. Nach längeren Aufenthalten in Buenos Aires, Mexiko-City und Istanbul hatte sie sich in Berlin niedergelassen und arbeitete als freie Journalistin für mehrere Magazine. Im Grunde, dachte Norbert, ist sie die perfekte Frau für Mutter.

Wieso sich eine Frau wie Angelika ausgerechnet für einen Mann interessieren sollte, den schon Bahnfahrten ins Umland Überwindung kosteten, war ihm allerdings schleierhaft. Es war so absurd, dass Norbert die Seite beinahe weggeklickt hätte, als er sich an die Reportage über den alten japanischen Lackmeister erinnerte, die Angelika ihm empfohlen hatte.

Kouyuki Watanabe oder Die Kraft der Zeit. Norbert las den Text mit großer Aufmerksamkeit. Der Mann hatte tatsächlich nichts anderes gemacht, als fünfzig Jahre lang Vasen und Schachteln zu lackieren. In der ersten Zeit habe er noch mit seinem Beruf gehadert. Als junger Mann sei ihm oft langweilig gewesen und er habe sich nicht vorstellen können, sein ganzes Leben der Lackkunst zu widmen. Ihm sei aber schließlich klargeworden, dass sein bescheidenes Talent nur in der Konzentration auf eine Sache volle Wirkung entfalte. Seitdem habe er inneren Frieden geschlossen und empfinde jeden Pinselstrich als Geschenk, das sein Talent ihm täglich mache.

Offenbar war Angelika tief beeindruckt von diesem Mann und seiner jahrzehntelangen Ausdauer, die ihm schließlich ein Millionenvermögen beschert hatte, das ihn angeblich aber überhaupt nicht interessierte. Norbert überlegte, ob Angelika ihm dadurch irgendetwas sagen wollte. Hatte er sein Wissen über Nägel, Dübel und Schrauben über all die Jahre nicht mit ähnlicher Ausdauer perfektioniert?

Sein Leben leuchtete auf einmal in den warmen Farben von Zufriedenheit und Glück. Ein wenig gedämpft allerdings durch die Tatsache, dass er selbst immer am Rande des Existenzminimums gelebt hatte.

Liebe Angelika, begann Norbert seinen Brief, *eigentlich habe ich Oliven nie gemocht. Seit unserem Essen weiß ich nicht nur, wie man das Fruchtfleisch problemlos vom Kern beißt, sondern auch, dass sie gut schmecken. Ich will damit nur sagen: Die Mühe hat sich gelohnt. Auch der Artikel über den Japaner hat mir gut gefallen. Sogar sehr gut! Was ich zusammenfassend sagen möchte: Es war ein schönes Mittagessen. Wir sollten es bald wiederholen. Mit oder ohne Oliven. Schöne Grüße, Norbert.*

Er war sich nicht sicher, ob das schon reichte. Der Text wirkte ein bisschen olivenlastig. Vor allem das Grußwort am Ende erschien ihm zu unverbindlich. Was sollte sie davon halten? *Schöne Grüße* lag nur knapp vor *Mit freundlichen Grüßen* und deutlich hinter *Herzlich, Norbert*. Er könnte, um die allgemeine Richtung etwas mehr herauszuarbeiten, *Dein* Norbert hinzufügen, aber ihm kamen sofort Zweifel, ob diese exklusive Zugehörigkeit dann noch Raum ließ für Mutter. Womöglich wäre sie empört, wenn ihr Platz auf einmal anderweitig vergeben war. So viele Norberts standen ihm schließlich auch nicht zur Verfügung.

Er drückte auf *senden*. Norbert starrte erschrocken zum Bildschirm, als hätte er gerade einen unverzeihlichen Fehler gemacht. Er dachte an Sibylle und den Zettel, den er nie wieder zurückbekommen hatte. Er dachte daran, dass seine Mail gerade in Lichtgeschwindigkeit auf Angelika Berger zu raste, und fragte sich, wie es möglich war, dass unterwegs nicht ein Wort verloren ging oder – noch schlimmer –, dass sich nicht ein fremdes Wort reinschmuggelte und dem Ganzen einen völlig anderen Sinn gab.

Sein Vertrauen in die Technik war so unvernünftig, dass er irgendwann die Quittung dafür erhalten musste.

Er wollte den Computer gerade ausschalten, als der Posteingang eine neue Mail meldete. Zu seiner Überraschung stammte sie von Angelika.

Von meinem iPhone gesendet, und dann: *Nur kurz, da in New York auf Weg zu Auktion. Ich mag Dich auch. Bis bald, Deine Angelika.*

28.

Gertrud Zielke zögerte, als Norbert sie telefonisch über die Verlegung des Kaffeekränzchens ins Krankenhaus informierte. Leider zögerte sie etwas zu kurz, so dass Norbert keine Zeit blieb, sie von dem Treffen mit Mutter wieder abzubringen. Und zwar möglichst so, dass es nicht aussah, als hätte er plötzlich kein Interesse mehr daran. Immerhin war sie im Besitz einiger brisanter Informationen über sein Privatleben, die sie im schlimmsten Fall gegen ihn verwenden konnte.

Die ganze Geschichte entwickelte sich zunehmend zu einer Gratwanderung, bei der nur noch nicht klar zu sein schien, wann er abstürzte.

Dr. Zielke wartete mit einem Strauß Lilien vor dem Haupteingang. Ein schlechterer Einstieg war kaum denkbar. Mutter würde zweifellos annehmen, dass seine Bekanntschaft mit ihrem baldigen Ableben rechnete. Laut Herta durfte man mit Lilien kondolieren, auf gar keinen Fall aber gratulieren. Zudem trug Gertrud Zielke ein unvorteilhaft geschnittenes weißes Kleid, das nicht nur ihre Rundungen über Gebühr betonte, sondern gleich noch den Blick auf ihren schwarzen Stringtanga lenkte. Offenbar war doch etwas dran an dem Gerücht, dass falsche Selbstwahrnehmung zu den Berufsvoraussetzungen eines Psychologen gehörte.

Als Gertrud ihn bemerkte, schwenkte sie den Blumenstrauß über ihrem Kopf, als befürchtete sie, übersehen zu werden.

»Meinen Sie wirklich, dass das eine gute Idee ist? Ich möchte Ihre Mutter auch nicht überstrapazieren«, sagte sie besorgt und zupfte mit spitzen Fingern an ihrem Gesäß.

»Mutter tut ein bisschen Abwechslung ganz gut«, log er. Norbert versuchte das Gespräch auf die Blumen zu lenken, um eine Katastrophe zu verhindern. Doch Dr. Zielke hörte schon gar nicht mehr hin. Sie warf ihre blonde Löwenmähne zurück und eilte mit großen Schritten ins Krankenhaus. Norbert hatte Mühe, ihr zu folgen. Obwohl sie nicht wusste, wohin es ging, blickte sie ihn jedes Mal vorwurfsvoll an, wenn er die Richtung sanft korrigierte.

Als er an Mutters Zimmer klopfte, fiel ihm ein, dass er vergessen hatte, Gertrud darüber aufzuklären, dass Mutter von seiner psychologischen Behandlung noch immer nichts wusste. Sollte Mutter zufällig erfahren, dass er wegen ihr unter ärztlicher Aufsicht stand, würde sie beide umgehend hinauswerfen.

Aber es war zu spät. In diesem Moment hörte er ein unmissverständliches »Herein!«

Mutter saß aufrecht im Bett. Anscheinend hatte sie den Besuch schon ungeduldig erwartet. Sie trug ihre Brille, was Norbert ein wenig beunruhigte. Kehrte sie auf dem Weg zur Besserung doch noch kurz bei der alten Herta vorbei? Der deutlich sichtbare Sprung im Glas machte ihr Bemühen allerdings gleich wieder zunichte. Sie wirkte verschreckt, als wäre ihr nicht hundertprozentig klar, wo sie sich befand.

»Die Blumen wollen Sie doch wohl nicht mir schenken, junge Frau. Hat Sie mein Sohn nicht informiert?« Sie sah streng zu Norbert, der verlegen lächelte.

»Und ich dachte ...«

»Am besten, Sie stellen sie gleich raus in den Flur, damit wir hier zügig weiterkommen im Programm.«

Dr. Zielke schien so verblüfft, dass sie die Blumen ohne einen weiteren Kommentar nach draußen trug.

Mutter wies beide an, sich rechts und links neben ihr Bett zu setzen. »Und kommen Sie ruhig nah ran, schließlich habe ich nicht die Pest«, erklärte sie, als sie sah, dass Dr. Zielke ihren Platz am Fußende einnehmen wollte.

Während sie den Stuhl im Schneckentempo umständlich nach oben zog, schüttelte Mutter nur den Kopf und blickte ratlos zu Norbert, als fragte sie sich, wie ihr Sohn an eine solche Person geraten war. Der saß inzwischen wie festgenagelt auf seinem Stuhl und wünschte sich weit weg. Es sah nämlich ganz danach aus, als hätte sich Mutter die letzten Tage blendend erholt. Und was das bedeutete, ahnte er in dem Moment, als Mutter das Kleid von Dr. Zielke musterte und ihr Gesicht sich von Sekunde zu Sekunde verfinsterte.

»Darf ich fragen, in welchem Gewerbe Sie arbeiten?«

»Wusstet ihr eigentlich«, fuhr Norbert dazwischen, um das Schlimmste zu verhindern, »dass weiße Lilien Reinheit und Hoffnung symbolisieren?«

Mutter blickte ihn irritiert an. »Ich hoffe vor allem, dass Fräulein ...«

»... Zielke«, ergänzte er.

»... dass Fräulein Zielke sonst praktischer veranlagt ist.«

»Frau Dr. Zielke«, ergänzte Gertrud Zielke.

»Ach?«

»Sie ist Therapeutin«, erklärte Norbert.

»Diplom-Psychologin«, verbesserte Dr. Zielke und lächelte angestrengt.

»Wir haben uns bei einer Besprechung kennengelernt.« Norbert zwinkerte ihr zu in der Hoffnung, dass sie sein Zeichen verstand.

»Seit wann besprichst du denn was mit Diplom-Psychologen?«, fragte Mutter.

»Privat bin ich auch nur ein Mensch wie jeder andere«, sagte Gertrud Zielke, schon leicht gereizt.

Es sah nicht gut aus. Es sah sogar ziemlich schlecht aus, und es war keine Frage mehr, ob, sondern nur noch wann es zwischen den beiden explodierte.

»Das kann ich mir kaum vorstellen«, sagte Mutter, »Psychologen müssen doch ständig alles psychologisieren. Für eine Beziehung ist so was natürlich Gift. Ich möchte jedenfalls nicht mit einem Psychologen zusammenleben.«

»Wie bitte?« Gertrud blickte abwechselnd zu Mutter und zu Norbert, als wäre ihr nicht ganz klar, was hier gerade ablief.

»Mutter meint«, versuchte Norbert zu beschwichtigen, »dass eine Trennung von Beruf und Privatleben in diesem Fall vielleicht etwas schwieriger ist.«

»Es ist ausgeschlossen!«, rief Herta. »Ich kenne niemand, der es lange mit einem Psychologen ausgehalten hat, außer *beide* haben einen an der Waffel. Hatten Sie vorher schon Männer?«

Gertrud Zielke schien ihren Ohren nicht zu trauen.

Norbert war die ganze Sache so peinlich, dass er immer mehr in sich zusammensackte. Am liebsten wäre er geräuschlos vom Stuhl gekippt.

»Ehrlich gesagt, bin ich mir unsicher, was ich darauf antworten soll«, sagte Gertrud, immer noch erstaunlich gefasst. Offenbar griffen hier ihre langjährigen Erfahrungen mit komplexen psychologischen Situationen. Er war froh, dass sie nicht im Einzelhandel arbeitete.

»Ganz einfach«, sagte Mutter, »ja oder nein?«

»Ja«, antwortete sie, als wollte sie das Thema damit rasch beenden. Aber sie kannte Mutter nicht.

»Und?«

»Und?«

»Na, wie ist es gelaufen?«

»Also, eigentlich weiß ich nicht ...«

»Sehen Sie«, sagte Mutter triumphierend, »Sie wissen es nicht, weil Sie nämlich nicht in der Lage sind, sich selbst zu durchschauen.«

»Ich weiß nicht, warum ich Ihnen darauf antworten sollte.« Gertrud Zielke warf einen bösen Blick zu Norbert hin, der nur hilflos die Schultern zuckte.

»Mein Sohn braucht eine Frau, die weiß, wer sie ist, was sie will und was sie kann. Alles andere ist Zeitverschwendung. Immerhin ist er nicht mehr der Jüngste.« Sie sah ihn aufmunternd an und streckte kurz die Brust raus, um ihm zu sagen, dass er gerade sitzen sollte.

Norbert blickte verzweifelt aus dem Fenster.

»Das ist genau der Punkt«, sagte Dr. Zielke auf einmal ganz sachlich. Norbert ahnte Schreckliches. »Er ist siebzig und durchaus fähig, eigene Entscheidungen zu treffen. Dazu braucht er weder Sie noch mich!«

Mutter war sprachlos, fing sich aber schnell wieder.

»Woher wollen Sie das denn wissen?«

»Ich bin Psychologin.«

»Und ich bin seine Mutter! Ich wüsste, wenn er eigene Entscheidungen treffen könnte.« Sie lachte kurz auf.

Norbert hatte plötzlich eine Idee.

»Frau Dr. Zielke hat übrigens auch eine Mutter.«

Beide sahen ihn überrascht an.

»Sie wohnt auch bei ihr«, fügte er unvorsichtigerweise hinzu.

»Ihre Mutter wohnt bei Ihnen?«, fragte Herta. »Wie können Sie denn da noch ein Privatleben haben?«

»Sie ist etwas verwirrt, ich pflege sie eben zu Hause.«

»Wenn sie verwirrt ist, dann gehört sie unter ärztliche Beobachtung. Ich finde das un-ver-antwortlich.«

»Aber sie steht doch unter ärztlicher Beobachtung«, mischte sich Norbert ein. »Die Praxis von Frau Dr. Zielke befindet sich im selben Haus.«

»Du kennst die Praxis?«

Norbert machte ein betretenes Gesicht.

»Na ja, ich war schon mal da.«

Mutter mümmelte und rückte ihre Brille zurecht. Immer wenn sie mümmelte *und* ihre Brille zurechtrückte, wurde es nicht nur ernst, sondern grundsätzlich.

»Sehe ich das richtig, du bist bei dieser Frau in Behandlung?«

Er hatte keine Wahl und nickte.

»Und nur deshalb, weil *Sie* ihn behandeln wie ein kleines Kind!«, rief Dr. Zielke aufgebracht.

Mutter ließ sich davon jedoch keineswegs einschüchtern. Im Gegenteil. Angriffe auf ihre Person betrachtete sie als sportliche Herausforderung, die sie nur zu gerne annahm. Und wenn sie dabei noch freundlich lächelte, hatte der Gegner eigentlich schon verloren.

»Wie ein kleines Kind, ja? Hat Ihnen mein kleiner Sohn dann auch schon gebeichtet, dass er mich vor kurzem hat entführen lassen?«

Gertrud Zielke sah entsetzt zu Norbert. »Sie haben Ihre Mutter ...«

»Richtig, *entführt*«, wiederholte Herta mit einem süffisanten Lächeln. »Ich hätte dabei sterben können, aber das wäre meinem Herrn Sohn wohl ganz recht so gewesen.«

Norbert schüttelte den Kopf und machte abwehrende Handbewegungen.

»Warum haben Sie mir das nicht erzählt?«, fragte Dr. Zielke sichtlich mitgenommen.

»Es hat sich einfach nicht ergeben.«

»Nicht ergeben? Aber das sind wichtige Informationen, so was dürfen Sie mir nicht verheimlichen! Ich bin doch Ihre ... also Ihre Therapeutin. Wie soll ich Sie denn therapieren, wenn Sie mir solche unglaublichen Vorgänge nicht mitteilen? Wenn ich das vorher gewusst hätte, hätte ich mir keine Hoffnungen gemacht, also hätte ich die Therapie abgelehnt, und zwar unwiderruflich.«

Sie sprang auf. Unter ihren Brüsten hatten sich Schweißflecken in Bananenform gebildet.

Mutter schien die Situation außerordentlich zu genießen. Je größer die Zerrüttung um sie herum, desto zufriedener wurde sie. Es lief alles genau nach Plan.

Und Norbert war ihr zum ersten Mal sogar dankbar dafür.

»Aber wissen Sie was?«, sagte Mutter auf einmal völlig entspannt. »Das hätte ich ihm gar nicht zugetraut. So was muss man erst mal bringen, seine eigene Mutter entführen zu lassen. Da hat er endlich mal eine eigene Entscheidung getroffen, finden Sie nicht, Fräulein Zielke?«

Gertrud Zielke war aber offensichtlich nicht mehr in der Lage, Mutters Stolz nachzuvollziehen, geschweige denn zu teilen.

»Das war's, ich bin raus. Ich möchte mit der ganzen Sache hier nichts mehr zu tun haben.«

Sie verabschiedete sich fluchtartig.

»Und grüßen Sie bitte Ihre Frau Mutter von mir!«, rief Herta ihr noch nach.

Als die Tür zugeknallt war, setzte sie ihre Brille ab und wandte sich zu Norbert.

»Wir können es kurz machen: Diese Frau ist kein Umgang für dich. Lass die Finger von solchen Psychotanten! Die wollen dich doch nur in eine bestimmte Richtung drängen und dann von sich abhängig machen. Das musst du dir in deinem Alter ja nun wirklich nicht mehr antun, hast du gehört, Junge?«

Er nickte.

Sie faltete ihre Hände und sah nachdenklich aus dem Fenster. »Außerdem scheint sie ein Problem mit ihrer Mutter zu haben.«

29.

Er hatte den Wecker auf halb sechs gestellt, war aber vor Aufregung schon eine halbe Stunde früher erwacht. Da lag er dann noch so lange, bis der Wecker klingelte. Es wäre ihm schäbig vorgekommen, ihn vorher einfach auszuschalten. Schließlich hatte der Wecker die ganze Nacht nur auf diese Sekunde gewartet. Natürlich wusste er, dass das Unsinn war. Kein Wecker blieb über Nacht wach, weil er am nächsten Morgen eine Aufgabe zu erledigen hatte.

Früher hatte er sich oft über alte Leute gewundert, die mit ihren Hunden redeten, als könnten diese jedes einzelne Wort verstehen. Inzwischen war er selber alt und unterhielt eine enge Beziehung zu seinem Wecker.

Aber vielleicht hatte das ja bald schon ein Ende. Jedenfalls wenn er Angelikas Antwort richtig interpretierte. Am liebsten hätte er Mutter gefragt, was sie von der ganzen Sache hielt. Mutter hätte ihm, ohne zu zögern, direkt ins Gesicht gesagt, ob er weiter hoffen durfte oder nicht. Dass er sich überhaupt Hoffnung machte, war schon erstaunlich genug. Noch vor wenigen Wochen hatte Norbert mit seinem Leben praktisch abgeschlossen. Mit so einer dramatischen Wende hatte er nicht mehr gerechnet. Es gab eben Menschen, die ihren Weg alleine gehen mussten. Dachte er zumindest die letzten vierzig Jahre und hatte es deshalb auch nicht sonderlich ernst genommen, wenn Mutter ihm regelmäßig erklärte, dass die Richtige schon noch kommen werde. Aber so viele Richtige konnte es für einen einzelnen Menschen ja gar nicht geben. Dachte Norbert. Und was wäre, wenn die Richtige nun ausgerechnet in China lebte und in Peking einen Gemischtwarenladen in der dritten Generation führte? Nach China würde Norbert nämlich unter gar keinen Umständen reisen. Und was nützte die Richtige, wenn er die Frau nicht verstand?

Ohne zu frühstücken, verließ er die Wohnung und ging zur nächstgelegenen S-Bahn-Station Savignyplatz. Er wollte in den Wald, genauer, an eine bestimmte Kiesgrube, um ungestört singen zu können. Die Vorrunde war bereits übermorgen, und Norbert hatte noch kein einziges Mal geübt. Er wollte erst die Papageno-Arie singen und, sollte er weiterkommen, *Über sieben Brücken sollst du gehn* von Karat. Der Text hatte ihn damals so berührt, dass er ihn beim ersten Hören sofort verinnerlicht hatte.

Als er aus dem Zug stieg und durch einen Tunnel in den angrenzenden Wald ging, fragte er sich, ob sein Leben anders verlaufen wäre, wenn er sich von Mutter nicht hätte entmutigen lassen und als hauptberuflicher Chorsänger von Stadt zu Stadt gereist wäre. Die Antwort lautete klar nein. Denn schon in seiner Schulzeit hatte er Klassenfahrten gehasst. Die Aussicht, in einem Ferienlager zusammen mit fünf oder sechs Jungs in einem Zimmer schlafen zu müssen, hatte ihn schon Tage vorher nervlich dermaßen zerrüttet, dass er kaum noch etwas essen konnte. Norbert hatte keine Lust auf Schnitzeljagden und Nachtwanderungen. Er wollte weder jagen noch wandern, schon gar nicht nachts. Dass Vater nur ein Kopfschütteln dafür übrig gehabt hatte, kränkte ihn zwar, änderte aber nichts an der Tatsache, dass er am liebsten zu Hause blieb und alleine mit seinen Bussen spielte. Im Grunde hatte er also ziemliches Glück gehabt. Und obwohl Mutter nie verstanden hatte, was er an seiner Arbeit als Eisenwarenverkäufer fand, war es letztlich Mutter gewesen, die ihm die Richtung gewiesen hatte. Norbert hatte sein ganzes Leben genau das getan, was am besten zu ihm passte. Und das wäre eigentlich ein Grund zur Freude gewesen, wenn er heimlich nicht immer das Gefühl gehabt hätte, dass ihm zur großen, universellen Zufriedenheit irgendetwas Entscheidendes fehlte. Ein Mensch, für den er da sein konnte und der für ihn da war. Das größte Problem war: Er hatte bereits einen solchen Menschen. Mutter. Mutter war da, wenn er sie brauchte und umgekehrt. Und je länger er darüber nachdachte, desto mehr kam er zu der Überzeugung, dass er wegen Mutter zu faul gewesen war, sich um eine eigene Frau zu kümmern. Andernfalls wäre ihm vielleicht schon vor vierzig Jahren die Richtige über den Weg gelaufen.

Nach einer Viertelstunde Fußmarsch gelangte er an eine riesige Sandkuhle, die von hohen Kiefern umgeben war. Seit seiner Kindheit hatte sich nicht viel geändert. Es gab immer noch die beiden Sandberge und den Tümpel, in dem angeblich ein Schatz aus der Nazizeit versteckt liegen sollte. Nur die Schilder mit den Naturerklärungen waren neu.

Über eine steile Treppe stieg er nach unten.

Obwohl es erst sieben Uhr war, spürte er noch die Hitze des gestrigen Tages. Die Sandkuhle wirkte offenbar wie ein großer Wärmespeicher. Aus diesem Grund wuchsen hier unten seltene Pflanzenarten und lebten Tiere, die oben nicht mehr zu finden waren.

In seiner Jugend war Norbert oft hierhergeflohen, wenn er alleine sein wollte. Stundenlang saß er dann auf dem Sandberg und stellte sich vor, er wäre eine Eidechse, die von der Evolution vergessen worden war. Nach Millionen Jahren ununterbrochener Anpassung konnte sich die Eidechse hier unten endlich in Ruhe selber verwirklichen. Niemand drängte sie dazu, sich zwecks besserer Überlebensfähigkeit längere Beine, einen größeren Kopf oder farbige Genitalien zuzulegen. Sie blieb einfach unbehelligt sie selbst. Dabei passierte allerdings so wenig, dass Norbert sich fragte, ob eine evolutionäre Weiterentwicklung aus Langeweile manchmal nicht auch ganz sinnvoll war.

Ihn verbanden aber noch andere Erinnerungen mit diesem Ort. Als er fünf oder sechs Jahre alt war, beschloss Vater, dass es für einen Jungen seines Alters kaum etwas Schöneres gab, als mit seinem Vater zum Rodeln zu gehen. Vater war damals nur selten zu Hause, weshalb seine Vorstellungen mit denen Norberts meistens nicht das Geringste zu tun hatten. Da er Vater jedoch nicht enttäuschen mochte, ging er drei Jahre in Folge jeden Winter mit ihm zum Rodeln in die Sandkuhle. Mutter, die von den Beschlüssen ihres Mannes oft ebenso überrascht wurde wie Norbert, begleitete sie zwar aus Sicherheitsgründen, ließ aber klar erkennen, dass sie für diesen Mumpitz keinerlei Verständnis hatte. Auf einem klapprigen Holzgestell einen Berg hinunterzufahren, kam für sie schon aus ästhetischen Gründen nicht in Frage. Während Norbert bei jeder neuen Abfahrt Sorge hatte, dass Vater seine sportlichen Fähigkeiten überschätzte, stand Mutter im Fuchspelz oben an der Kante und sah tatenlos zu. Vielleicht betrachtete sie es nur als Bagatellschaden für seine kindliche Seele. In Wahrheit gehörten Vaters aufgesetzte Begeisterungsrufe und Mutters reglose Gestalt am Kuhlenrand zu den eindrücklichsten Erinnerungen seiner Kindheit.

Er stieg auf den Sandberg und blickte sich um.

Es war niemand zu sehen. Es war auch nichts zu hören, außer den Vögeln, die den neuen Tag herbeizeterten.

Leichter Wind bewegte die umstehenden Kiefern, deren Stämme von der schräg einfallenden Sonne rötlich gefärbt waren und leuchteten.

Als er zu singen anhob, stockte er. Auf einmal befürchtete er, dass alles ein Irrtum war. Dass er tatsächlich nicht singen konnte. Dass Mutter am Ende recht behalten sollte. Er hatte Angst, dass er wirklich nie eine andere Wahl gehabt hatte, als Verkäufer zu werden. Es war völlig absurd zu glauben, er hätte eine reale Chance, die Vorrunde zu überstehen. Sicher waren die meisten viel begabter als er. Wie war er nur auf die Idee gekommen, dass ihn allein der Wunsch zu singen als Sänger qualifizierte? Es musste irgendeinen Grund geben, der ihn zum Singen trieb. Niemand stellte sich grundlos auf eine Bühne und sang sich vor fremden Leuten die Seele aus dem Leib.

Er blickte hoch zum Kuhlenrand. Dann schloss er die Augen und fing an zu singen.

30.

Zwei Tage später stand Norbert im *Estrel Hotel* in der Schlange und wartete auf seine Teilnehmernummer.

Er war ein bisschen nervös, vor allem, weil er Angelika wiedertreffen würde. Er wusste nicht, was er sagen sollte. Nach der letzten Mail hatten sie sich nicht mehr geschrieben. Womöglich war es doch nicht ernst gemeint gewesen, und sie hatte nur schnell etwas Nettes sagen wollen. Doch er konnte Angelika nirgends entdecken.

Obwohl er pünktlich erschienen war, standen vor ihm mindestens fünfzig Leute. Es war ihm inzwischen egal. Er hatte aufgehört, unter den Ersten sein zu wollen. Je näher das eigene Ende rückte, desto größer wurde sein Wunsch, unauffindbar in irgendeiner Mitte zu stehen.

Als junger Mann hatte sich Norbert manchmal ein paar Mark dazu verdient und als Strohmann stundenlang vor der Oper oder der Philharmonie für Karten angestanden. Zeitweise war das Warten seine einzige sinnvolle Beschäftigung gewesen. Es erlöste ihn eine Weile von der quälenden Suche nach der eigenen Bestimmung.

Er blickte sich um. Keiner schien älter als fünfzig zu sein. Die meisten waren zwischen zwanzig und vierzig. Menschen, für die dieser Wettbewerb vermutlich nur eine weitere Flucht vor dem freien Wochenende war.

Wenn er es sich genau überlegte, hatte Norbert auf diesen Moment sein Leben lang gewartet. Und er merkte, wie unangenehm es ihm auf einmal war, den Wettbewerb nicht als bloßes Freizeitvergnügen anzusehen.

Vor ihm stand eine junge Frau mit Nasenring und grünen Haaren. Sie hatte ihn bereits einige Minuten aus den Augenwinkeln beobachtet und schien sich die ganze Zeit zu fragen, was dieser Rentner wohl bei einem Karaoke-Wettbewerb zu suchen hatte. Tatsächlich landete Norbert seit Jahren regelmäßig in Situationen, wo die berechtigte Frage im Raum stand, was er dort eigentlich verloren hatte. Vor zwei Jahren war er beim Überqueren der Kantstraße durch Zufall in eine Demonstration für »uneingeschränktes Fahrradfahren auf allen Straßen« geraten. Als er den Demonstrationszug nach etwa einem Kilometer endlich wieder verlassen konnte, wurde er von einem Journalisten gefragt, ob das Fahrrad zukünftig das Auto einmal vollständig ersetzen würde, worauf Norbert sachlich erklärte, dass seine Aversion gegen Radfahrer so groß sei, dass er inständig hoffe, dass es nie so weit kommen werde.

»Was willst du denn singen?«, fragte die junge Frau plötzlich, als Norbert ihren Blickkontakt versehentlich erwidert hatte.

Obwohl die Frage angesichts der Umstände nahelag, war er sich nicht sicher, ob sie wirklich eine Antwort darauf erwartete.

»Was ich singen will?«

»Du machst hier doch auch mit, oder?«, fragte sie lächelnd.

Er nickte.

»Und was singst du jetzt?«

Es schien ihr wirklich ernst mit der Frage.

Er überlegte, ob er sie gleich zurück duzen sollte oder ob es besser war, erst einmal abzuwarten, was sie noch alles von ihm wollte. Es fiel ihm prinzipiell schwer, jemanden zu duzen, den er gerade mal einige Minuten kannte. Seinetwegen hätte man das Du aus dem deutschen Wortschatz komplett streichen können. Auch beim Frisör wurde er ständig geduzt, weshalb er dauernd den Laden wechselte, weil er befürchtete, als Stammkunde irgendwann gezwungen zu sein, die Mandy, Candy oder Chantal ebenfalls duzen zu müssen.

Aber Norbert hatte noch eine ganz andere Sorge. Wie würde sie reagieren, wenn sie von seiner Liedauswahl erfuhr? Auf einmal glaubte er, einen Fehler gemacht zu haben. Er hatte zwei Lieder gewählt, die überhaupt nicht zu der Veranstaltung passten.

»Ach, nichts Bedeutendes«, sagte er ausweichend, »wahrscheinlich fliege ich sowieso raus.«

»Ist doch egal. Hauptsache, du bist dabei gewesen. Nun sag schon.«

Er schluckte. »Die Arie des Papageno.«

»Papageno kenn ich nicht. Ist der gerade in den Charts?«

»Scharz?«

»Egal, willst du meins wissen?«

Norbert hob die Augenbrauen, als könnte er es kaum erwarten.

»*Tage wie diese* von den Hosen.« Sie streckte wild ihre beiden Zeigefinger in die Luft und fing an, mit fürchterlichen Grimassen zu singen.

Norbert sah sich um. Die Leute starrten sie an. Es war merkwürdig, trotz oder vielleicht auch wegen seines harmlosen Äußeren zog er regelmäßig die komischsten Vögel an. Mittlerweile ahnte er, dass er im Innersten womöglich selber einer war.

»Welche Hosen?«

Sie hörte abrupt auf zu singen. »Die Toten Hosen, sag jetzt nicht, du kennst sie nicht?«

»Ach, die *Toten* Hosen«, sagte er, als hätte ihm nur dieser entscheidende Zusatz gefehlt.

»Wahnsinn«, bemerkte sie schmunzelnd, »du kennst sie wirklich nicht. Dafür kenne ich auch diesen Papageno nicht. Es steht also eins zu eins.« Sie warf lachend den Kopf zurück. »Ich finde es übrigens echt stark, dass du hier mitmachst. Meine Omi wollte auch, was heißt wollte, ich hab ihr gesagt, komm mit, irgendeinen Schlager wirst du doch draufhaben. Schlager gehen gerade richtig ab, das wollen die Leute hören. Aber sie hat nur gemeint, das wäre nichts für sie, auf so einer Bühne zu stehen. Du bist doch sicher über fünfzig, oder?« Sie strubbelte verlegen durch ihr grünes Haar. »Mann, tut mir leid, ich bin manchmal echt zu direkt. Ist doch egal, wie alt du bist. Hauptsache, man ist dabei. Das habe ich schon gesagt, oder? Ich bin echt zu aufgeregt. Hast du denn schon mal bei so was gesungen? Du siehst irgendwie so ruhig aus.«

Er war nicht ruhig, sondern nur vorsichtig. Wenn er nicht aufpasste, hatte er die Frau dauerhaft am Hals. Er hatte schon mal den Fehler gemacht, eine verwirrt wirkende Frau auf der Straße freundlich zurückzugrüßen. Seitdem verfolgte sie ihn, nannte ihn »mein guter Willi«, lüpfte unvermittelt ihr Kleid und wollte ihn schließlich sogar heiraten. Es hatte Wochen gedauert, bis sie ihren Heiratsantrag wieder zurückgenommen hatte.

»Noch nicht.«

»Aber du hast schon mal gesungen?«

»Unter der Dusche, manchmal.«

»Ich auch!«, rief sie begeistert. Dabei sah sie ihn an, als stellte sie sich die Situation gerade konkret vor.

Norbert wurde rot.

»Mit den Hosen unter der Dusche sozusagen.«

»Was? Ach so, ja genau!« Sie schüttelte sich vor Lachen. »Du bist echt witzig, Mann.«

Zum Glück setzte sich die Schlange in diesem Moment in Bewegung.

Vorne standen fünf Klapptische, an denen hübsche Frauen in blauen Kostümen saßen, Namen abglichen und Nummern verteilten, die sich die Teilnehmer gut sichtbar an die Brust heften mussten. Es ging schneller voran als gedacht.

Endlich war Norbert an der Reihe. Er wurde von einem stark schwitzenden Mann im schwarzen Anzug an den Tisch rechts außen verwiesen.

»Wenn Ihre Nummer nach der Vorrunde aufgerufen wird, sind Sie unter den ersten zwanzig und dürfen morgen an der Hauptrunde teilnehmen«, erklärte die Frau im blauen Kostüm abschließend und überreichte ihm die Startnummer 53.

Alle Teilnehmer wurden in einen Saal geführt und gebeten, dort zu warten, bis sie aufgerufen wurden. Man hatte sich bemüht, die kühle Atmosphäre durch einige Sofas etwas gemütlicher zu gestalten. Leider machte die grelle Neonbeleuchtung alle Bemühungen sofort wieder zunichte. An der Wand standen Tische mit belegten Brötchen und nichtalkoholischen Getränken, vor denen sich bereits eine große Menschentraube drängte. Sobald es irgendwo ein kostenloses Büfett gab, vergaßen die Leute ihre Erziehung. Obwohl er hungrig war, hatte er keine Lust, um ein Wurstbrötchen mit Salzgurke zu kämpfen. Eigentlich hatte er noch nie Lust gehabt zu kämpfen. Schon in der Schule hatte Norbert alle Wettkämpfe prophylaktisch verloren gegeben, weil er wusste, dass es immer jemanden gab, der besser war als er. Wenn er sich nicht anstrengte, fiel es auch nicht so auf, dass die meisten *viel* besser waren als er. Beim Tausendmeterlauf brach er schon nach dreihundert Metern ab, als sicher war, dass er als Letzter die Ziellinie überrennen würde. Beim Wettschwimmen musste er jedes Mal gezwungen werden, das Becken zu verlassen, weil das nachfolgende Team bereits ungeduldig auf seinen Einsatz wartete. Der Druck zu siegen bewirkte bei Norbert das genaue Gegenteil. Dabei besaß er durchaus Fähigkeiten, mit denen er jeden Wettkampf spielend gewonnen hätte. Beispielsweise konnte er mehrere Stunden lang reglos dasitzen und seine Umgebung beobachten. Er konnte mit einer an Schwachsinn grenzenden Konzentration im Garten seiner Großeltern Bienen dabei zusehen, wie sie den Nektar aus den Blütenkelchen sogen. Mit solchen Fähigkeiten konnte er bedauerlicherweise aber niemand beeindrucken. Schon gar nicht seine Eltern, die es bald aufgegeben hatten, irgendetwas von ihm zu fordern, was über die bloße Nahrungsaufnahme hinausging. Natürlich hatte er ihre Enttäuschung bemerkt. Und lange Zeit war es ihm peinlich, denn er wäre auch gerne ein Sohn gewesen, der die Erwartungen seiner Eltern erfüllte.

Norbert wurde langsam unruhig, weil er noch immer nichts getrunken hatte. Sollte er nicht rechtzeitig vor seinem Auftritt etwas trinken, müsste er mit hoher Wahrscheinlichkeit genau in dem Moment auf die Toilette, wenn er die Bühne betrat. Im Prinzip wäre es am besten, einen Tag vorher nichts mehr zu trinken. Erst wenn er den Eindruck hatte, nie mehr müssen zu müssen, war er innerlich so frei, dass er an etwas anderes denken konnte. Leider war dieser Zustand zu Lebzeiten praktisch nicht erreichbar.

Unter den Teilnehmern hatten sich kleine Gruppen herausgebildet. Altersgruppen, Geschlechtergruppen und Leidensgruppen. Die Leidensgruppen schienen aus Menschen zu bestehen, die weder bei den Alters- noch bei den Geschlechtergruppen eine Chance hatten. Sie waren entweder zu schüchtern, zu hässlich oder sozial einfach nicht integrierbar. Norbert fühlte sich an seine Schulzeit erinnert. Auf dem Schulhof gab es eingeschworene Cliquen, die niemanden an sich heranließen. Einmal hatte er es probiert und stellte sich zwei Tage in jeder Pause zu einer bestimmten Jungsgruppe, wurde jedoch hartnäckig ignoriert. Seitdem stand er nur noch im losen Verbund mit Schülern, denen es sichtlich unangenehm war, keiner Gruppe anzugehören, und die sich deshalb kaum etwas zu sagen hatten.

»Bist du's, oder bist du's?«, sagte plötzlich eine Frauenstimme hinter ihm. Es war niemand anderes als Angelika.

Als Norbert sich umdrehte, stutzte er. Sie trug eulenhafte Brillengläser und bunten Holzschmuck um ihren Hals.

»Ist irgendwas?«, fragte sie, als sie seinen irritierten Blick bemerkte.

»Nichts, es ist gar nichts«, beeilte er sich und versuchte zu lächeln.

Angelika rückte ihre Brille zurecht. »Gefällt dir meine Brille etwa nicht?«

Er traute es sich gar nicht zu sagen. Aber die Ähnlichkeit mit Mutter war so frappierend, dass es fast unheimlich war.

»Und du brauchst die Brille wirklich?«, fragte er nervös.

»Wie wirklich?«

»Ich meine, ist es nur ... äh ... Dekoration?«

Sie sah ihn überrascht an. »Nein, natürlich nicht. Ich bin kurzsichtig, ohne Brille kann ich gerade noch dich erkennen. Wieso fragst du?«

Er war ein bisschen erleichtert. »Nur so, ich wollte es nur wissen.«

Doch schon im nächsten Moment fragte er sich, was Mutter wohl sagen würde, wenn sie Angelika so sah. Wenn sie erkannte, dass jemand einen ähnlichen Geschmack hatte wie sie.

Auf einmal hatte er ein Problem. Norbert musste unbedingt verhindern, dass sich Mutter und Angelika begegneten. Jedenfalls so lange, bis sie wieder vollständig genesen war. Von einer solchen Enttäuschung würde sie sich womöglich nie mehr erholen.

»Was ist los mit dir?«, fragte Angelika besorgt. »Bist du aufgeregt?«

»Nein, alles in Ordnung.«

»Du musst dir einfach vorstellen, dass du für jemanden singst, den du besonders magst.«

Norbert sah sie ungläubig an. »Und du meinst, das funktioniert?«

»Keine Ahnung, ich habe eine gute Freundin eingeladen. Ich werde so tun, als singe ich nur für sie. Hast du auch jemand mitgebracht?«

Während sie ihn durch die großen Brillengläser ansah, konnte er kaum einen klaren Gedanken fassen.

Er zuckte hilflos die Schultern.

»Nicht mal deine Mutter?«

An Mutter hatte er überhaupt nicht gedacht.

»Meine Mutter ist ... also ihr geht es gerade nicht so gut.«

»Doch nichts Schlimmes, oder?«

»Die Ärzte wissen es noch nicht so genau. Mutter meint, sie werden schon noch was finden.«

»Sie ist im Krankenhaus?« Angelika schien einen Moment nachzudenken. »Dann stell dir doch vor, du singst für deine Mutter«, schlug sie leichtsinnigerweise vor.

Diese Vorstellung versuchte er aber die ganze Zeit zu vermeiden.

»Sie weiß gar nicht, dass ich hier bin.«

»Du sollst es dir ja auch nur *vorstellen*!«

Es war ihm allerdings nicht möglich, sich etwas vorzustellen, was nicht mindestens zu achtzig Prozent der Realität entsprach.

»Mutter würde es wahrscheinlich nicht gutheißen«, sagte er.

»Dass du dir *vorstellst*, für sie zu singen?«

Angelika schien nicht recht zu wissen, ob er wirklich meinte, was er eben gesagt hatte. Offen gestanden hatte er selbst keine Ahnung.

»Es muss alles so nah an der Wirklichkeit sein, dass es prinzipiell möglich *wäre*. Und da Mutter nicht weiß, dass ich hier bin, kann ich mir eben auch nicht einfach vorstellen, dass sie im Publikum sitzt. Ich weiß nicht, ob ich mich da verständlich ausgedrückt habe.« Es war ihm selbst etwas peinlich, aber gewisse Dinge waren nun mal nicht zu ändern.

»Gut«, sagte Angelika, »dann stell dir halt vor, du singst nur für mich. Und wenn es einfacher für dich ist: Ich stelle es mir auch vor. Zufrieden?«

Norbert konnte es gar nicht glauben. Er hatte noch nie erlebt, dass eine Frau auf seine mitunter ziemlich verschrobenen Gedanken nicht nur einging, sondern sie gewissermaßen auch aufgriff. Im Grunde hatte er fünfzig Jahre auf so eine Frau gewartet. Und er war ein bisschen erleichtert, dass sie keine Chinesin war.

»Zufrieden«, sagte er.

31.

Angelika war vor ihm an der Reihe.

Norbert nutzte ihre Abwesenheit, um endlich etwas zu trinken.

Das Büfett war fast leer gegessen. Nur ein paar Brötchen mit schwitzendem Käse und ergrauten Wurstscheiben waren übrig geblieben. Er trank fast eine ganze Flasche Wasser.

Als er sich umdrehte, passierte ihn gerade die Frau mit den grünen Haaren. »Was machen die Hosen?«, fragte er gutgelaunt.

Sie stoppte und rollte die Augen.

»Ist voll in die Hose gegangen. Ich hab ein paar Mal richtig krass gepatzt. Das war's dann wohl. Aber egal, ich hab's für meine Omi gemacht.«

»Ihre Oma war im Publikum?«

»Wo denkst du hin! Die wär doch vor Aufregung gestorben. Ne, ich hab mir nur vorgestellt, dass sie da irgendwo sitzt.«

»Und dann?«, fragte Norbert nervös.

»Nichts, es ging halt nicht.«

»Die Vorstellung?«

»Welche jetzt?«

»Die mit Ihrer Oma.«

»Ach so, nein. Klingt jetzt vielleicht komisch, aber ich konnte mich in dem Moment nicht an ihr Gesicht erinnern. Verrückt, oder? Totaler Blackout. Wahrscheinlich war ich einfach zu aufgeregt.«

»Und deshalb haben Sie gepatzt?«

Sie strubbelte durch ihr Haar. »Weiß nicht, möglich. Kann ich jetzt echt nicht sagen. Hoffentlich hast du mehr Glück.«

Sie verabschiedete sich und verließ den Saal.

Norbert hatte auf einmal Angst, dass es ihm ähnlich erging. Sollte er sich Angelika besser doch nicht vorstellen? Allerdings wäre es denkbar, dass er auch seinen Text vergaß, wenn er sich zu sehr darauf konzentrierte, Angelika aus seinem Kopf zu verbannen. Womöglich war der Text versehentlich unter »Bilder« abgespeichert und beides verschwand, sobald er auch nur eines davon versuchte auszuschalten. Wer konnte schon so genau sagen, wie im Hirn alles zusammenhing? Selbst Mutter tauchte häufig an Stellen in seiner Erinnerung auf, an denen sie eigentlich überhaupt nichts zu suchen hatte. Manchmal schien es, als führte sie in seinem Kopf längst ein von ihm unabhängiges Eigenleben.

Als Angelika wenig später zurückkehrte, ließ er sich seine Verunsicherung nicht anmerken.

Sie wirkte erleichtert, aber nicht glücklich mit dem Ergebnis.

»Man sollte vielleicht doch nicht alles machen, wozu man Lust hat«, sagte sie nachdenklich.

»Hat es denn nicht geklappt mit deiner Freundin?«

»Ich hab sie gar nicht gesehen! Das Licht hat so geblendet, dass man eigentlich nur die erste Reihe erkennen konnte. Die Sucherei hat mich so abgelenkt, dass ich mich erst gar nicht richtig konzentrieren konnte. War sowieso eine blöde Idee, ausgerechnet *Imagine* zu singen. Nur weil man etwas gut findet, heißt das noch lange nicht, dass man es auch kann.«

Bei Norbert war es meistens umgekehrt. Nur weil er etwas konnte, hieß das noch lange nicht, dass er es auch gut fand. Inzwischen kam er langsam dahin, seine eigenen Talente zu würdigen. Und sollte er so alt werden wie Mutter, würde er sich möglicherweise sogar richtig gut finden.

»Aber du hast es mal ausprobiert, das wolltest du doch eigentlich.«

Sie lächelte. »Stimmt, das wollte ich. Und jetzt höre ich auch sofort auf rumzujammern, ich blöde Kuh. Vergiss einfach, was ich gesagt habe, und mach es so, wie es für dich am besten ist.«

Als die Nummer 53 aufgerufen wurde, war Norbert vollkommen ruhig. Er war so entspannt, dass es eigentlich schon wieder beunruhigend war.

Während er einem Mann im dunklen Anzug hinter die Bühne folgte, hatte er das Gefühl, dass ihm nichts mehr passieren konnte. Keiner kannte ihn. Niemand erwartete etwas von ihm. Keiner ahnte, wie lange er die Papageno-Sache schon mit sich herumgetragen hatte. Es spielte keine Rolle. Nicht mal für Norbert.

»Wenn ich ›jetzt‹ sage, gehen Sie raus und stellen sich auf die weiße Markierung«, erklärte ihm ein älterer Mann. Er war von seiner Arbeit offensichtlich so überzeugt, dass er glaubte, dieses *Jetzt* sei die Grundlage für zukünftige Gesangskarrieren.

Norbert staunte, wie ernst dieser Mann seine Aufgabe nahm, die im Grunde jeder andere genauso gut erledigen konnte.

»Und wenn Sie die Hand heben«, fuhr er fort, »heißt das für die Technik, dass Sie bereit sind. Aber passen Sie auf, dass Sie nicht aus Versehen den Arm zu hoch heben.«

Norbert nickte ihm zu.

Im Saal hörte er leises Murmeln. Jemand hustete. Von der Seite wirkte die schwach beleuchtete Bühne wie eine riesige schwarze Tragfläche, die weit ins Dunkel hineinragte. Er durfte bloß nicht zu schnell gehen. Und er musste sehen, dass er die weiße Markierung fand. Das war schon alles. Nicht zu schnell gehen und die weiße Markierung finden. Viel mehr wurde von ihm gar nicht verlangt. Außer zu singen. Sobald er richtig stand, konnte nicht mehr viel schiefgehen. Er musste sich nur auf den Text konzentrieren. Es war eigentlich ganz leicht. Er hatte die Strophen in seinem Leben schon Hunderte Male gesungen. Er kannte jede Betonung, jede Wortdehnung und jede gefährliche Klippe. Wenn er sich bei irgendetwas hundertprozentig sicher fühlte, dann war es diese Arie. Aber wenn er die Markierung nun doch verfehlte und hilflos über die dunkle Bühne irrte? Er machte sich zum Gespött des Publikums. Womöglich würde es denken, das gehörte zu seinem Auftritt dazu.

Er blickte nervös zu dem Mann, der gerade über Kopfhörer eine Nachricht zu empfangen schien.

»Jetzt!«, flüsterte er und machte mit der Hand ein Zeichen.

Norbert atmete gleichmäßig. Dann holte er einmal tief Luft und trat hinaus auf die Bühne.

Das Murmeln verstummte abrupt. Niemand klatschte. Er ging mit gesenktem Kopf langsam geradeaus. Mit jedem Schritt klopfte sein Herz schneller. Er war plötzlich so aufgeregt, dass er anfing zu schwitzen. Ruhe bewahren, dachte er. Du bist zwar nicht unter Freunden, aber niemand wird dich hinterher zerreißen. Es sind neugierige, positiv gestimmte Menschen. Alle wissen, dass hier keine Profis singen, sondern interessierte Laien.

Die Markierung befand sich etwa zwei Meter vom Bühnenrand entfernt. Er stellte sich auf die weiße Linie und sah hoch.

Die Scheinwerfer blendeten. Vor ihm tauchte die erste Reihe auf. Abwartende Gesichter. Übergeschlagene Beine. Gefaltete Hände.

Er versuchte zu lächeln. Aber sein Gesicht zuckte nur kurz.

Er überprüfte noch mal, ob er auch wirklich richtig stand. Die Schuhspitzen schlossen knapp vor der weißen Linie ab. Er durfte nicht zu breitbeinig stehen, aber auch nicht so, dass es verklemmt aussah. Lockerheit hieß das Stichwort. Doch sobald es galt, locker zu sein, versteifte sich alles bei ihm. Der Rücken, die Beine, die Arme. Und die Hände. Wohin mit den Händen? Entweder waren es zu viele oder zu wenige. Meistens jedoch zu viele. So viele Hände brauchte man ja überhaupt nicht. Jedenfalls nicht hier, nicht jetzt.

Er sah nervös in den dunklen Raum.

Langsam hob er den Arm. Sekunden später erklang die Musik. Das kurze Vorspiel. Die aufsteigenden Flötentöne. Er atmete schneller. Das letzte Orchestertutti. Jetzt müsste er eigentlich einsetzen, aber in diesem Augenblick geschah das Unmögliche: Der Text war weg. Norbert konnte sich an nichts mehr erinnern. In seinem Kopf war es schwarz. Als hätte jemand im entscheidenden Moment einen Vorhang zugezogen.

Kurz darauf stoppte die Musik. Unruhiges Murmeln erhob sich im Saal. Er wischte sich den Schweiß von der Stirn. Das Licht wurde gedimmt.

Hinter ihm hörte er die Stimme des Mannes flüstern. »Alles in Ordnung. Wir machen das gleich noch mal. Wenn Sie bereit sind, heben Sie kurz den Arm.«

Norbert schloss kurz die Augen. Als er sie wieder öffnete, glaubte er, rechts in der ersten Reihe plötzlich Mutter zu erkennen. Er sah ihre eulenhaften Brillengläser und den bunten Halsschmuck. Nein, es war gar nicht Mutter. Es war Angelika. Sie nickte ihm zu und streckte den Daumen nach oben.

Er musste lächeln und nickte zurück.

Er konzentrierte sich wieder, stellte sich gerade hin und drückte das Kreuz durch. Die Scheinwerfer fuhren wieder hoch. Er war jetzt bereit. Dann hob er zügig den Arm und blickte geradeaus in den dunklen Saal.

32.

»Was ist los, willst du etwa schon gehen, das war doch super!«

Norbert stand im Gang neben der Tür zum Wartesaal, als Angelika auf ihn zukam. »Ich fresse einen Besen, wenn du nicht weiter bist«, sagte sie sichtbar beeindruckt von seiner Leistung.

Eigentlich hatte er nur noch auf Angelika gewartet. Er hatte getan, was getan werden musste. Es war ihm egal, ob er weiterkam oder nicht. Das Kapitel war für ihn abgeschlossen. Endgültig.

»Ich muss zu Mutter ins Krankenhaus«, sagte er leise.

»Willst du denn gar nicht wissen, wie dich die Jury beurteilt?«

Er schüttelte den Kopf. »Nein, ich weiß jetzt, was ich wissen wollte. Das genügt.«

Sie blickte ihn einen Moment ratlos an.

»Okay, ich fahre dich hin«, sagte sie.

Das war ihm allerdings gar nicht so recht.

»Musst du nicht, ich nehme die Bahn.«

»Ich weiß, dass ich nicht muss, aber ich will.«

Es hatte keinen Zweck, sich dagegen zu wehren.

Angelikas Wagen, ein mindestens zwanzig Jahre alter Golf, stand verkehrswidrig auf einem Grünstreifen. Innen herrschte ein Chaos aus alten Zeitungen, leeren Smarties-Schachteln und Tüten voller Wäsche.

Sie fuhren mit überhöhter Geschwindigkeit über den Stadtring nach Westen.

Die ganze Fahrt dachte er darüber nach, wie er ein vorzeitiges Treffen der beiden verhindern konnte. Er durfte jetzt keinen Fehler machen. Mutter musste erst vollständig ausgeruht sein.

Er hatte keine Ahnung, wie sie reagierte, wenn sie Angelika sah. Womöglich fühlte sie sich auf den Arm genommen und weigerte sich, mit dieser Frau auch nur ein Wort zu wechseln. Der beste Zeitpunkt war zwischen fünf und sechs Uhr nachmittags, wenn sie geschlafen hatte. Nachmittags war Mutter für gewöhnlich milder gestimmt als am Morgen. Es war alles nur eine Frage des richtigen Moments.

»Du brauchst nicht zu warten«, sagte Norbert, als er vor dem Krankenhaus ausstieg.

Er fuhr mit dem Fahrstuhl nach oben. Auf dem Flur standen Servierwagen mit Essen. Es roch nach Erbsenpüree und Desinfektionsmittel. Eigentlich roch es immer nach Erbsenpüree und Desinfektionsmittel.

Norbert klopfte an dieTür und ging, ohne abzuwarten, hinein. Als er ins Zimmer trat, erschrak er. Der Raum war leer. Mutters Bett war verschwunden. Er vergewisserte sich, ob es das richtige Zimmer war. Aber es gab keine Zweifel. Mutter war weg.

Sofort kamen ihm die furchtbarsten Gedanken. Vielleicht war sie wieder ohnmächtig geworden und so schwer gestürzt, dass man sie notoperieren musste. Oder sie hatte einen Herzinfarkt und lag auf der Intensivstation im künstlichen Koma.

Beim Anblick der leeren Stelle vor dem Fenster, wo bis gestern noch ihr Bett gestanden hatte, wurde ihm schlagartig klar, dass es irgendwann tatsächlich zu Ende war. So wie er als Kind nie gedacht hatte, dass die großen Ferien jemals vorbeigehen konnten, hielt er es im Grunde für unwahrscheinlich, dass seine Zeit auf der Erde endlich war. Er war schon so lange dabei, dass er den Eindruck hatte, es würde jetzt immer so weitergehen. Denn wer konnte schon ernsthaft daran interessiert sein, einen Menschen mit so viel Erfahrung ohne weiteres aufzugeben?

Wie oft hatte er sich über Mutter geärgert! Ihre anmaßenden Behauptungen, ihre Übergriffe auf sein Privatleben, sofern man in seinem Fall überhaupt noch von Privatleben sprechen konnte.

Doch auf einmal vermisste er sie. Plötzlich hatte er das Gefühl, ganz allein auf der Welt zu sein.

Zweifellos musste er auf alles gefasst sein. Das Schlimmste war, dass er Mutter versprochen hatte, sie aus dem Krankenhaus zu holen, wenn es mit ihr zu Ende ging.

Norbert wollte gerade hinausgehen und sich nach Mutter erkundigen, als ihm eine Schwester direkt in die Arme lief.

»Wissen Sie, wo Frau Grützke ist?«, fragte er die überraschte Schwester.

»Grützke«, sagte sie nachdenklich. So lange wie sie nachdenkt, dachte Norbert, kann das nichts Gutes bedeuten.

»Ach, Sie meinen die alte Dame mit der Brille? Die ist nicht mehr da.«

»Wie nicht mehr da?«

»Sie hat sich selber entlassen. Ich hätte das noch nicht gemacht, aber wir sind ja kein Gefängnis. Sind Sie Norbert?«

Sie sah ihn an, als wäre er eine lokale Berühmtheit. Wahrscheinlich hatte Mutter wieder allen erzählt, was ihr Sohn in seinem Leben getan, vor allem aber was er nicht getan hatte. Die entscheidende Frage lautete: Was hatte sie diesmal dazu erfunden?

»Ja, warum?«

»Sie möchten umgehend zu ihr nach Hause kommen, sofern es ihr Terminkalender zuließe.«

»Mein Terminkalender?« Er war etwas irritiert. »Ach so!«, sagte er dann und lächelte gequält.

»Und richten Sie Ihrer Mutter bitte aus, dass wir keine Verantwortung übernehmen, wenn ihr etwas passiert.«

Norbert ging langsam zurück, fuhr mit dem Fahrstuhl hinunter und verließ das Krankenhaus.

Draußen fragte er sich, ob das nun eher eine gute oder eher eine schlechte Nachricht war. Immerhin schien Mutter ihre alte Form wiedergefunden zu haben. Und das war bis vor kurzem kaum noch zu erwarten gewesen.

Als er die Auffahrt hinunterlief, sah er auf der anderen Straßenseite Angelika, die ihm aus dem offenen Autofenster zuwinkte.

Er war überrascht, dass sie immer noch da war, gleichzeitig aber auch ein wenig verärgert, dass sie sich über seine Bitte einfach hinweggesetzt hatte.

»Ich dachte, vielleicht wäre es besser, ich warte. Ist was mit deiner Mutter?«, fragte sie, als sie sein ernstes Gesicht bemerkte.

Norbert bemühte sich, sich nichts anmerken zu lassen.

»Sie hat sich entlassen.«

»Sie hat sich *entlassen*? Und wo ist sie jetzt?«

»Zu Hause.«

»Soll ich dich hinfahren?«

»Nein, nicht nötig. Das ist jetzt wirklich ein bisschen ...«

»Okay, setz dich rein. Du musst mir nur sagen, wo sie wohnt.«

Sie fuhren den Kurfürstendamm hinunter und bogen schließlich nach links in die Bleibtreustraße.

Norbert betete, dass sie keinen Parkplatz fand. Im Grunde war es unmöglich, in dieser Gegend am frühen Samstagabend einen Parkplatz zu bekommen. Eigentlich war es ausgeschlossen.

»Ich werde dann mal«, sagte er, als sie vor dem Haus stoppten. Er wollte sich gerade verabschieden, als Angelika einen lauten Schrei ausstieß und aufs Gaspedal drückte. Norbert, der schon die Wagentür geöffnet hatte, wurde regelrecht in den Sitz gedrückt.

»Wahnsinn!«, rief sie, als sie in die winzige Parklücke eingeparkt hatte, was nicht ohne deutlich spürbare Stöße gegen das vordere und hintere Auto vonstattengegangen war. »Aber bei so was habe ich immer Glück.«

Nachdem sie ausgestiegen waren, versuchte er es ein letztes Mal.

»Du kannst uns ja schon mal ein nettes Lokal aussuchen, ich komme dann gleich nach.«

»Ich habe aber noch gar keinen Hunger. Vielleicht können wir ja danach was essen gehen. Wohnt deine Mutter in diesem Haus?« Sie sah beeindruckt die üppig verzierte Stuckfassade hinauf.

»Danach?«

»Na ja, ich würde sie gerne mal kennenlernen. Natürlich nur, wenn das für dich kein Problem ist.«

Er lächelte erschöpft.

Obwohl Norbert einen Schlüssel für den Fahrstuhl besaß, gingen sie die drei Stockwerke zu Fuß. Er hatte die ernsthafte Hoffnung, dass Angelika unterwegs doch noch die Lust verlor und wieder umkehrte. Stattdessen bewunderte sie die kunstvollen Intarsien an den Fenstern und den altmodischen Fahrstuhl.

»Wenn ich mal groß bin, will ich auch so wohnen«, sagte sie, als sie schließlich den dritten Stock erreicht hatten.

Er zog die Klingel. Womöglich hörte Mutter das Läuten ja nicht oder war nicht zu Hause.

Leider waren Mutters Ohren immer noch so gut, dass er sich gar keine Hoffnungen zu machen brauchte. Allerdings hatte sie ihrem Alter in den letzten Jahren ein kleines Zugeständnis gemacht. Sie hörte zunehmend nur noch das, was sie hören wollte.

Die Tür ging auf.

Norbert versteinerte. Mutter trug ihre Brille. Und den bunten Indianerschmuck um den Hals. Gefühlte zwanzig Minuten starrte sie unbeweglich auf Angelika, der ebenfalls nicht ganz klar zu sein schien, wie sie sich in dieser Situation angemessen verhalten sollte.

Wenn er nur einen einzigen Wunsch frei gehabt hätte, dann hätte er sich auf der Stelle und unwiderruflich in Luft aufgelöst.

»Willst du mir die Dame nicht vorstellen?«, sagte Mutter endlich, ohne Norbert dabei eines Blickes zu würdigen. Der konnte sich allerdings gerade nicht entscheiden, ob er in nächster Zeit überhaupt noch etwas Sachdienliches mitteilen wollte.

»Oh, das mache ich gerne selbst, ich kann nämlich schon sprechen«, sagte Angelika lächelnd.

Normalerweise wäre diese Reaktion für Mutter Grund genug gewesen, die Tür kommentarlos zuzuschlagen. Sie blieb jedoch wider Erwarten stehen und hob verblüfft ihre Augenbrauen.

Angelika nannte ihren Namen und streckte Mutter die Hand hin.

»Sie sind aber nicht zufällig Diplom-Psychologin?«

»Mutter!«, rief Norbert.

»Wäre das denn ein Problem?«, fragte Angelika.

»Ja, ich möchte keine Ärzte in der Familie haben. Man hat ständig das Gefühl, man macht irgendwas falsch.«

Norbert sah kopfschüttelnd zu Boden.

»Ich kann Sie beruhigen, ich bin Reisejournalistin.«

»Na, dann kommen Sie rein«, sagte Mutter, »ich wollte zwar gerade was essen gehen, aber für meinen Sohn nehme ich mir gerne Zeit.«

Sie ging vorneweg ins Wohnzimmer und bat Angelika, auf dem Sofa Platz zu nehmen. Während Norbert noch überlegte, ob er sich auch aufs Sofa setzen sollte, schließlich waren sie gemeinsam gekommen, wartete Mutter nicht lange ab und setzte sich wie selbstverständlich neben sie.

»Wissen Sie«, sagte Mutter, »mein Sohn kommt in letzter Zeit nämlich auf seltsame Ideen. Ich weiß nicht, woran es liegt. Vielleicht hat er plötzlich Torschlusspanik. Männer in diesem Alter sind manchmal wirklich schwierig.«

Norbert wollte sich wehren, merkte aber, dass ihn keine der Frauen beachtete. Er stand vor dem Sofa, als wäre er gar nicht vorhanden.

»Und als Mutter fragt man sich natürlich, wie man seinem Kind helfen kann. Haben Sie auch noch eine Mutter?«

»Meine Mutter ist gestorben, als ich zwölf war. Ich bin größtenteils bei meinen Großeltern aufgewachsen.«

»Tut mir leid. Ich nehme an, Ihre Großeltern waren nicht so streng zu Ihnen, oder? Ich persönlich glaube, dass man Kindern

Grenzen aufzeigen muss, sonst fällt es ihnen später schwer, sich zu orientieren, und sie glauben, dass sie alles machen können.«

»Ihr Sohn ist gerade unter die ersten zwanzig beim Karaoke-Wettbewerb gekommen. Bei fast 150 Teilnehmern!«, sagte Angelika, auf einmal das Thema wechselnd.

Norbert versuchte, ihr ein Zeichen zu geben, dass sie nicht weiterreden sollte, aber sie blickte nicht mal andeutungsweise in seine Richtung.

»Er hat gesungen?«, fragte Mutter entsetzt.

»Und zwar richtig gut«, sagte Angelika.

»Unter die ersten zwanzig, ja?«

Mutter wirkte plötzlich abwesend. Eine Weile sagte sie nichts. Ihr Blick ging ins Leere. Die Lippen bebten. Dann nahm sie zitternd die Brille ab und fuhr sich mit der Hand übers Gesicht. Sie hatte feuchte Augen.

Einen Moment sah es aus, als wollte sie Norbert ansprechen, wandte sich dann aber in letzter Sekunde zu Angelika.

»Ich wusste immer, dass er Talent hat«, sagte sie mit brüchiger Stimme. »Aber ich konnte es ihm einfach nicht sagen, verstehen Sie? Ich konnte es nicht zugeben, ich hätte mich lieber umgebracht, als zuzugeben, dass mein Sohn ein künstlerisches Talent hat, verstehen Sie mich?«

Angelika nickte. Natürlich verstand sie nicht. Sie konnte Mutter gar nicht verstehen. Aber sie erkannte den Ernst der Lage und wollte nicht unhöflich sein.

Norbert schluckte mehrmals. Er verstand jedes einzelne Wort. Alles lag klar vor ihm. Er hatte nicht die geringsten Zweifel. Und obwohl er Mutter eigentlich böse sein musste, war er so gerührt, dass er gegen die Tränen ankämpfte.

Sekundenlang hörte man nur das schwere Ticken der Standuhr. Es kam ihm vor, als würde die Uhr langsamer sein als gewohnt. Und irgendwie tröstete es ihn, weil die Zeit nicht mehr so schnell zu vergehen schien wie in den Jahrzehnten zuvor.

»Wir sollten was essen gehen«, sagte Mutter auf einmal ganz sachlich und zog sich an ihrem Spazierstock hoch. »Sie kommen doch mit, oder?«

Angelika nickte erleichtert.

»Sie haben es wirklich schön hier.«

»Finden Sie?« Mutter sah erstaunt auf, als hörte sie so etwas zum ersten Mal.

»Ja, sehr geschmackvoll.«

»Und Sie sind Reisejournalistin? Wissen Sie, das wäre auch was für mich. Ich werde mal darüber nachdenken. Ich reise ja wahnsinnig gerne.«

»Stimmt es, dass Sie in New York den Koffer von Greta Garbo ersteigert haben?«

»Ja, verrückt, oder? So ein klappriges Ding. Ich musste es einfach tun.«

»Hätte ich genauso gemacht.«

»Tatsächlich?«

»Ja, ich liebe solche Verrücktheiten!«

Während die Frauen über den Flur gingen, folgte ihnen Norbert mit einigem Abstand. Im Stillen freute er sich, dass sich beide so gut verstanden. Hier hatten sich offensichtlich zwei Menschen gefunden. Eigentlich hatte er gar nicht mehr damit gerechnet, dass Mutter eine Frau so ohne Weiteres akzeptierte. Und wenn er es richtig deutete, musste er aufpassen, dass in dieser Frauenfreundschaft überhaupt noch Platz für ihn war. Er hoffte, dass Mutter noch eine Weile durchhielt. Vielleicht blieben ihnen so noch ein paar gemeinsame Jahre zu dritt.

EPILOG

Vier Wochen später lag eine Postkarte von Mutter aus Japan in Norberts Briefkasten. Angelika war nach Tokio gereist, um einen Artikel über den internationalen Karaoke-Wettbewerb zu schreiben. Nachdem Norbert überraschend unter die ersten zwanzig gekommen war und sich damit für die Hauptrunde qualifiziert hatte, hatte er sich geweigert, noch einmal dort aufzutreten. Schon deshalb, weil er Sorge hatte, den Wettbewerb womöglich noch zu gewinnen und gezwungen gewesen wäre, nach Tokio zu reisen. Einen zwölfstündigen Flug wollte sich Norbert aber unter keinen Umständen mehr zumuten. Schließlich war er nicht mehr der Jüngste, sondern vor kurzem siebzig geworden, und in so einem Alter reiste man, wenn man überhaupt noch reiste, höchstens an die Ostsee und vertrat sich auf der Strandpromenade ein wenig die Füße. Selbst Angelika, mit der er inzwischen teilweise zusammenwohnte – das heißt, am Freitagnachmittag schleppte er eine Tasche mit seinen Habseligkeiten in ihre Wohnung und schleppte sie am Montagvormittag wieder zurück in seine, wobei er feststellte, dass das Geschleppe in seine Wohnung von Mal zu Mal weniger wurde, weil immer mehr Habseligkeiten in Angelikas Wohnung verblieben, so dass man fast von einem Umzug in Raten sprechen musste –, selbst Angelika also konnte ihn nicht dazu bewegen, die Bühne noch einmal zu betreten. Daraufhin beschloss Mutter, wie Norbert glaubte aus purem Ärger über seine Trotzigkeit, Angelika auf ihrer Reise zu begleiten, um zu beweisen, dass man auch mit knapp neunzig noch lange nicht im Ruhestand vor sich hin zu dämmern brauchte.

Auf der Vorderseite der Postkarte war der höchste Fernsehturm der Welt, der sogenannte Skytree, abgebildet. Noch im Flur las Norbert Mutters in winziger Schrift verfasste Mitteilung.

Mein lieber Junge (Junge war durchgestrichen) *Norbert, wir stehen jetzt endlich hier auf diesem Turm, nachdem wir eine halbe Ewigkeit unten anstehen mussten. A. hatte eigentlich keine Lust, aber ich wollte unbedingt wissen, warum Du immer hier raufwolltest. Ich muss sagen, ich bin angenehm überrascht. Es ist umwerfend! Man sieht den Fujiyama auf der einen und das Meer auf der anderen Seite. Ich kann wirklich nicht verstehen, warum Du nicht mitgekommen bist. So was erlebt man doch nur einmal im Leben. Ich bin froh, dass ich das noch gemacht habe. Dieser Wettbewerb hier war übrigens grauenhaft. Gewonnen hat irgendein Chinese. Das hättest Du auch geschafft, Junge, ganz sicher! Wir reisen jetzt weiter durchs Land. Lass es Dir gutgehen. Bis bald, Deine Herta.* Darunter, in einer anderen Schrift, waren noch zwei Zeilen hinzugefügt: *P. S. Deine Mutter hat sich ein Bastel-Set vom SkyTree gekauft. Du kannst Dich auf was gefasst machen. Und schließe bitte meine Tür ab, wenn Du die Wohnung verlässt. A.*

Norberts Hände zitterten. Er wusste nicht, ob es die Vorfreude auf das Bastel-Set war oder einfach nur innere Bewegung. Er wusste nur, dass er praktisch siebzig Jahre auf diesen Moment gewartet hatte. In manchen Beziehungen dauerte es eben etwas länger, bis der Knoten platzte. Norbert konnte es kaum noch erwarten, gemeinsam mit Herta den höchsten Fernsehturm der Welt zu basteln. Bei einer Tasse Tee und ein wenig Gebäck. Am besten wäre es, dachte Norbert, während er die Karte an die Wand zu den anderen Fernsehtürmen klebte, Mutter starb einfach nicht.

DANKSAGUNG

Ein universeller Dank geht an meine Frau Steff für fortwährende Inspiration.

Danke an meinen Lektor Reinhard Rohn, auch für die fröhlichen Gespräche beim Italiener, er weiß schon welche.

Danke an meine fabelhafte Agentin Petra Eggers.

Und nicht zuletzt: Danke an meine Eltern, für alles.